刘白羽经典散文

人间值得
一回游

刘白羽 著

北京联合出版公司
Beijing United Publishing Co.,Ltd.

图书在版编目（ＣＩＰ）数据

人间值得一回游 ：刘白羽经典散文 / 刘白羽著． --
北京 ：北京联合出版公司，2021.3 （2022.8 重印）
（新华经典散文文库）
ISBN 978-7-5596-5001-6

Ⅰ．①人… Ⅱ．①刘… Ⅲ．①散文集－中国－当代
Ⅳ．① I267

中国版本图书馆 CIP 数据核字 (2021) 第 015192 号

人间值得一回游：刘白羽经典散文

作　　者：刘白羽
出 品 人：赵红仕
责任编辑：管　文
封面设计：王　鑫

北京联合出版公司出版
（北京市西城区德外大街83号楼9层 100088）
北京新华先锋出版科技有限公司发行
大厂回族自治县德诚印务有限公司印刷　新华书店经销
字数188千字　620毫米×889毫米　1/16　17印张
2021年3月第1版　2022年8月第2次印刷
ISBN 978-7-5596-5001-6
定价：59.00元

代　序
／晚霞谈文录

　　我希望这不是我的最后一本散文集，但是，也有可能是我最后一本散文集了。

　　一九三六年，我在王统照先生主编的《文学》上发表了小说《冰天》，同时又在黎烈文先生主编的《中流》上发表了散文《从黄昏到夜晚》。这两个刊物都是鲁迅先生所支持的，算来距今已六十五年了。现在，二十世纪三十年代发表作品的人已经寥若晨星了，我老了，但还能每天写几百字，算是很幸福的了。当我编这文集时，昂然回首，沧海桑田，悲欢苦乐，有如大海波涛在我心灵中汹涌澎湃，我仿佛从金色海螺里听到海的呼啸，我知道这里发表的都是一个垂暮之人的心灵自白。

　　近来，有人提倡写美文了，我欣赏，我赞成，同时也引起我的一些深邃的思考。

　　何为美文？如何写出美文？这是一个不能不联系到美学的问题。黑格尔的《美学》是必须要读的，但我认为美学绝不是学者书本上的东西，也就是说美学不是死的美学而是活的美学，因此我认为一个作家必须有自己的美学，可惜，在我们作家中，有拥有自己美学的，也有没有自己美学的，这是要写美文首先要接触到的一个根本问题，这是能不能写出美文的至要之津。作者为书作序，当然要谈自己，我现在就这个问题讲述一些浅陋之见、个人体会。

首先，我觉得是作家要有高度的审美观。这一点可很不容易，要有各个方面的熏陶，长期的培养。一个散文家，首先是读散文，而后才能写散文，终其一生，笔不停挥，手不释卷。拿我自己来说，我熟读古文，让我最欣赏，给我影响最大的是屈原的《离骚》，至今他那行吟泽畔的雄浑悲切之音还时时在我心灵中回荡。对唐宋文章，我喜欢的是李密的《陈情表》，"臣无祖母无以至今日，祖母无臣无以终余年"之句，每一读之涕泪纵横；当然也喜欢读王勃的《滕王阁序》，"落霞与孤鹜齐飞，秋水共长天一色"，状景抒怀可谓绝境。后来转到外国散文，除卢梭的《忏悔录》外，特别是屠格涅夫的《猎人笔记》，真不知读了多少遍还在读，甚至在火车上也临车窗而翻阅，望车窗外之绿色而唏嘘，我从中吮吸了多少乳汁。当然，一个作家必须热爱文学，但只有文学，还不能融成美学修养。我爱艺术，除了字画之外，我酷爱陶瓷，开国之初隆福寺地摊上无数珍宝，俯拾即是，特别是一些洁白如玉的宋瓷，我置之书架上，每日赏心悦目。令人痛心的是在"文革"时，当着我的面，把一只一只宋代瓷器砸得粉碎，我痛心，我无言，这砸的是我的生命呀！从此我断绝，也不可能再得到中国古瓷了。于是转向国外，我赴日本访问，一位烧瓷的朋友将他精心烧制的雪一般白的一个瓷杯赠我，然后又得到一个油光锃亮的小黑瓶，但这是余音袅袅了，我十七次到海外，收集到不少精致的小艺术品，每一展示，还能意趣盎然。至于外国艺术，我崇拜的是米开朗基罗，我出国，使我得到最大美的享受莫过于意大利，从罗马到佛罗伦萨，我几乎亲眼看见了他的全部雕塑真品，使我如醉如痴，不忍遽别，但我也欣赏凡·高，他的金黄的向日葵，在我心中永远怒放，他那旋转的热带太阳，使我觉得整个宇宙在转动。我喜欢音乐，从贝多芬的《命运》到肖邦的钢琴曲、柴可夫斯基的《悲怆》，我近来在听亨德尔的《弥赛亚》。我是无神论者，但我从古典音乐中享受到一种神圣的沉静肃穆之美。正是这些文学艺术各个方面的融会贯通，使人产生了自己的审美的水平。有人说到一个人家的客堂或书房，便可窥见主人的审美水平，正是这种审美水平，使你产生你自己的美学，才能落笔有神，如得天助。

其次是人生的造化，人的一生像是一条长河，它有时静如止水，有时勃然狂泻，遇到岩石它则白浪滔天，蜂拥而起，遇到春风则温柔拂面，波浪涟漪。由于各人有各人不同的心境，"大漠孤烟直，长河落日圆"是一境界，"潮平两岸阔，风正一帆悬"是一境界。古人云："读万卷书，行万里路。"这与毛泽东的"深入火热的斗争"有相通之处，却是历经沧桑风雨，才能吸纳百川，使自在之物成为自我之物，所谓的胸中自有丘壑是也。人是发展的，时代是变迁的，人到老年，回首平生，方知九曲回肠，悲欢离合，都沉淀在自己的命运之中，熔铸而成为自己的美感。曹操横槊赋诗，乃发慨当以慷之语，项羽无颜见江东父老，乃发悲痛之音，盖都出自心臆，从而恢宏大度，气象万千。就我个人来说，我如不参加战争，就没有今天的我。当我在东北苦战，冰封雪冻，在"关门打狗"之战略部署下，最后一战将两个美械军全部歼灭；当我走过辽沈大会战的战场，硝烟飞袅，战痕累累，真是"秋风扫落叶"，那是何等英雄的气魄；而后南下作战，历尽艰辛，从松花江零下四十度到长江的零上四十度，泥泞跋涉，炎阳似火，我横渡长江，进军湘沅。我深深体会到战争有两个方面，正如恩格斯论战争，既有摧枯拉朽，也有创造新生。最重要的是亲自看见炮火、听到枪声，多少先行者用鲜血染红大地，多少牺牲者将生命永铸千秋，正是这生命，这鲜血，造就了我的人生，锤炼了我的性格，改造了我的为人。战后一位当年在延安同听毛泽东延安文艺座谈会讲话的领导人问我，参加了战争有什么收获，我说减少了过去的腼腆，而增加了现在的坚定。正是这种经历凝成了我自己的美学。布封所说"风格即人"。人的无涯的经历形成作家的灵感，有人不懂得灵感之妙处，我则以为灵感是写美文的必然之路，因为灵感绝不是痴人说梦，也不是醉汉呓语，也不是来无影去无踪的奇迹，它是丰富的现实生活的升华，在写作过程中，一触而发，泉涌而出，便成绝响。我常说：我写的长江是我的长江，要不是战争的造化天机，改造了我的性格，也改变了我的风格。长江顺流而下，"两岸猿声啼不住，轻舟已过万重山"。只有我胸中神魄，才与长江的神伟一拍即合，我通过三峡之美、江流之险，从而探索出长江的灵魂，正是我胸中造就出我的美学，我的美学就是急流勇进之美，这是我的美学高度概括，我的永恒的人生信念与我的艺术哲学。

再次是人品与文品，文品是《文心雕龙》至要之论，对于作家来说，养我胸中浩然之气是也。在西方文学中，我非常喜欢的是赫尔岑的《往事与随想》，这是一部长篇的美文，我爱它，是多年以前巴金译的他回忆录的一部分，成为一个小册子，名为《家庭戏剧》，我不知读了多少遍，流下多少泪，但中国没有这部世界文坛名著。巴金晚年译了第一卷，终于因体力不支而作罢。一九九〇年我到上海去看他，在书房内畅谈甚久，这好像是我最后一次到他家，他已有帕金森初步病相，临别时他迈着碎细的小步，亲手从书柜中取出一函台湾版的《巴金译文选集》赠我。我回到北京读了他写的序，其中有一句话使我受到深深触动，"赫尔岑的回忆录还有四分之三未译，幸而有一位朋友愿意替我做完这个工作，他的译文全稿将一次出版。这样我才可以不带着内疚去见'上帝'"。从此我给人民文学出版社总编辑每年写一封信，写了三年，《往事与随想》全部出书了，我为之狂喜，立刻买回，通读一遍，写得太美了，太动人，太深刻了，不能不令我为之热血沸腾。为什么写得这样好，原因是赫尔岑是俄罗斯的大思想家，大政治家，大文学家，被迫流亡海外，只有赫尔岑之人才能写出赫尔岑之书。《人间词话》云："太白纯以气象胜，'西风残照，汉家陵阙'，寥寥八字，遂关千古登临之口。后世唯范文正之《渔家傲》，夏英公之《喜迁莺》差足继武，然气象已不逮矣。"何谓气象，气象何来？我云：千秋风雷，万古沧桑，唯毛泽东"苍山如海，残阳如血"堪与媲美，甚而过之，以毛泽东之人，成毛泽东之诗自不待言。我这里想说几句范仲淹，其《渔家傲》："塞下秋来风景异，衡阳雁去无留意，四面边声连角起。千嶂里，长烟落日孤城闭。"令乡情之深切，边塞之豪情达到极其壮美之高度。正因为是这样一个元戎统帅，一望洞庭，即云"衔远山，吞长江，浩浩汤汤，横无际涯，朝晖夕阴，气象万千"，已得洞庭神魄。我在陕北见一处摩崖上刻有一行大字："范小老子胸中自有百万甲兵。"正是这胸中甲兵一涌而出，从洞庭之景追洞庭之灵魂。"先天下之忧而忧，后天下之乐而乐。"虽成千古绝响，岂人品之极致，文品之极致，美文之极致矣。

　　"五四"文学革命之旗一举，散文扼制颓波，纵横天下，自成亘古风流，至今炎炎不熄，我以为鲁迅的《秋夜》是美文，巴金的《鸟的天堂》是美文，贾平凹的《丑石》是美文，李存葆的《大河遗梦》是美文。但人是发展的，时代是发展的，一个作家的美学观也是发展的，我国山川之秀美，大地之雄浑，人文之巍峨，日月之精华，美的物造就美的人，美的人造就美的文。辉煌灿烂，青出于蓝，以待未来，以待后人。

二〇〇二年八月二十八日

目 录

第一辑
关山千重，风景里有家

第二辑
人生无非，欢声和泪盈

第三辑

驰骋想象，向着光亮那方

第四辑
远方，与异文明相恋

第一辑 ———

关山千重，风景里有家

长江三日

十一月十七日

……

　　雾笼罩着江面，气象森严。十二时，"江津"号启碇顺流而下了。在长江与嘉陵江汇合后，江面突然开阔，天穹顿觉低垂。浓浓的黄雾，渐渐把重庆隐去。一刻钟后，船又在两面碧森森的悬崖陡壁之间的狭窄的江面上行驶了。

　　你看那急速漂流的波涛一起一伏，真是"众水会涪万，瞿塘争一门"。而两三木船，却齐整地摇动着两排木桨，像鸟儿扇动着翅膀，正在逆流而上。我想到李白、杜甫在那遥远的年代，以一叶扁舟，搏浪急进，那该是多么雄伟的搏斗，会激发诗人多么瑰丽的诗思啊！……不久，江面更开朗辽阔了。两条大江，骤然相见，欢腾拥抱，激起云雾迷蒙，波涛沸荡，至此似乎稍为平定。

水天极目之处，灰蒙蒙的远山展开一卷清淡的水墨画。

从长江上游顺流而下，这一心愿真不知从何时就在心中扎下根子，年幼时读"大江东去……"读"两岸猿声……"辄心向往之。后来，听说长江发源于一片冰川，春天的冰川上布满奇异艳丽的雪莲，而长江在那儿不过是一泓清溪；可是当你看到它那奔腾叫啸，如万瀑悬空，砰然万里，就不免在神秘气氛的"童话世界"上又涂了一层英雄光彩。后来，我两次到重庆，两次登枇杷山看江上夜景，从万家灯光、灿烂星海之中，辨认航船上缓缓浮动而去的灯火，多想随那惊涛骇浪，直赴瞿塘，直下荆门呀。但亲身领略一下长江风景，直到这次才实现。因此，这一回在"江津"号上，正如我在第二天写的一封信中所说：

"这两天，整天我都在休息室里，透过玻璃窗，观望着三峡。昨天整日都在朦胧的雾罩之中。今天却阳光一片。这庄严秀丽、气象万千的长江真是美极了。"

下午三时，天转开朗。长江两岸，层层叠叠，无穷无尽的都是雄伟的山峰，苍松翠竹绿茸茸地遮了一层绣幕。近岸陡壁上，背纤的纤夫历历可见。你向前看，前面群山在江流浩荡之中，则依然为雾笼罩，不过雾不像早晨那样浓，那样黄，而呈乳白色了。现在是"枯水季节"，江中突然露出一块黑色礁石，一片黄色浅滩，船常常在很狭窄的两面航标之间迂回前进，顺流驶下。山愈聚愈多，渐渐暮霭低垂了，渐渐进入黄昏了，红绿标灯渐次闪光，而苍翠的山峦模糊为一片灰色。

当我正为夜色降临而惋惜的时候，黑夜里的长江却向我展开另外一种魅力。开始是，这里一星灯火，那儿一簇灯火，好像长江在对你眨着眼睛。而一会儿又是漆黑一片，你从船身微微地荡漾中感到波涛正在翻滚沸腾。一派特别雄伟的景象，出现在深宵。我一个人走到甲板上，这时江风猎猎，上下前后，一片黑森森的，而无数道强烈的探照灯光，从船顶上射向江面，天空、江上一片云雾迷蒙，电光闪闪，风声水声，不但使人深深体会到"高江急峡雷霆斗"的赫赫声势，而且你觉得你自己和大自然是那样贴近，就像整个宇宙，都罗列在你的胸前。水天，风雾，浑然融为一体，好像不是一只船，而是你自己正在和江流搏斗而前。"曙光就在前面，我们应当努力。"这时一种庄严而又美好的情感充溢我的心灵，我觉得这是我所经历的大时代突然一下集中地体现在这奔腾的长江之上。是的，我们的全部生活不就是这样战斗、航进、穿过黑夜走向黎明的吗？现在，船上的人都已酣睡，整个世界也都在安眠，而驾驶室上露出一片宁静的灯光。想一想，掌握住舵轮，透过闪闪电炬，从惊涛骇浪之中寻到一条破浪前进的途径，这是多么豪迈的生活啊！我们的哲学是革命的哲学，我们的诗歌是战斗的诗歌，正因为这样——我们的生活是最美的生活。列宁有一句话说得好极了："前进吧！——这是多么好啊！这才是生活啊！"……"江津"号昂奋而深沉地鸣响着汽笛向前方航进。

十一月十八日

在信中，我这样叙说："这一天，我像在一支雄伟而瑰丽的交响乐中飞翔。我在海洋上远航过，我在天空中飞行过，但在我们的母亲河长江上，第一次，为这样一种大自然的威力所吸慑了。"

朦胧中听见广播到奉节。停泊时天已微明。起来看了一下，峰峦刚刚从黑夜中显露出一片灰蒙蒙的轮廓。启碇续行，我到休息室里来，只见前边两面悬崖绝壁，中间一条狭狭的江面，已进入瞿塘峡了。江随壁转，前面天空上露出一片金色阳光，像横着一条金带，其余天空各处还是云海茫茫。瞿塘峡口上，为三峡最险处，杜甫《夔州歌》云："白帝高为三峡镇，瞿塘险过百牢关。"古时歌谣说："滟滪大如马，瞿塘不可下；滟滪大如猴，瞿塘不可游；滟滪大如龟，瞿塘不可回；滟滪大如象，瞿塘不可上。"这滟滪堆指的是一堆黑色巨礁。它对准峡口。万水奔腾一冲进峡口，便直奔巨礁而来。你可想象得到那真是雷霆万钧，船如离弦之箭，稍差分厘，便撞个粉碎。现在，这巨礁，早已炸掉。不过，瞿塘峡中，激流澎湃，涛如雷鸣，江面形成无数漩涡，船从漩涡中冲过，只听得一片哗啦啦的水声。过了八公里的瞿塘峡，乌沉沉的云雾，突然隐去，峡顶上一道蓝天，浮着几小片金色浮云，一柱阳光像闪电那样落在左边峭壁上。右面峰顶上一片白云像白银片样发亮了，但阳光还没有降临。这时，远远前方，无数层峦叠嶂之上，迷蒙云雾之中，忽然出现一团红雾，你看，绛紫色的山峰，衬托着这一团雾，真美极了，就像那深谷之中向上反射出红色宝石的闪光，令人仿佛进入了神话境界。这时，你朝江流上望去，也是色彩缤纷：两面巨岩，倒影如墨；中间曲曲折折，却像有一条闪光的道路，上面荡着细碎的波光；近处山峦，则碧绿如翡翠。时间一分钟一分钟过去，前面那团红雾更红更亮了，船越驶越近，渐渐看清有一高峰亭亭笔立于红雾之中，渐渐看清那红雾原来是千万道强烈的阳光。八点二十分，我们来到这一片晴朗的金黄色朝阳之中。

抬头望处，已到巫山。上面阳光垂照下来，下面浓雾滚涌上去，云蒸霞蔚，颇为壮观。刚从远处看到那个笔直的山峰，就站在巫峡口上，山如斧削，隽秀婀娜，人们告诉我这就是巫山十二峰的第一峰，它仿佛在招呼上游来的客人说："你看，这就是巫山巫峡了。""江津"号紧贴山脚，进入峡口。红通通的阳光恰在此时射进玻璃厅中，照在我的脸上。峡中，强烈的阳光与乳白色云雾交织一处，数步之隔，这边是阳光，那边是云雾，真是神妙莫测。几只木船从下游上来，帆篷给阳光照得像透明的白色羽翼，山峡却越来越狭，前面两山相峙，看去连一扇大门那么宽也没有，而门外，完全是白雾。

八点五十分，满船人，都在仰头观望。我也跑到甲板上来，看到万仞高峰之巅，有一细石耸立如一人对江而望，那就是充满神奇缥缈传说的美女峰了。据说一个渔人在江中打鱼，突遇狂风暴雨，船覆灭顶，他的妻子抱了小孩从峰顶眺望，盼他回来，一天一天，一月一月，他终未回来，而她却依然不顾晨昏，不顾风雨，站在那儿等候着他——至今还在那儿等着他呢！……

如果说瞿塘峡像一道闸门，那么巫峡简直像江上一条迂回曲折的画廊。船随山势左一弯，右一转，每一曲，每一折，都向你展开一幅绝好的风景画。两岸山势奇绝，连绵不断，巫山十二峰，各峰有各峰的姿态，人们给它们以很高的美的评价和命名，显然使我们的江山增加了诗意，而诗意又是变化无穷的。突然是深灰色石岩从高空直垂而下浸入江心，令人想到一个巨大的惊叹号；突然是绿茸茸草坂，像一支充满幽情的乐曲；特别好看的是悬岩上那一堆堆给秋霜染得红艳艳的野草，简直像是满山杜鹃了。峡急江陡，江面布满大大小小的漩涡，船只能缓缓行进，像一个在丛山峻岭之间漫步前行的旅人。但这正好使远方来的人，有充裕时间欣赏这莽莽苍苍、浩浩荡荡长江上大自然的壮美。苍鹰在高峡上盘旋，江涛追随着山峦激荡，山影云影，日光水光，交织成一片。

　　十点，江面渐趋广阔，急流稳渡，穿过了巫峡。十点十五分至巴东，已入湖北境。十点半到牛口，江浪汹涌，把船推在浪头上，摇摆着前进。江流刚奔出巫峡，还没来得及喘息，却又冲入第三峡——西陵峡了。

　　西陵峡比较宽阔，但是江流至此变得特别凶恶，处处是急流，处处是险滩。船一下像流星随着怒涛冲击，一下又绕着险滩迂回浮进。最著名的三个险滩是：泄滩、青滩和崆岭滩。初下泄滩，你看着那万马奔腾的江水会突然感到江水简直是在旋转不前，一千个、一万个漩涡，使得"江津"号剧烈震动起来。这一节江流虽险，却流传着无数优美的传说。十一点十五分到秭归。据袁崧《宜都山川记》载：秭归是屈原故乡，是楚子熊绎建国之地。后来屈原被流放到汨罗江，死在那里。民间流传着：屈大夫死日，有人在汨罗江畔，看见他峨冠博带，美髯白皙，骑一匹白马飘然而去。又传说：屈原死后，被一大鱼驮回秭归，终于从流放之地回归楚国。这一切初听起来过于神奇怪诞，却正反映了人们对屈原的无限怀念之情。

秭归正面有一大片铁青色礁石，森然耸立江面。经过很长一段急流绕过泄滩。在最急峻的地方，"江津"号用尽全副精力，战抖着、震颤着前进。急流刚刚滚过，看见前面有一奇峰突起，江身沿着这山峰右面驶去，山峰左面却又出现一道江流，原来这就是王昭君诞生地香溪。它一下就令人记起杜甫的诗："群山万壑赴荆门，生长明妃尚有村。"我们遥望了一下香溪，船便沿着山峰进入一道无比险峻的长峡——兵书宝剑峡。这儿完全是一条窄巷，我到船头上，仰头上望，只见黄石碧岩，高与天齐，再驶行一段就到了青滩。江面陡然下降，波涛汹涌，浪花四溅，当你还没来得及仔细观看，船已像箭一样迅速飞下，巨浪为船头劈开，旋卷着，合在一起，一下又激荡开去。江水像滚沸了一样，到处是泡沫，到处是浪花。船上的同志指着岩上一片乡镇告我："长江航船上很多领航人都出生在这儿……每只木船要想渡过青滩，都得请这儿的人引领过去。"这时我正注视着一只逆流而上的木船，看起这青滩的声势十分吓人，但人从汹涌浪涛中掌握了一条前进途径，也就战胜了大自然了。

中午，我们来到了崆岭滩跟前，长江上的人都知道："泄滩青滩不算滩，崆岭才是鬼门关。"由此可见其凶险了。眼看一片灰色石礁布满水面，"江津"号却抛锚停泊了。原来崆岭滩一条狭窄航道只能过一只船，这时有一只江轮正在上行，我们只好等下来。谁知竟等了那么久，可见那上行的船只是如何小心翼翼了。当我们驶下崆岭滩时，果然是一片乱石林立，我们简直不像在浩荡的长江上，而是在苍莽的丛林中找寻小径跋涉前进了。

十一月十九日

早晨，一片通红的阳光，把平静的江水照得像玻璃一样发亮。长江三日，千姿万态，现在已不是前天那样大雾迷蒙，也不是昨天"巫山巫峡气萧森"，而是苏东坡所谓的"楚地阔无边，苍茫万顷连"了。长江在穿过长峡之后，现在变得如此宁静，就像刚刚诞生过婴儿的年轻母亲一样安详慈爱。天光水色真是柔和极了。江水像微微拂动的丝绸，有两只雪白的海鸥缓缓地和"江津"号平行飞进，水天极目之处，凝成一种透明的薄雾，一簇一簇船帆，就像一束一束雪白的花朵在蓝天下闪光。

在这样一天，江轮上非常宁静的一日，我把我全身心沉浸在"红色的罗莎"——卢森堡的《狱中书简》中。

这个在一九一八年德国无产阶级革命中最坚定的领袖，我从她的信中，感受到一个伟大革命家思想的光芒和胸怀的温暖，突破铁窗镣铐，而闪耀在人间，你看，这一页：

雨点轻柔而均匀地洒落在树叶上，紫红的闪电一次又一次地在铅灰色中闪耀，遥远处，隆隆的雷声像汹涌澎湃的海涛余波似的不断滚滚传来。在这一切阴霾惨淡的情景中，突然间一只夜莺在我窗前的一株枫树上叫起来了！在雨中，闪电中，隆隆的雷声中，夜莺啼叫得像是一只清脆的银铃，它歌唱得如醉如痴，它要压倒雷声，唱亮昏暗……

昨晚九点钟左右，我还看到壮丽的一幕，我从我的沙发上发现映在窗玻璃上的玫瑰色的返照，这使我非常惊异，因为天空完全是灰色的。我跑到窗前，着了迷似的站在那里。在一色灰沉沉的天空中，东方涌现出一块巨大的、美丽得人间少有的玫瑰色的云彩，它与一切分隔开，孤零零地浮在那里，看起来像是一个微笑，像是来自陌生的远方的一个问候。我如释重负地长吁了一口气，不由自主地把双手伸向这幅富有魅力的图画，有了这样的颜色，这样的形象，然后生活才美妙，才有价值，不是吗？我用目光饱餐这幅光辉灿烂的图画，把这幅图画的每一线玫瑰色的霞光都吞咽下去，直到我突然禁不住笑起自己来。天哪，天空啊，云彩啊，以及整个生命的美并不只存在于佛龙克[1]，用得着我来跟它们告别？不，它们会跟着我走的，不论我到哪儿，只要我活着，天空、云彩和生命的美会跟我同在。

"江津"号在平静的浪花中缓缓行驶。我读着书，一种非常珍贵的感情渗透我的全身。我必须立刻把它写下来，我愿意把它写在这奔腾叫啸而又安静温柔的长江一起，因为它使我联想到我

---

[1]　佛龙克：关押卢森堡的监狱所在地。

前天想到的"战斗——航进——穿过黑夜走向黎明"的想象，过去，多少人，从他们艰巨战斗中想望着一个美好的明天呀！而当我承受着像今天这样灿烂的阳光和清丽的景色时，我不能不意识到，今天我们整个大地，所吐露出来的那一种芬芳、宁馨的呼吸，这社会主义生活的呼吸，正是全世界上，不管在亚洲还是在欧洲，在美洲还是在非洲，一切先驱者的血液，凝聚起来，而发射出来的最自由最强大的光辉。我读完了《狱中书简》，一轮落日——那样圆，那样大，像鲜红的珊瑚球一样，把整个江面笼罩在一脉淡淡的红光中，面前像有一种细细的丝幕柔和地、轻悄地散落下来。

最后让我从我自己的一封信中抄下一段，来结束这一日吧：

夜间，九时余——从前面漆黑的夜幕中，看见很小很小几点亮光。人们指给我那就是长江大桥，"江津"号稳稳地向武汉驶近。从这以后，我一直站在船上眺望，渐渐地渐渐地看出那整整齐齐的一排像横串起来的珍珠，在熠熠闪亮。我看着，我觉得在这辽阔无边的大江之上，这正是我们献给我们母亲河流的一顶珍珠冠呀！……再前进，江上无数蓝的、白的、红的、绿的灯光，拖着长长倒影在浮动，那是无数船只在航行；而那由一颗颗珍珠画出的大桥的轮廓，完全像升在云端里一样，高耸空中，而桥那面，灯光稠密得简直像是灿烂的银河，那是什么？仔细分辨，原来是武汉两岸的亿万灯火。当我们的"江津"号，嘹亮地向武汉市发出致敬欢呼的声音时，我心中升起一种庄严的情感，看一看！我们创造的新世界有多么灿烂吧！……

日　出

　　登高山看日出，这是从幼小时起，就对我富有魅力的一件事。

　　落日有落日的妙处，古代诗人在这方面留下不少优美的诗句，如"大漠孤烟直，长河落日圆""落日照大旗，马鸣风萧萧"。可是再好，总不免有萧瑟之感。不如攀上奇峰陡壁，或是站在大海岩头，面对着弥漫的云天，在一瞬时间内，观察那伟大诞生的景象，看火、热、生命、光明怎样一起来到人间。但很长很长时间，我却没有机缘看日出，而只能从书本上去欣赏。

　　海涅在《哈尔次山游记》中曾记叙从布罗肯高峰看日出的情景：

　　　　我们一言不语地观看，那绯红的小球在天边升起，一片冬意朦胧的光照扩展开了，群山像是浮在一片白浪的海中，只有山尖分明突出，使人以为是站在一座小山丘上。在洪水泛滥的平原中间，只是这里或那里露出来一块块干的土壤。

善于观察大自然风貌的屠格涅夫，对于俄罗斯原野上的日出，作过精采的描绘：

> ……朝阳初升时，并未卷起一天火云，它的四周是一片浅玫瑰色的晨曦。太阳，并不厉害，不像在令人窒息的干旱的日子里那么炽热，也不是在暴风雨之前的那种暗紫色，却带着一种明亮而柔和的光芒，从一片狭长的云层后面隐隐地浮起来，露了露面，然后就又躲进它周围淡淡的紫雾里去了。在舒展着云层的最高处的两边闪烁得有如一条条发亮的小蛇，亮得像擦得耀眼的银器。可是，瞧！那跳跃的光柱又向前移动了，带着一种肃穆的欢悦，向上飞似的拥出了一轮朝日……

可是，太阳的初升，正如生活中的新事物一样，在它最初萌芽的瞬息，却不易被人看到。看到它，要登得高，望得远，要有一种敏锐的视觉。从我个人的经历来说，看日出的机会，曾经好几次降临到我的头上，而且眼看就要实现了。

一次是在印度。我们由德里经孟买、海德拉巴、帮格罗、科钦，到翠泛顿，然后，沿着椰林密布的道路，乘三小时汽车，到了印度最南端的科摩林海角。这里是出名的看日出的胜地。因为从这里到南极，就是一望无际的、碧绿的海洋，中间再没有一片陆地。因此这海角成为迎接太阳的第一位使者。人们不难想象，那雄浑的天穹、苍茫的大海，从黎明前的沉沉暗夜里升起第一线曙光，燃起第一支火炬，这该是何等壮观。我们到这里来就是为了看日出。

可是听了一夜海涛，凌晨起来，一层灰蒙蒙的云雾却遮住了东方。这时，拂拂的海风吹着我们的衣襟。一卷一卷浪花拍到我们的脚下，发出柔和的声响，好像在为我们惋惜。

还有一次是登黄山。这里也确实是一个看日出的优胜之地。因为黄山狮子林，峰顶高峻。可惜人们没有那么好的目力，否则从这儿俯瞰江、浙，一直到海上，当是历历可数。这种地势，只要看看黄山泉水，怎样像一条无羁的白龙，直泻新安江、富春江，而经钱塘入海，就很显然了。我到了黄山，开始登山时，鸟语花香，天气晴朗，收听气象广播，也说二三日内无变化。谁知结果却逢到了徐霞客一样的遭遇："浓雾迷漫，抵狮子林，风愈大，雾愈厚……雨大至……"只听了一夜风声雨声，至于日出当然没有看成。

但是，我却看到了一次最雄伟、最瑰丽的日出景象。不过，那既不是在高山之巅，也不是在大海之滨，而是从国外向祖国飞航的飞机飞临的万仞高空上。现在想起，我还不能不为那奇幻的景色而惊异。是在我没有一点准备、一丝预料的时刻，宇宙便把它那无与伦比的光华、丰采，全部展现在我的眼前了。当飞机起飞时，下面还是黑沉沉的浓夜，上空却已游动着一线微明，它如同一条狭窄的暗红色长带，带子的上面露出一片清冷的淡蓝色晨曦，晨曦上面高悬着一颗明亮的启明星。飞机不断向上飞翔，愈升愈高，也不知穿过多少云层，远远抛开那黑沉沉的地面。飞机好像唯恐惊醒机座上人们的安眠，马达声特别轻柔，两翼非常平稳。我一直守着舷窗，注视外边的变幻，这时间，那条红带，却慢慢在扩大，像一片红云了，像一片红海了。暗红色的光发亮了，它向天穹上展开，把夜空愈抬愈远，而且把它们映红了。下面呢？却还像苍莽的大陆一样，黑色无边。这是晨光与黑夜交替的时刻，这是即将过去的世界与即将到来的世界交替的时刻。你乍看上去，黑夜还似乎强大无边，可是一转眼，清冷的晨曦变为磁蓝色的光芒。原来的红海上簇拥出一堆堆墨蓝色云霞。一个奇迹就在这时诞生了。突然间从墨蓝色云霞里蓦起一道细细的抛物线，这线红得透亮，闪着金光，如同沸腾的熔液一下抛溅上去，然后像一支火箭一直向上冲，这时我才恍然大悟，原来这就是光明的白昼由夜空中迸射出来的一刹那。然后在几条墨蓝色云霞的隙缝里闪出几个更红更亮的小片。开始我很惊奇，不知这是什么，再一看，几个小片冲破云霞，密接起来，融合起来，飞跃而出，原来是太阳出来了。它晶光耀眼，火一般鲜红，火一般强烈，不知不觉，所有暗影立刻都被它照明了。一眨眼工夫，我看见飞机的翅膀红了，窗玻璃红了，机舱座里每一个酣睡者的面孔红了。这时一切一切都宁静极了，宁静极了。整个宇宙就像刚诞生过婴儿的母亲一样温柔、安静，充满清新、幸福之感。再向下看，云层像灰色急流，在滚滚流开，好把光线投到大地上去，使整个世界大放光明。我靠在软椅上睡熟了。醒来时我们的飞机正平平稳稳，自由自在，向东方航行。黎明时刻的种种红色、灰色、黛色、蓝色，都不见了，只有上下天空，一碧万顷，空中的一些云朵，闪着银光，像小孩子的笑脸。这时，我忘掉了为这一次看到日出奇景而高兴，而喜悦，我却进入一种庄严的思索，我在体会着"我们是早上六点钟的太阳"这一句诗那最优美、最深刻的含义。

大地的心灵

今天黎明，当我在田野上缓缓行走时，晨曦乍上，晓露正浓，我忽然为一条静静闪光的河流所吸引，它使我回忆起一段往事。

四十多年前，我有过一次在沙漠上长途跋涉的经历。黄沙漫漫，一望无际，色调是那样单纯，仿佛朦胧地饱含了睡意。我们默无声息地慢慢行走。那是何等的荒凉、何等的寂寞呀！赤地千里，烈日炎炎。你感到酷热，却没有汗水，因为汗水一出来立即被蒸发了。茫茫然一眼望去，连一点阴影都没有，没有一株树，没有一棵草，偶尔有一只云雀，婉转鸣叫，从瓦蓝的天空中，倏然飞过，留下一个影儿，也使你觉得十分欣喜。但，渐渐我为这大地的庄严、宁静之美所感染了。如果说大海的雄伟在于波涛汹涌，这大地的雄伟则在于沙浪无垠，所以古人称为瀚海。正是这瀚海，给我打开了大自然的神奇奥秘。这里没有树林、河流、房舍、山峦，因而大地就那样赤裸裸地展开了。像婴儿在吮吸乳汁时，抚摸着母亲的胸膛，它那样温柔，那样坦荡。这时，你确实觉得你就是大地之子。在这里，没有飓风喧哗，没有大雾弥天，它只是如此真实，如此亲切，处处闪耀着生命的光华。就像母亲手把手教儿学步，它让沙漠锻炼你的脚力，考验你的意志，没有什么可援手，没有什么可攀缘，你就凭着你自己从深陷的沙窠里跋涉向前。正是这平淡无奇的淡淡黄色，给黎明的曙光、黄昏的晚霞，染出浓艳的色彩。它用它的生命的光华燃烧你的生命的光华。我不免发怀古之幽思了，天苍苍，野茫茫，我们的祖先不就是在这样的大地上开始游牧生活吗？——我仿佛看到篝火通红，听到歌声嘹亮……

当我深深怀着对于大地之爱，跋涉几天之后，一个傍晚，我们忽然走进一道沙漠的峡谷。

大自然真是造化无穷呀！这峡谷竟是一片沙漠绿洲。谷地流着一条像翡翠一样碧绿的河流。河水给沙漠滤过，清澈极了，清凉极了。进入峡谷后，一下就把沙漠上的炎热荡涤一尽，而为一种清新的空气所陶醉了。一株株郁郁葱葱的树木，在清凉的微风中像开屏的孔雀一样微微颤动。这儿一切碧绿森然，像一种奇妙的梦幻，把我们的心灵都染得绿莹莹的。当我们涉过河流，穿过丛林时，我听到了喔喔鸡啼，咩咩羊鸣，而峡谷的峭壁上，永远不停地像细细水雾一样泻着流沙。我们当天就在这绿洲中宿夜。当晨光来临时，我走到小河边，蓦然想道：在这莽无涯际的沙漠之中，这明亮的小河呀，不正是大地的眼睛吗？透过清明而澄澈的河水，不正流露出大地心灵的脉脉深情吗？

多少年过去了，我早已将那一刹那的沉思忘却了。

一九五六年，我访问南斯拉夫，在斯洛文尼亚，去游布列特湖，从悬崖高处眺望阿尔卑斯山冰峰怀抱中这碧绿的湖。据说在那湖心小岛的教堂钟楼上有三口大钟，其中一口，不知哪朝哪代落入湖中，至今，每当微风吹拂、涟漪荡漾时，人们还能听到发自湖心的微微钟声。斯洛文尼亚人管这碧绿的湖，叫"山上的眼睛"。啊，这是多么美的一句诗呀！我立刻由"山上的眼睛"联想到"大地的眼睛"，这布列特湖与沙漠峡谷的河流不同的是，它不但泄露出大地心灵的深情，而且发出大地心灵的悄吟。我久久徘徊，不忍离去，当夜回到卢布尔雅那的旅社，在我的梦中，那绿色的湖光，还在萦回飘荡。

好像生活有意在证明我几十年前在沙漠峡谷那一刹那间的凝想是多么正确。一九八〇年，我出访法国和意大利，飞逾喀喇昆仑山时，从极空高处俯瞰，那一望无际的白皑皑的冰雪世界之中，有几颗绿色的小点，就像落在雪白纸片上的一滴滴蓝墨水。这是碧绿的湖，真正大地的眼睛。它张开湛蓝的眼珠向高空凝望，望飘荡的彩云，望灿烂的阳光，望喀喇昆仑山这冰封雪冻的巨人。我在空中翱翔，不但看见了大地的凝注的眼神，仿佛还听见了大地心灵的呼唤。

今天，我漫步在田野上，朝霞一下红得那样鲜艳，这时，我的心就如同我的脚，漫然悠荡，我的神思却伸展得非常非常之遥远。我看见树林红光闪闪，小河像胭脂浓酽，这一切，使我倏然想到：大地心灵之火。在大地的深深的底层，火像熔岩一样飞扬呼啸，沸腾旋卷，这是最强的热、最强的光、最强的生命、最强的歌唱……

为什么我说大地的心灵是火？

因为我看见过生命的血浆，在燃烧的战场上，怎样一滴一滴渗入深深的土壤——那血浆红得那样惊人……我知道："物质是不灭的，生命是永存的，如若它在这儿熄灭，便在那儿生长。"

硝烟弥漫，战火纷飞，在那天崩地裂的一刹那，一个英雄猝然倒在灼热的地上。刚刚在一刻钟之前，为了一种崇高的理想、神圣的使命，他还在呐喊、奔驰、搏击、战斗。他那巍然的英姿，像最完美的岩石雕塑一样坚强刚健，神采飞扬。他不怕暴风骤雨的袭击，不怕烈火狂焰的焚烧，因为他正在用热血、用生命，谱写震天撼地的一曲英雄乐章。而现在，他倒下了。但，这不是乐曲的终结，而是乐曲的延续。因为他那一滴滴红宝石一样红的血水，带着美丽的青春，带着无穷的壮志，一点一点渗入、渗入、渗透、渗透……一直流注进大地的心脏。

谁说大地的底层是黑暗无边？不，这血滴在闪闪发光。

谁说大地的深处像死寂无声？不，这血滴在放声歌唱。

于是大地的深处像炼狱一样燃起熊熊烈火，在这烈火中翱翔着再生的凤凰。我们的英雄的生命升华了。我们的英雄的青春升华了。它们溶成甘露一样的汁液，通过无数条血脉，又从大地深处流向人间。它浇灌，它孕育，它滋养，在碧绿的树叶上，在芳香的泥土上，在柔嫩的小草上，在茂密的禾苗上，又生发出新的生机，萌长出新的希望。

太阳冉冉上升了。我穿过一片树林，走到河旁。这时，朝阳的红光洒落在水面上，河心急流滚滚，红的光，像许多红的冰凌在急速地旋转、漂流、闪烁。这时，天地如此宁静，宇宙如此安详，就像这苍莽的天穹之下只有我一个人。我仿佛一下又回到那沙漠峡谷的河边。我从潺潺水声中，感到大地心灵的颤悸、欢悦，听到大地心灵的咏颂、歌唱……

这时，我唯一要说的一句话，就是大地的心灵是多么美啊！

海的幻象

　　我常常想到海。每次想到，总立刻打消这一感觉，因为对这山地，海是太遥远了啊。……其实，海水的晶莹，在我生命历史的路程上，并没有像凝结的盐粒那样构成为一种生命的要素过。但我却真实地爱好海洋气候。两个月了，由于——在构思一篇发生在海滨的悲剧文章的关系，我更多次数地接触到海了。人的精神生活应该是深挚的——你想：海一样蓝的眼睛，比那死气的蛤蜊壳的闪烁好得多。而人们的根性，是——时常会悲惨地把灵魂淹在自己腌菜的罐里，我们为什么不要求着宽阔、宽阔。

　　前次涨水的时候，我宿夜在一处山顶上。

　　清晨起来，我吮吸着这空旷、巨大的山谷间，只有这一瞬才会觉到的清新。它，是涤着干燥微厚的蒸馏水。这种景象，使我感到家乡——靠近海岸的大平原上，夏日每天的早晨，我出来，看到——那深森的山脚、沟壑，对面山峰上浮着白色的雾。

　　他说："这要是山岬，这下面是一片海……"

他指着伸在面前一条条绿茸茸的山脚，然后他横开摊平的手掌，抚示着无限远的一片。

是啊，假如这是一片海，开阔、健壮心境的海，……我没响，我在这瘠地时常想一个海滨的家该是如何美丽？……这一顷刻，我如能在清明的玻璃上看见一片蓝天，是新的人生的崇高的感觉。我以自己心灵的语言，似乎完全极深地接触了他的一切澄清的感情。——那是稀罕的超露在市侩主义生活一切之上的——它具有磅礴的歌声，它击沉一切渣滓而掠向高空去。我只有一次，在海面上，当风暴的预测播到我耳中，从心底，我听到一种生命搏击的音响。我望着他，他是蔽着病弱的苍白，在胡须与眼里却自然地溢流一股邈远的思索，这是他纯真的表白——他在体会世上最美的是什么，他知道最美的语言在哪里……

人们也许只瞅见或听到，一个人激扬的浓眉，光芒的巨眼，和铿锵的粗犷的声音。

当他歌唱的时候——他的汗珠流下来，他号叫了……但，那是真挚的，属于他自己生命的东西啊。

而我不止一回：我看着，听着，他的手随了音节的掣动，他微闭了眼，嘴唇，在胡须里，头轻轻向一面转过去，……他曳着悠长而温软的声音，真的，是人的生长着的声音，……在那里面充满着无限的无限的经历的苦难。然而，这如同乐奏中的一支小风笛。它更多地表现着作为革命者的激烈的热情的时候，他的声音燃烧了。他责备他吗？但——这真实的呐喊是他的一面。你不能因为航海的一次风暴际遇，而忽略了海的墨蓝上镀了月光的全线的清凉呀！我从海的最喧闹的性格里，认识最大的寂寞与最深的孤独。——回到眼前情景上来吧！对面的雾渐渐裸露出峥嵘的山岭上的荆莽。我从远远的幻觉里跑出来。

走着下山的有太阳照临的路时，他深湛地说："他像一只鹰。"

一只鹰和一片海洋。我想到慷慨的与热情的鲁平斯坦因的《海洋交响曲》。我也想到高尔基的《鹰之歌》。从这中间，我抽象化地把握一条线索：那是健康、朴实、美满的灵魂。人生是复杂的……但，你如同蜜蜂去分辨酿蜜的花蕊。我想：一个优美而健康的灵魂，是比一个空疏的野蛮的体壳好得多。而空疏的骷髅——仅在跳舞呀！真的阳光会照化这非生机的废料的。在博大的辽远的壮健的海洋上，——那是潮湿的风，而是有感情的音乐，那是运用了联系着美丽的语言的清新诗篇。我走着人生的路，永寻着人生的海洋，……

春　雪

　　入春以来，接连下了几场大雪。每次看到这一片白茫茫的世界，心头总涌出无限欣喜，是的，这是二十世纪八十年代第一个春天的雪啊！

　　我生长北国，从来爱雪。少年喜诵的"为嫌诗少幽燕气，故向冰天跃马行"的诗句，至今记忆犹新。鲁迅对北方和江南的雪，作了精细入微的描写："江南的雪，可是滋润美艳之至了"，而"朔方的雪花在纷飞之后，却永远如粉、如沙，它们决不粘连，撒在屋上、地上、枯草上"。不过我觉得这里写的北方的雪是冬雪。至于北方的春雪，我倒觉得颇有江南雪意呢！旧历正月初三那头一场春雪不就是这样吗？我住在高楼上，从窗上望出去，阳台栏栅上堆积着厚绒绒一层雪，是那样湿润滋融，带来清新的春的消息。天晴气朗，从我这窗口，可一目望到苍翠的西山。而这一天，北京城一片洁白，一望无际、鳞次栉比的积雪的屋脊，黑白相间，构成一幅十分别致的画，好看极了。

这春雪，引起我喜悦，引起我深思。我静静伫立窗前久久凝望，我想起我一生中难忘的几场春雪。

在延安搞大生产的那个早春，那是如何艰苦而雄伟的大时代呀！我们为了战胜饥饿，为了把火与血的战斗进行下去，但等天暖，我们就要放火烧山，开荒下种。恰恰在这个时候，一场大雪忽然从空中飘飘扬扬洒落下来，喜得我奔出窑洞，用炽热的两颊，迎接冰冷的雪花。我写了一篇小文章，题目记不清了，好像是落雪的晚上，其中有这样的意思：雪，一点一滴深深渗入土地，滋润着种子，让它早日发芽。我现今还记得那年的春朝，曙光微放，延安山岭上这里，那里，一行行蜿蜒蠕动的人影。然后，飞扬的锄头，挥洒的汗水，令人真正体会到"劳动人民创造新世界"的快感。

已近三月末，早该下雨，谁知今早起来一看，又是一场好雪。大概因为温度上升，雪花都粘连在树身上，远远近近的树木，有如一丛丛雪白的白珊瑚，好看得很。这雪树使我想起另一段艰苦而雄伟的生活，那是东北解放战争最困难的时候。松花江边，二三月还是漫天风雪，雪深没膝，行军人，一脚拔上来，一脚陷下去，尽管是零下四十度的严寒，由于艰难跋涉，却还是一身热汗淋漓。但一眼看见东北人叫作"树挂"的奇景，一株株树从树身到每一纤细枝条，都像冰雪精雕细刻出来的，晶莹婀娜，不禁从心头掠过一阵惊喜。我就带着这美的心境穿过风雪，走进硝烟，这又是何等英雄而豪迈的生活啊！

今年，二十世纪八十年代第一春，这几场大雪自与往昔不同了。但是，历史的脚步，却静悄悄而又坚实地从遥远深处走来，把往昔和今日紧密相连。正因如此，那艰苦岁月的春雪，赋予今日的春雪以无限深情。如果说有什么不同，那就是时代不同了。那时，我们从黑暗旧世界中用鲜血与生命博取光明；今天，我们迈进一个大时代的门槛，走向新的长征，要以更坚毅的力量去博取更大的光明。从一个战场走上另一个战场，这就是我们的历史的延续与伸展。"忘记过去就意味着背叛"，这话说得多好呀！我们是为了纪念过去而迎接明天。对于创造未来的人来说，他懂得他是多么需要往昔那种披荆斩棘、开荒辟莽的精神的，这样想时，我又听到开荒的歌唱，又听到火线的雷鸣。

这几场雪，一次比一次更接近温暖的阳春。我想起我失去自由时，默诵过咏春的诗："几番朝日几黄昏，快雪明雷最断魂。"就在那铁栏栅里，我心灵上还是微微地颤动着自由翱翔的翅膀啊！眼看这簌簌的雪花，把几十年的情愫一下串在一起。这纷纷扬扬的雪花啊，它，似乎在催着我飞马扬鞭、冲击向前。

我静静地凝视着，这春雪啊，一点动静也没有，绵绵落了一夜，又绵绵落了一天，这雪多么洁白纯净，如花似玉，但是没有让我沉醉，却使我亢奋。从我的经历、我的性格，我是更爱暴风雪的。正如鲁迅所写："……旋风忽来，便蓬勃地奋飞，在日光中灿灿地生光，如包藏火焰的大雾，旋转而且升腾，弥漫太空，使太空旋转而且升腾地闪烁。……"这是怎样的豪情，怎样的奔放。谁料今天下午，当我从窗口望着白杨树林，我却给一种天工造化，神妙奇绝的景象所惊住。原来，白杨树身、树枝上融化得发湿发黑，已经静悄悄地长出梢头的茸茸嫩蕊上却沾着雪，像千千万万点洁白的花，那样密，那样美。一刹那间，我仿佛到了苏州的香雪海，看见千树万树的白梅。今天，只有今天，这绵密的春雪，使我竟暂时忘记了我心头上呼啸的暴风雪，使我更加深沉地喜爱起春雪来了。古语："瑞雪兆丰年。"而这二十世纪八十年代第一个春天的雪，不是为八十年代、为新长征，带来美好的预感了吗？……没一点风，我静静走到一株高大的白杨树下，一片积雪，又一片积雪，从树顶上扑通一响，扑通一响，坠落下来，立刻融入潮湿的黑土。我忽然想起："落红不是无情物，化作春泥更护花。"当然，用落花比拟雪花很不确切，可是，以生命肥沃着大地的雪花，不正在催发着即将开放的春花吗？！

关于长城的回忆

长城，现在该像一只给锤子凿破的风箱了吧？

在这遥远遥远的江南，我听了一夜秋风。这秋风里，也许裹了多少片落叶，当偶然醒来的时候，仿佛玻璃窗上，有着那么轻微而诡秘的叮、叮……的声响。我并没有因为这憔悴的落叶，引起一片乡愁或是落下一滴眼泪。然而我知道，北方的风沙，已经是漫天漫地地飞着了，……那风沙有时冷静地、悄悄爬过长城的每一块砖堞，有时也许会激怒起来，任性地拍击着城砖上细细的黄稍草。可是几千年了？长城，还不是依然站在那儿，风没吹走它一块砖石啊！

……不过！……

听塞上来的客人说：长城这两年也现出一张愁悒的面容了！

我怀恋着长城，在一个秋天或一个春天，我也曾经孩子气地踩在它臃肿的头顶上，向着北方长啸。然而，这，现在成了多么惹人遐想的梦寐啊！

因为怀念长城，我还怀念起那诚朴的老人。他还健在吗？他还能扶着孙儿的肩膀爬上长城，向那些干绿色的砖缝里，发掘出古代单于人们射在那儿的箭镞，卖给游人吗？——那是一个三角形的小东西，因着土壤的潮湿长满了绿锈，样子很玲珑，像一个给嫩绿色裹着的小花苞。老人假如仍旧还在的话，就是不能爬上长城，但在那迷茫的鼻烟色的暮霭里，或是白脓脓的早雾里，也该瞧得见长城的面容现在是不是愁悒的。衰老了吧！别了五年了，……我总想念着长城，也许就因为有着这么一个好像古传说中的老人在那儿。

等到真个爬起来，想尽情地做一番寻梦的人时，我的耳边仿佛还留着我同游者的豪语：

"我想在这儿站到天黑，……明天早上，也许有风沙堆成一个坟冢！"

偷偷趿着睡鞋踱到窗前。有什么呢？……冷冷的青色的柏油路上，电灯把玲珑的枫树、梧桐树的影子倒印在路上。除了几片落叶滴溜溜旋滚着，有什么呢？在这江南的深夜里，没人吹一支玉笛，或从那儿去听一听牧人的芦角。……

长城的影子，还突兀地留在心上。然而我却想起了另外，……这我不愿意想，我也记不住！存在故乡书桌抽斗里的几十封信上写的是什么话呢？我情愿让蜘蛛丝混合着尘埃，封满那些寄托了我几年的心情的东西。当时我可没有想到它现在会只是可怜地做着我记忆里一个角落里的挂碍。谁叫我在这深夜听见秋风，因而想起长城，更联系着想到那句豪语……那个人，然而这只是江南；

北方已经隔得多么遥远啊!

一夜,我落在苦汁般的记忆里。

这儿有了落叶,长城上深夜落的严霜,也许成天不会溶解了。最后我模模糊糊的——然而不能说是梦啊!——仿佛瞧见夜宿在长城下的贩羊的蒙古人,敲着火镰燃着烟斗,……一会我又听见一阵凄凉的异族人的号声,是紧急集合?是冲锋?没有什么,也许在那会我呼喊了一阵吧?因为我瞅见我永远嫉恨着,嫉恨着的旗子。我永远不愿意他们的脚步来揶揄我们忠实的长城,然而,我的确瞅见了,他们现在是坐在城头上聚餐,把水机关枪架在那儿,往里面扫射着,——长城做了几千年的保姆,现在,……不但侮辱了它,还让它眼看着它的孩子被杀死,……早晨醒来,我真觉得嗓子在干涩、紧缩……

翻了翻深深的箱底。

"咦!……在这里,这……"

我摸出了一个绿棉布的小包,那里有着箭镞,……把它放在桌上,我更想起了我两次去游长城。

第一次,是一个春天落着蒙蒙的牛毛细雨,这雨在我们到了青龙桥时就落了,……虽然是春天,那里的草,也就刚从地皮下干涩地露出点淡绿颜色。抬头一看,吓!这大的石块,一直砌上天边,除了山峡里的深深的、去年留下来的荒草的干枯的荆棘,再看不见旁的什么。我们踩着那滑脚的岩石,往上爬。一刻后,……看见了长城。飞快地爬到那儿,向下面欢呼、拍手。我因为伴了玉落在后面。雨丝飞虫一样触着皮肤,我们且行且唱起歌来。……

四弦琴在这儿弹不出声音。

这儿有冷冷的风吹来天山头上的云。……

本来有点春寒侵着衣服，经了一路奔波，鼻头上倒沁出汗珠来了。沿着一条城的倾斜的坡顶往上走，到了一个窄窄的碉堡里，我们才停住脚歇息。大部分的人已经超过这里，往最高处去了。这儿只剩下我们两个，从那碉堡的洞口——那是古代守城人安排弓箭的地方吧——望出去，是一片起伏不定的丘陵和黄漫漫的沙壤。就在那上面，一群群的羊，一只只现出蚕头那么大的一个白点在蠕动着。风扑上来，已经有些冷峭了。

"先生，……哦，小姐……"

就在那会，一个老人萎缩地迈动粗糙的脚掌走过来。我看见在他伸出来的手里，放着现在摆在眼前的这几枚箭镞。他是一个宽腮广颡的、北方气质很厚的人。头上覆着一顶羊毛擀成的毡帽头，那毡子，已经变成一种深灰的黑色了。在那浓浓的扫帚眉下，两眼流露着乞求和希望的光。……

我是倚了城壁立着。玉却坐在巨大的城堞的凹口上，这会她忽地跳下来说：

"我们全留下，老头！……但你得给我们说个关于这长城的故事！……"

老人笑了，……和蔼地举起手摸摸从上唇上耸起来的苍白的胡须，露出两排黄黄的牙齿。

我们坐下，倾给他暖壶里的水，还给了他面包和牛肉。可是他始终沉默着，没搭理我们，只把两眼固执地从我们头上掠过去，

望着苍苍的蓝天和茫然的、没有止境的荒野，……同游者等候得不耐烦了，催促他。他才转过头来，长长地叹了口气，说了起来，

那是他年轻时候的故事。

一次，他搭了帮出口外去打猎，天黑才回来，……仗着背在肩头上的火枪，他走向长城。荒野已经沉入酣睡了。在长城的一个拐角上，他听见有叽叽咕咕的声音，以为是鬼，……汗毛笔直地竖起来了。他蹑着脚走向前去。那会，枪已平端在他的手里。他在一块砖上面伸出头来，借着星光看到了两个人。一个男子正在用手撑了低着头，站在他面前的却是一个女人。她说：

"你走吧！……我是不能离开的，离开长城，我不知道该怎样活下去！"

"……那么我也留下！"

"不行，你走吧！……留下，你还想活吗？"

风一阵比一阵紧。两个人沉默了一响。女的带了鼻音笑着说："你放心去吧！……"等到猎人转过眼睛，往男的身上看去，吓！银晃晃一把半尺长的尖刀，从女人的衣袖里抽出来，一亮，叮的一下，早穿进她的肚皮。尖刀大概从背后插出去，钉在城墙上了。那男人站起来吻了吻她的最后笑着的嘴唇，走了，向长城外渐渐远去，……

"唉！这个男人，现在也许还在世上呢！"

感叹的，这卖箭镞的老人，末尾把头转向一边去了，他是不是在揩他两眼的老泪呢？这故事太残酷了。也许就是他自身的隐痛，一天不自禁地向陌生人宣泄了吧！我回过头瞧瞧玉，她的脸

忽然变得像蜡渣一样白了。两眼呆呆地瞅着城墙的角落，她是不是想找出那女人的血渍和刀痕呢？一会，那老人收了钱，头也没点一下，兀自走了。当他走下斜坡时，背影是蹒蹒跚跚的。

"这箭镞你收起来吧！我们会永远怀念着长城，我们……"

人事的变迁，太可怕了。再一次来上长城时，说这样话的人，却雀儿一样不知飞向哪处去了！那一次秋天的旅行，恕我现在不再想起它吧！真的，从那以后，我渐渐锻炼出一颗坚强的心了，我不再向姑娘们身上去寻安慰。我只把我的心深深地埋在书页里，这话一点不夸张……现在我已发现书页上的安慰，是比嘴上的来得忠实可靠……真的，现在我不能因为回忆而使我几年不流的眼泪重落在衣襟上。

不过……我有一个遗憾，我没有在月夜登过长城，可是长城现在已经落在异族的手里，现出了悒郁的面容。唉！长城不是旧日的长城，人心呢？更从何处寻取旧日的人心？

白桦树

我来到战争像狂风一样刚刚旋卷过去的战场上，这时这里一片静寂，静寂得出奇，我走到像绿色丝帛一样柔波荡漾的小河边。我猛然停止了脚步，我看到一棵小白桦树。

像遭受雷击一样，给炮火劈裂开来的小白桦树，只连着一点树皮，整个儿绿色的树冠连枝带叶都倾倒在地面上。砍断处露出白骨一样的颜色，而且流出浓浓的透明的汁液。这就是她的血吗？她诉说什么？我的心剧烈地揪了一下，一股哀伤的感情涌了上来，我缓缓把树权扶起来，可是不行，她立刻又颓然倾倒下去了。小白桦，这是一株多么可爱的小白桦呀！一刻钟之前也许她还在阳光下，披拂着微风，摇响着树叶，也许她还在微笑，她还以为那红色的炮火，只不过是从天而降的一阵闪电，一阵惊雷。这种大自然的奥变，在这黑色沃土的茫茫原野上，原是经常发生的。当时，小白桦也许像一个妙龄少女一样微微摇摆着婀娜的身影，很希望淋一阵小雨，消一点炎暑。谁知一块火烫的钢铁突然击中了她。多可怜的小白桦，我隐隐觉得她在哭泣，也许是我的心在哭泣。前方远处有枪声在召唤着我，我不得不前进了，不过在移动脚步前，我向周围睃寻了一下。近旁就是那条蜿蜒的小河，现在水面映着阳光又变成赭红色的了。我记住这是从那边峡谷流出来的第几道河湾。于是我走了，我还在想着：这小白桦树也许会就这样悄悄死去了吧！

从兴安岭到长白山，森林莽莽苍苍，无边无际，有红松，有落叶松，而我最喜爱的是白桦。这儿白桦也真多，如果她们生长在一大片碧绿浓荫森林之间，她那雪白的树杈就显得特别鲜明悦目；如果整个一大片都是白桦树林，这树林就显得特别轻盈活泼，远远看去像一片缥缈的白云。我觉得白桦是充满诗意的。她生长在冰天雪地、辽阔粗犷的北国，她却是那样苗条轻巧，微风过处，一阵细语，仿佛她所以分布在这地方，就是为了点缀这个地方，给这地方增加一点灵性。她像雄壮合奏中摇曳着的缥缈风笛，她像浓郁绿的色彩上轻巧地画出几笔洁白，她给人一种纯洁的美感。

——小白桦，我那赭红色河边上的小白桦呀！

——小白桦，我那生命垂危的小白桦呀！

——小白桦，她用她最后的生命在诅咒那残酷的暴力吧？

大约过了一年多吧，我又来到那片土地上，不过，这里已经不是厮搏的战场，而是辛勤耕耘的沃土了。小白桦，一下又升上我的脑际。我忽忽匆匆朝那小河走去，我先找到从峡谷里流出发着咕嘟咕嘟清亮响声的地方，而后，沿河走去，数着几道弯，就在我所寻觅的河湾旁边，我却看到一株浓枝密叶、树影婆娑的白桦树。

我想也许记错了吧？我向四周看看，不错，就是这里，就是这一棵。她没有死，而她活了，生命，你这看起来纤细、柔弱、娇嫩的树，具有一股多么坚强的韧性呀！我喜得心都跳起来了，走上前去，用手仔细地摩挲着树身，我果然在树身上找到疤痕，不错，就是这棵白桦树，不过她长大了、长高了，树干有小碗口那么粗了，树盖河水般碧绿盈盈。忽然，一阵温暖的春风吹来，白桦哗哗作响，像是在歌唱呢！我双手抱住了这株白桦树，我低下头轻轻地吻了那洁白的小白桦树，而我突然发现我的眼泪流在小白桦树上了。

红玛瑙

——一九六〇年十一月五日至七日的日记摘录

汽车轻快地奔驶着，驶过甘泉，驶过崂山，驶近延安。……这时间，对于像我这样，认为自己真正的生命是在延安开始的人来说，面前这一切都引起多少回忆啊！正这样想时，忽然，车窗外，墙壁上闪现出一行朱红大字：

地球是颗红玛瑙，

我爱怎雕就怎雕。

这诗句像通明的火光，一下照亮了我的眼睛。急忙往下看时，墙壁却一阵风一样一闪而过，车子又轻快地歌唱着向前飞驶了。尽管黄昏的阴影，已悄悄笼罩了陕北黄土高原和"一川碎石大如斗"的河床，同车人还是把脸凑到车窗上，谁也不肯放弃对于延安最初的一瞥。这时间，那两句诗在我脑海中已留下不可磨灭的印象。

一颗晶莹、透明的红玛瑙，愈来愈胀大，愈来愈光亮，这不正是我所走过来的和我正在经历的整个一个新世界吗？它，像鲜红的朝阳，使我欣快，使我感奋。仿佛我自己的全身也都被照透照红了。但是我的思路被身边一片喊声所打断，"杜甫川！""七里铺！"就像当年每一次从前方回来，走到这里，闻到扑鼻的炊烟一样，这是一些多么响亮而又亲切的名字呀！我们已经到了延安了。我还记得当我还是二十岁刚出头的青年时，带着两肩尘土、一颗真心，踏破黄河两岸的冰雪，在这崎岖的小路上，第一眼看到延安。那一刹那间，我的眼睛充满了泪水。那是从黑暗中，第一次看到黎明的幸福的眼泪呀！是的，我们的庄严的、战斗的道路从这儿开始了。在那以后的一段时间内，我们在冰封雪冻的进军中叨念着它，我们在胜利欢腾的狂热中高唱着它。在困难中，它鼓舞我们战胜困难；在欢乐中，它要我们看望更欢乐的明天。我们念着它，去涤荡大地上的污垢；我们念着它，为一个光明灿烂的新世界开辟路程。现在，当我再来到它面前时，我将告诉它一些什么呢？……这时，一片明光闪烁，仔细看时，原来是电灯熠熠放明。回想从前延安夜景，从那一排一排、错落不齐的窑洞里透出来的万盏灯火，像繁星一般迷人。而现今，这雪亮的电光真是一派新气象了。我从汽车里面跳出来，是多么急于想看一眼延安的新面貌呀！但，这深秋之夜，却像一道幕布把延安遮住。我想它是想在突然之间，给我一个崭新的印象吧！

　　早晨，我爬上山顶。这时，朝阳有如万道霞光，把眼前一切染上一层淡淡的红色。看，延河，那亮晶晶的蜿蜒的延河！看，那不是清凉山！而那高耸空中的宝塔，依然像一个守卫者，欣然看着这一个明朗的早晨。这时，各种嘹亮的声音，从我记忆深处升起：——这是那悲壮而又庄严的历史年代的声音呀！千千万万人的脚步，从全国各地聚集，从这古城中的石板路上响过去，从城门外那尘土飞扬的道路上响过去。我记得，一个黄昏，北门外路边上，一圈人影，一盏马灯，毛主席在跟青年人讲话呢。我记得，当时青年人的脸，都像早霞一样明亮，在读着马克思列宁主义的关于革命真理的新书。我记得人们高唱："黄河之滨，集合着一群，中华民族优秀的子孙"，在自由的灵魂里点燃起真理的火焰。而后，歌声从这儿冲破滚滚尘沙，飞过黄河，飞过长江，战火闪烁，战鼓雷鸣，人们用自己的鲜血与生命，染红了我们那英雄战斗的年代。可是，透过一切轰鸣，你仔细听一听，你会听到一种最优秀的声音，那是一片雪白的羊群后面，一个头扎羊肚毛巾，身披半截老羊皮，有着红彤彤面孔、亮晶晶眼睛的陕北青年的声音，他把鞭子甩得噼啪一响，放开喉咙高唱："鸡娃子叫来狗娃子咬，当红军的哥哥回来了……"这是令人心醉的歌声，它给我们无比清新的快感。而后，在这宏伟的大时代的合唱之上，响彻了"东方红，太阳升"的歌声。这是黎明的歌声，这是延安的歌声。现在，阳光把一个新延安照得如此光明温暖，让我带着这记忆之中最最优美的歌声，进入这瞻仰革命圣地的旅程。

　　也许住过杨家岭的人，想问一问你住过的窑洞还在不在？也许到过枣园的人，想问一问今年梨树的收成？延河还那样清澈？谷穗还那样金黄？西红柿怎么样？波斯菊怎么样？你有没有去看看我们赶着毛驴去驮水的那条小径呢？我可以回答：延安变得更年轻了，延安现在是多么整洁的一个城市。从南市场到北门外贯穿着两条大马路，一座大桥连接着去东关和去杨家岭的道路。我可以数说：勘探的钻塔、工厂的烟囱、学校的校舍、桥儿沟的拖拉机站和柳林公社的秋收。深秋季节，早晨地面上已敷了一层薄霜，晌午太阳却又那样热烘烘的。当我在凤凰山、杨家岭、王家坪和枣园走着、看着、想着的时候，站在河岸上，听着延河缓缓低吟，穿过城中石坊，走向毛主席故居的小路，那一个庄严而壮丽的大时代便又回到我的眼前来了。是的，我们在这儿过过最美好的生活。在这些纪念馆里，我看到了陕北工农红军战斗的长矛和南泥湾开荒用的锄头，有纺车，有镰刀，有扁担，有白色原木钉制的办公桌椅，有马兰纸印的报刊文件，我像看到了最亲的亲人，这一切都在散发着当年生活的芬芳。这是开天辟地、创造新世界的生活。世界上难道还有什么比这更激动人心的生活吗？中国人民从战争炮火中，推山倒海地站立起来了，在黎明晨光中，带着血迹与征尘前进了。现在，当我们生活在充满着光明、洋溢着欢乐的社会主义社会之中，回想一下，那时，我们穿着灰粗布军衣，束着皮带，穿着草鞋，但我们的眼睛是多亮啊！在凤凰山、杨家岭，毛主席住过的窑洞里，我感到特别地亲切，因为我还深刻地记得，当时，在这儿见到毛主席的情景，特别是他谈着话，有时微笑，有时深思的面容。而我知道，就是在这静静的窑洞里，纸窗下，木桌上，毛主席度过了多少可珍贵的日夜。那是艰辛而又充满希望的日夜，他经常深夜不寝，等候着黄河两岸、大江南北来的战报。而当他把工作布置停当后,他又以多么欣悦心情,迎接着每一个新的黎明。我有多少次从他住的山脚下走过,望着他窑洞窗上的灯火,立刻得到了无穷的力量、无限的鼓舞。是在这里,他宣布:"新中国航船的桅顶已经冒出地平线了,我们应该拍掌欢迎它。"

今天,当我在延安——这温暖的土地上走着时,眼泪又一次溢满我的眼眶。这一草一木,哪怕是一朵金黄的野花,都萦回着多少革命的、战斗的情怀呀!但,那真是令人永远振奋的年代:敌人要把中国革命陷于绝境,而我们用自己双手创造一切。滔滔黄河流不尽,漫天黄沙匝地来,而盈盈的春意在那时开始了。

那是一九四二年大生产运动的春天。我记得,延河里还漂着冰凌,可是你站在延河岸上向四处望一望吧!各处山巅上都在放荒火,白天青烟弥漫,夜晚红影幢幢。只要回想一下,我的心还忍不住激动。那是一场大战的前夜,不过那是人类向大自然开战。到处一片紧张、忙碌。丈量了荒地,运来了工具,选好了籽种。到深夜,窑洞前的山径上,人们还提着马灯,走来走去。有一夜,落了几星春雨,隐隐响了两下雷声,泥土的气息弥漫空中。次日,天刚放明,满天满谷,晨雾迷蒙。每个人都把准备好的锄头扛在肩膀,爬上高山。向高山之巅望去,雾气笼罩的山峦上,都是一行一行的黑人影,这里那里,一下都响起"开荒啊开荒"的歌声。这是党发了号令,谁也不肯落在后面,奋力扬起锄头。

由于敌人封锁,那一年的冬天,我们没有穿上新的棉衣,每个人膝头肩顶都补着补丁。我们的伙食也相当困难,一盆洋芋汤上漂着几点油花。但我们是那样欢乐,到处是发亮的汗珠,到处是发光的笑脸，整个延安充满用自己劳动创造财富的革命精神。像我这样生长在城市的知识分子，手掌磨出茧，汗水透衣衫，但我第一次尝受到劳动的光荣、劳动的喜悦。就这样，延河里的水好像流得更畅亮了，蓝天上的太阳好像更温暖了。春风吹绽了深谷中的桃花、杏花、梨花，鲜红的野百合花、淡紫的马兰花。我们每早起来都先望一望我们的耕地。而后，碧绿的田野代替了荒山，多美丽呀，那是我们亲手织出的大地的花毯呀！这时，心中有说不出的舒畅。这一回，当我在又一个大时代，崭新的建设社会主义的大时代里来到这儿，我走着，沉思着，"延安风格万岁"这几个字从我心灵中涌现出来。这时我想到的，就是那开天辟地的风格，敢于从困难中打开胜利道路的风格，用自己双手创造新世界的风格。只要回想一下，今天我们社会主义的每一点光明，不是从那时开辟出来的吗？

让延河日夜不息地歌唱吧！我们喝过延河水的人分布全国四方，我们就像吃过母亲的乳汁一样，忘不了延河的声响。延河的歌是美丽的但也是雄伟的。你看那春天的涓涓溪流，一到夏天，山洪暴发，它就白浪滔滔，直泻千里，奔向黄河，奔向大海。延河就这样从遥远的历史深处奔流到今天。

今天的延安已经是一个新的延安了，但又是一个保存着优良传统的延安。人们还记得出席一九四二年陕甘宁边区群英会的申长林吧？他已经六十八岁了，但二十年如一日，他一直坚持在农业生产第一线上，党的事业第一线上。今天，如果你到蟠龙去，你还会遇到申长林同志揽着生产队的羊群在行进呢。到现在，延安一些干部，还保持着勤俭持家的作风。常常把小行李卷一背，就下乡了。开完会如已夜深，把袄子一裹就在老乡家睡了。手里拎着根木棍，不管荒山野岭，抬起腿就走了。遇事跟群众商量，一蹲下去就是几个月。还是一身棉袄，打上几块补丁，穿上几个冬天。现在，就让我们就近到杜甫川和少陵川之间的柳林去看望看望吧！

人们该还记得，就是出名的刘建章南区合作社所在地的柳林。在当年合作社作仓库使用的一孔大石窑里，如今是柳村公社柳林生产队的办公室。同志们生了一盆炭火，炒了一锅南瓜子。我们就围桌而坐听李有华同志谈了一段经历。他是延安地区头一批走合作化道路的一个。他还跟我们在延安时所习见的农民干部一样，戴着一顶旧蓝布棉帽，脖颈间围绕一条白羊肚毛巾，他告诉我说：

"我家在横山，从小就是一个给人家揽活儿的人。工农红军到横山，我成了赤卫队员。后来白匪反攻，那些逃亡到榆林城的地主老财又赶回来收地、倒算，折腾得穷人一点活路也没有。后来我到延安来寻红军，才到了柳林。一看这里能安置，正月里回去引下婆姨娃娃，六口人背一堆烂铺盖，来柳林揽长工。一九四三年，毛主席号召'组织起来'。刘建章叫我搞变工，我说没农具。他答应合作社帮添农具。我组织了九户横山来的移民，一人两只手一把镢头，没有田地就开荒……"

真是星星之火可以燎原，从那时李有华的九户变工队，经历了一段漫长的历史道路，柳林公社现在在我们面前呈现出一片繁荣景象。正像延安人跟我说的："你该还记得从前那烂袄袄、皮裤裤的年月吧！那年月一个劳动人民一辈子能买起几丈布？到三边去驮盐的人，晃荡着一杆鞭子，不都穿着白板皮裤吗？现在，你到农村里看看，到处干干净净，哪一个队员不是新布棉裤棉袄。妇女剪了头发，穿着花布袄，哪家炕上不堆着花花被子，咱们的人生活变了，精神面貌也变了。"

这是一个响晴天。我们从山峁上看了托儿所下来，转过小河那边。生产队的牲口棚里静悄悄的，牲口都放出去吃草了。前面那大场院上，却一片马嘶人叫，队员们正赶着打场呢！坪场里面这堆金黄的小山，是谷子；那堆焦黑的丘陵，是荞麦。红的高粱，白马牙玉茭，扬着风，一阵阵烟雾腾腾，马蹄嗒嗒响，石碾子咕噜噜转着跑，人脸晒红了，汗珠在眉峰上闪光，灰尘披满衣衫，声音却分外欢畅、洪亮。给暖洋洋的日光一蒸发，空气中弥漫着新粮食的香味。正在这时，我转过身，真使我惊喜万分，就在场院一边的土墙上，我又看见那火热的诗句，而且这一回，我看到了整首诗。

地球是颗红玛瑙，

我爱怎雕就怎雕。

按着毛主席的好图样，

驯服山河建天堂。

这时，就像电炬一下照明了面前的大道，突然，像浮雕一样把我重来延安的全部思想、感情都刻画出来了。是的，正是在这里，正是在那庄严、艰巨的时代，我们的党，我们的毛主席就一步进一步地雕着这一个晶莹、透明、通红、发光的红玛瑙的新世界了。而为了塑造这一个新世界，首先就雕塑了一批又一批能创造新世界的人。他们给共产主义思想阳光照耀后，像血一样鲜红，像火一样明亮，他们的灵魂，像红玛瑙一样坚固、纯洁、闪光。而这一切不正象征着我们整个中国革命、战斗的形象吗？

就在这个夜晚，我正对秋高气爽的夜空凝视，忽然，宝塔山上的宝塔，像一串珍珠、一簇璎珞一样亮了起来，这简直是梦幻世界啊！当年，我看夕照，看曙色，看月光映出这宝塔，现在电灯却把它装扮得如此美丽。我不禁陷入沉思："……如果说一个革命者，当他获得革命真理时才获得了真正的生命，那么，延安，在多少人心灵上点燃起那最初的一点火焰啊！而这火焰，从此便在你生活中永远熠熠闪光了。……"就在这个黎明之前，延安山城还沉在宁静的安眠之中，我又坐在汽车上登程了。又一次向延安敬礼告别。想到不知何时再来，心中说不出的依恋不舍。车轻快地奔驰着、奔驰着。我心中自言自语地勉励着自己："让延安这个灯塔永远在我记忆中闪光吧！要创造一个红玛瑙一样鲜红、通明的新世界，那就先努力把自己锻炼成为永远鲜红、通明的红玛瑙一样的人吧！"这时严霜在地，晨寒袭人。高原、山峁、河川、树林都还朦朦胧胧。这时我两眼注视着前方，前方无限辽远的地平线上突然出现了小小一点光亮，开始像一枚金红色小片，但随即扩大了，展开了，像火一样燃烧起来。我再向四周看时，不觉之间，黑夜已为晨光所代替，而新的一天就这样诞生、开始了。

青春的闪光

天将破晓，天安门工地上一片灯光、一片轰响。在这背景之下，我看到一个戴安全帽的青年人向我走来。他有着黑红的脸膛，明亮的双眸；他的一只手把一件上衣拎在肩头，他昂起胸脯，大踏步地行走。那步伐，那神情，那意态，那心境，处处洋溢着清新、欢乐。这时，在他的背后还是黑夜，而在他脸上已映出一线玫瑰色晨光。我目不转睛地注视着他，亲爱的同志！这时他展示给我的是多么丰富的生活含义呀！像一股晶莹的泉水流注我的心头，是一首诗，一幅画，不，比诗深远，比画优美，如果需要一个题目，那就是"一个新世纪的早晨"。

等一等，就在这时刻，就在这地方，让我沉思一下吧！让我这颗跳跃的心，贴近祖国的心脏沉思一下吧！

一个回忆像闪电一样掠过我的心灵。那是二十二年前一个狂风暴雨的夏季，烦闷燠热，乌云垂拂在人们的心头。人们无语地等待着，一滴滴的鲜血从痛裂的心叶上滴流下来。这一天，烈日蒸腾着，我一步步走到天安门前。就是这里！这里！这现在正在安装水泥地下管道的地方，这现在正在铺设洁白沙石的地方，我突然停下来。我看到从前门那个方向开来一辆坦克，我眼睁睁地看着那坦克上面飘动的太阳旗。这时那钢铁履带的嘎嘎声残酷地碾过我的心上。我痛苦极了。一刹那，就像有看不见的铁锤在撞击我。我看着一辆辆坦克从我面前向东长安街驶去。我看见那给暴日晒得熔化了的沥青路面上，留下坦克履带深深的齿痕。留着它！我说，这是啮在祖国心头的烙痕。我不能忘记，现在不能忘记，将来也不能忘记，我要把它写在书里，我要把它留给未来的公民。

又一个回忆像晨风一样吹醒我的心灵。跋涉过多少高山峻岭、丛莽激流，我们唱着歌，唱着民族复仇的歌，唱着阶级胜利的歌，我们不分日夜，不分晴雨地走着、走着，走到了这一天。这是天地崩裂出一个幸福的门槛的一天；这是从这门槛上涌现一轮鲜明夺目的太阳的一天；这是充满殖民主义的毒鞭、火炮、掠夺、绞杀的黑暗的中国永远逝去的一天；这是充满战斗者的鲜血、亲人的誓言，前面仆倒、后面继起战斗的不屈的中国敲响新世纪诞生的钟声的一天。是的，就是这一天，第一次政协会议达到了高潮。我们在会场上投完选票，在那庄严神圣的时刻，来到这里，就是这里！现在被灯光照耀得如白昼的地方，那时却是一个苍茫、肃穆的黄昏。在这里，我听到那一个最洪亮最温暖的声音，是他宣读了人民英雄纪念碑的碑文；我看到是那一双开拓了中国革命斗争路程的手，为人民英雄纪念碑铲了第一铲土。读的只是一句碑文吗？不，是我们在向几百年几千年的战斗者宣布我们的誓言。

铲的只是一锹土吗？不，那是我们在辽阔无边的祖国大地上建筑社会主义万丈高楼的破土施工。那是多么宝贵的、激动人心的历史时刻呀！那时，就像我们投入战斗前聚集在一面旗帜下一样，在建设的开端，再一次把自己的生命交给革命。记得从那儿回到怀仁堂，雪亮的灯光更加雪亮了，温馨的空气更加温馨了。在这时我们站起来，掌声、喊叫，泪光的闪亮、心声的合鸣，会场上宣布了选举的结果，"毛主席万岁！"我们六亿人民站立起来，新的社会主义的祖国迈步前行。那是难忘的年代，那是震撼世界的时刻。

再一个回忆像鼓声一样震动我的心灵。就是在这里！这里！从前留下了帝国主义坦克齿印的地方，就是在这里！这里！而今，千千万万人像潮水一般汹涌澎湃，像太阳一样心花怒放，这是我们的第一个十月一日。人的海洋，人的森林，人的群山，人的烈火，人们的脸庞像金黄灿烂的向日葵朝向一个地方，人民的太阳出现在天安门上。那千千万万人的脚步声就是鼓声，这鼓声是从遥远遥远的历史深处敲响的，人们敲着它向封建的黑暗王朝进军，向帝国主义的炮火进军，向最末一代统治暴君进军。那鼓声从森林深处响起，从江河的源头响起，它冲碎了高山、震开了风暴、敲醒了暗夜。现在一处一处、一切一切，都集中到这里。这天安门前秋阳像碧玉的闪光，温柔地投闪在人群中间。人们在摇手，人们在欢呼，他们举着鲜艳的花束，他们闪烁着明朗的笑容。给我印象最深的是最后那一刻，所有的人一下涌过金水桥，涌到天安门城脚下。毛主席在天安门上向群众招手、欢呼致意；群众激动地跳着脚，拍着手，向毛主席欢呼致敬。刚刚朝四面八方走开的游行队伍，被这欢呼声所吸引又转过头往回奔跑。那种热烈的人心沸腾，毛主席的声音像春雷一样从这儿滚过中国的大地和天空。我明白，那是严峻的历史的结论，那是欢乐的新世纪的序曲，我不能放过这时间。我的记忆的门窗是敞开着的，我记下了男孩子那红彤彤的笑脸，女孩子那亮晶晶的眼睛。我感觉到每一个从这儿走过去的人都将带去一颗特别坚实的、像金子一样发亮的心。年轻的人们拂去肩头上古老历史的尘埃，天已黎明，东方透出生气，启程了。

我的眼睛难道只停留在天安门前这一块土地上吗？不，我知道，在这儿所发生的一切事情都同样发生在辽阔的中国土地上。从天安门前走过的人，不是回到酣睡的深夜或休憩的黄昏，而是千军万马，走上建设前线。我们的建设者走上每一条扬着灰尘的道路，我们的歌声震荡在每一块遥远的地方。我们是这样的人民，他们以这一点为荣耀：每一个人心中都装满风暴，同时也洋溢着幸福，人人都有一丝结血的伤疤，人人都懂得怎样实现自己的希望。从那时起到现在，从一九四九年到一九五九年整整十年了，我没有忘记那红彤彤的脸孔，亮晶晶的眼睛，因为从那以后，我在前进的途程上到处都遇到了他们。

是啊，你想一想，在那开头的日子，在人们的面前摆着的是什么？贫穷、疾病、疮疤遍体的原野，灾害滂沱的激流，把这样广阔无垠的国土从这一种状况中改变过来，让古老的土地恢复它真正的青春，这是多么艰巨多么繁难的事情啊！这一切可没有吓倒人们，人们把战胜困难当作最高的幸福。就从那时起，一个雄伟动人的大时代开始了。是的，从人们放开喉咙唱"起来，饥寒交迫的奴隶"那时起，从人们举起"全世界无产者联合起来"的红色旗帜那时起，在"阿芙乐尔"炮声打开人类一个崭新的世纪以后，又一个震动人类心弦的新的世纪开始了。这一次发生在亚洲，黑暗的东方升起冲天的红色曙光。在中国，几亿被侮辱被损害的饥寒交迫的奴隶升到了主人翁的地位。这是让每一寸焦土都唱起歌来的时候，这是让滴进土壤的每一滴血都闪起光来的时候。你听，建设的声音在各处轰响，从空寂的大森林里传来伐木者的斧声，从幽静的山谷里传来勘察者的钻探声，从一张新鲜的木板上响起钉钉子的敲击声，在丰饶的原野上拖拉机冒着青烟在吟唱，这是多么庄严欢乐的生活道路呀！在今天，请允许我叙述一下我在这一段途程上的见闻。

这是真正的黎明，阴暗的夜雾还低垂在我们的头上，我们来到了飘动着战争火影的江流边。这是从长白山顶上倾泻下来的江流，这是在我们国土和朝鲜国土之间奔腾的江流。现在帝国主义者带着滚滚的血和火朝向这儿来了，他们恶毒地说要把我们扼死在摇篮之中，但是愚蠢的谋杀者，在这儿遇到的是强大的巨人。就是那个严峻的冬天，狂风怒号，雪花飞旋，我穿过浓烟一样的尘雾，夹杂在急驶的军火卡车和奔赴前线的战士行列中间，来到了江边。江上的浮桥被美国飞机炸断了，对岸有一辆汽车打开车灯照着江面，人们正浮在激流中抢修。我坐在这边高高江岸的一个木料堆上，望着江那面的大火的闪光。你想想看，听罢天安门前欢乐的鼓声之后，来到这里，那时间，一个人的心情会是怎样的？！这时有一个人走到我身边坐下，要跟我对个火儿吸烟。就在他的面孔贴近我、我的纸烟火光一亮时，我惊喜地看到那红彤彤的脸孔和亮晶晶的眼睛。唔，他在这儿出现了。这是一个刚刚才穿起军衣的战士，一个不久之前还在耕种的青年人。不过，他已经是第二次渡江了。在第一次渡江作战之后，负了伤，短短休息一阵，又赶上来了。风一吹就把江那面的灰烬吹拂到我们脸上，这时他用沉思的声调跟我谈了一段话。他说他出国的那天晚上，在这千军万马、人声嘈杂的渡口上，看见一个年老的母亲，她白发苍苍，但是不顾风雨，举着一盏灯笼，她从一只用棉絮包裹的水壶中倒出一碗热水，她说："孩子们，喝一碗，再喝一碗吧！就要出国了。"他说他的排长跪下一条腿，就着老人家手上一口气把一碗水喝下，头也没回就踏上浮桥。他，这个青年，说他从那时起再也不能忘记，在行军中、战斗里，总觉得有一双慈祥的眼睛在注视着自己。年轻人不愿多谈自己的战斗，但他在火线上倒下来了。他默默吸几口烟，说他躺在担架上，一个拂晓的时光，又来到江边。还是这个奔腾的江流，还是这纷乱杂沓的渡口，去时落着雨，现在却已飘着雪花了。他呀！当一种温暖的灯光落在脸上，他睁开眼，又看到那年老的母亲……说到这里，汽车喇叭在鸣响，队伍上有人在呼唤，浮桥修好了，这青年人站起来就没入黑暗中不见了。我也熄灭纸烟，赶紧踏上结满霜花的浮桥。他的话却深印在我的心中。从那以后，我总觉得我们的母亲，不论风雪多么大，都一直在这江边上举着灯笼站着，看望着我们……

一场巨大的战争，我们打胜了。东方的巨人闪着微笑，迈开从容、庄重的步伐走自己的路了。像强烈的探照灯一样照亮人们的眼睛，照亮祖国的前途，社会主义新世纪的道路开始了。时间来到第一个五年计划的第一个冬天。大森林里的夜晚，到处有冰雪在闪光。火棚子像长长的统舱，里面比澡堂还热，四个大汽油桶安装了烟囱，燃烧的木桦子从炉门里射出通红的火影。一大群伐木者从门外带进一阵迷茫的雪雾。人们吃了一顿香喷喷的夜餐，烤干了衣着，赤裸着臂膀，坐在铺了淡黄狗皮的双层铺上，静听着一位党委书记传达新任务——他在讲工业化，讲幸福的明天。党委书记站在窝棚中间的一盏玻璃吊灯底下，他的声音很响亮，很有吸引力。我听着听着，想道：从前梦想也没想得这样快，就是在这儿离北京遥远的寂寂山林中，在这木柴桦子搭的火棚子下，党的号召的明灯照亮了所有人的心，人们看清了奔赴的方向，人们踏踏实实地朝社会主义光明大道上走去。报告完毕，人们纷纷讨论起来。就在我身边，一个采伐青年说："这深山就是祖国的财富，你想想，建设社会主义哪里不要木材，矿山没有木头撑柱怎能行，铁道没有枕木怎样铺遍全国！"是的，一个劳动者把他的劳动意义提到这样高度，你想想看，他的精力该会是怎样奔放，明天，那满山敲玻璃一样的丁丁伐木声该会多么响亮吧！你不要觉得这只是一个普通伐木者的话，而我们社会主义新世纪的道路就从这儿开始了。

　　如果说现在炼钢的火光已经照亮祖国的上空，长江畔的高炉出铁了，白云鄂博的高炉也会赶将上来，而在第一个五年计划时代，我们第一个钢铁基地就在鞍山，它像是一切钢铁工业的"母亲"。鞍山的清晨，太阳还没有露面，街道上还飘荡着残雾，你只听见无数自行车在潮湿的柏油马路面上嘶嘶碾过去的声音，骑车的人有的就穿着炼钢工的白水龙布衣服，脖上还围一条毛巾。人们从这条路、那条路，一下都会合到一条通往钢厂大门的大道上来。大道变成了河床，上工的人变成了巨流。大面包车窗口上一个女工的头发在拂拂飘动；忽然一阵隆隆声响，从海城、辽阳送人来上班的火车开到了，连车门口都挂满人；一辆专门运送母亲和婴儿的嫩黄色大汽车来了，一张张脸像朝露润湿了的花朵一样可爱。人群涌进炼钢厂出入口，然后一股一股向各个场房、车间分散开去。卷扬机已经在高炉上卷动，无数烟囱冒着烟，烟一团一团地升上去，给初升的太阳照成淡红色。刹那间，鞍山整个天空都变成淡红色，紧张战斗的一天开始了。一个青年工人站在马丁炉前，火光把他的面孔照得通红，他透过从水龙布帽檐上垂下来的蓝眼镜，静静地观看着沸腾的钢的溶液。就是他在不久以前创造了快速炼钢的最高纪录。他告诉我，在创造纪录那一天，他们收到了毛主席的贺电，还在俱乐部里开了庆祝会，他回来躺在床上怎样也睡不着。这个二十六岁的青年人，他想的是：社会主义需要钢，我一定要更好地干。这青年人的心扉敞开了，这是那种透明发亮的心。他告诉我，在国际青年联欢节上，一个西班牙青年炼钢工人对他说："你们现在过着天堂的生活，我们现在还在地狱里！"然后两个紧紧拥抱起来。回国后，他守着自己的马丁炉，对同班的工友说："还有多少国家的工人过着被压迫的生活，他们还不能自由地升起自己的国旗，还不能自由地使自己的语言讲话。你们想一想，我们要不加紧出钢，对得起谁？！"在这儿我又看到了那个红彤彤的脸孔和亮晶晶的眼睛，他们现在想的是多么辽远、多么广阔的生活啊！这眼睛里闪烁着比晴空还爽朗还深远的眼光。

生活巨流汹涌澎湃地前进着。十年之后的今天，回过头来想一想，我们所经历的每一分钟、每一秒钟，都是多么宝贵的时间。正是从那每一点时间里放射出的每一星火花，凝结、积聚，我们创造了社会主义建设新高潮。那真是比风暴还强大的风暴，比巨流还勇敢的巨流。它从六亿人民的心中呼啸而出、奔腾而起，它把人类生活中无穷的幻想变为美丽的现实。人，在这新奇迷人的景象中更高大地站立起来了。十年，使一个青年已经成为一个壮年。现在眼前是一望无际的朝霞一般的火焰，战争的灾难火光永远逝去，而真理的火光在大地上熊熊燃烧起来了。那千千万万的人群，弥漫了原野，遮盖了山岳，他们冒着风雪在大力兴修水利。人们在向大自然进军，在这种力量的冲击之下，山可以削平，水可以遏止，可是谁能算清那无法计算的数字？那一铲一铲泥土究竟能积起多少山峰？那一团一团呵气究竟能聚起多少浓云？铁水在沸腾，麦穗在荡漾，英勇进军的旗帜在迎风飘扬。在这沸腾的年代里，我无法抑止我的激情与我的脚步。我走过松花江、黄河、长江、淮河、钱塘江、闽江、新安江，多少个不眠的夜晚，多少个光芒四射的早晨，使我深深体会到：这是多么伟大的十年，如果说我们曾经从拂晓走到黎明，又从黎明走到清晨，而今天，一轮红日，已经排开迷蒙的晓雾，透过绚烂的朝霞，而巍然出现在太空之上，发出无限的光与热了。在这遥远遥远的途程上，我看到更多更多的红彤彤的脸孔和亮晶晶的眼睛，不过这脸色，这眼光，都显得更坚定、更成熟、更明智、更清新了。就如同我们过去在战争年月里，受过风霜的锻炼一样，年轻的人们受到了建设战线上风霜的洗礼。在郭尔罗斯的雪夜，我发现了一个青年技术员那火热的性格；在大别山的急流旁，我看见一个年轻的植麻能手那充满信心的神情，他们都精力旺盛，神采奕奕。他们的一切都告诉我：在他们身上青春的力量无尽无休，现在所做出来的一切只不过是一个良好的开端。人们应当为升上天空的第一批火花的鼓掌欢呼，但是我们在勇敢前进，还将更勇敢跃进，在未来的途径上，我们将会放射出更美丽的奇异的光彩。

东方天空上出现了一片红色闪光。天安门广场上笼罩着宁静而温馨的气氛，工地没有了，美丽的大厦矗立起来了，灯光渐渐熄灭，一个晴朗的早晨来临了，人们带着迎接节日的喜悦心情走过去。这是十分珍贵的时刻，这是伟大诞生的时刻，在这红色闪光中，你向远方望一望，全国呈现出一片多么壮丽的景色。江河冲开了银色的朝雾，山谷吹出了绿色的微风，"当——当——当"一阵铁砧声，"出钢了！"金红色的溶液喷射出灿烂夺目的火花，火花在飞在跳，在爆在响，调度台上的扩音器在震荡，天车的铁链在哗啦啦升降。这像巨大城堡一样的车间一下变成火海，到处是火，到处是人，人和火一道搏斗，人和火一道欢乐，而钢水像从高空飞降的红色瀑布，一把拉开了黑夜与白昼交替的帷幕，把阳光提前带了进来。在江南的田野上，这时际已飘浮着晚稻的芳香，稻田是一片金黄的绒毯，从这一个天边卷到那一个天边。江流像一道道碧玉的连环，小小的白篷帆上映出第一线淡红的霞光，稻穗上的露珠闪动。这时，在北方建筑了重型机器厂的人们，正在南方兴建一座更大的钢铁城堡；修建成武汉长江大桥的人们，正在长江上游兴修另一座彩虹一样的桥梁；阜新煤矿送出不尽的乌金；克拉玛依油井在喷射着油泉。我知道那在一切一切战线上飞奔前进的人们的心，在这庆祝我们十年国庆的时候，人们没有忘记曾经在天安门广场上那坦克的齿痕，人们没有忘记那站在江边上不避风雪举着灯笼的年老的母亲。是的，正因为这样，人们在发挥着无穷的潜力，人们在征服着汹涌的波涛；人们把智慧凝成胜利的果实，人们在攀缘着高峰。而这一切一切，在这一瞬间，都为东方这一片红色闪光照明了；如果你飞上高空看一看，你会惊奇这整个绿色的大地，到处都在闪动着多么美丽的红光。这时有多少个红彤彤的脸孔，有多少双亮晶晶的眼睛，他们望着天上的红色闪光，又一次受到了庄严的鼓舞；而实际上，生活中的红色闪光，正发自他们的身上，发自他们的心头。是的，是我们走过了十年，是我们创造了今天。而这闪光正是我们整个社会主义祖国发射出来的无比明亮的青春的闪光。这青春的闪光将成为永恒不灭的真理的火炬，这青春的闪光将引导着我们奔向更远的明天、更远的前方。

人生无非，欢声和泪盈

绿 窗

　　今年，我书房的北窗上一片碧绿，愈到秋天绿色愈浓，现在简直成了一个可爱的碧绿世界。在一日繁忙之后，我常常站在窗前，看着那豆蔓瓜藤，绿叶扶疏，清风微拂，充满生意。这时，我记起泰戈尔《吉檀迦利》中的一句诗："我衷心欢畅，吹过的风带着清香。"

　　但，这种欢畅每每使我回想到春天。随着冰雪的消融，地皮潮得黑乎乎的，泛着一种泥土的气息。又过了一些时日，太阳光发烫了。我窗外的这片小园中，充满一种劳动的音响。铁锹锵锵响，孩子们欢喜地叫喊着，迈着小腿奔跑着……今年比往年还热闹。我记得当人们把种子撒在泥土里时，同时撒下了多少希望与多少幻想呵！而后，我在昼长人静之时，似已习以为常，总要从窗内看一看，看嫩芽是否已经突破地面。那时，我总看到一个孩子——就是下种时，沾了两手泥巴、带着笑嘻嘻面孔的那个孩子，独自蹲在那儿。他有时甚至用手指挖掘土壤，好像想使一把劲儿，让茁壮的嫩芽快快成长。

日子一天天过去了，可是我的窗外还是一片荒凉。因为春早，植物虽然发了芽、吐了叶，尽管孩子们经常灌溉，但总是病恹恹的，显得有点黄瘦。那时，那个孩子的漆黑的眼珠里露出一种怎样焦虑的神色呀！这是大人才有的失望与担忧。我从窗里望着他，他蹲在那儿看着那些可怜的植物，我感到一种难堪的寂寞。后来，有一阵，我突然陷于忙碌的会议生活之中，连桌面上的书报文件都堆得像个小山，自然也就把小园中的事情忘掉。窗玻璃上还是亮光光的，一丝绿意也没有。天气却不知不觉炎热起来，夏天就这样来到了。一个闷热的星期天中午，我打开玻璃窗，希望从铁窗纱外透入一点凉意。我从书架上顺手取了达尔文的《人类和动物的表情》坐在窗下翻阅，渐渐地，我就沉醉于这奇妙无比的叙述之中了。我觉得达尔文是一个科学家也是一个诗人，特别是谈到在各种不同情况下，人由于幸福，或由于悲哀，怎样激发出眼泪，他引了荷马在《奥德赛》中描写俄底修斯回国，他的儿子忒勒马科斯怎样"站起身来，带着眼泪贴近在他父亲的胸膛上"，他的妻子珀涅罗珀怎样"从她的眼睛里流下滚滚的泪珠，她站起来扑向自己的丈夫"……这时，忽然，有一阵籁籁——籁籁的声音响起，我还没有分辨清楚是什么声响，但一种模糊的清凉的快感，已充溢在我的心间。我向窗外看时，才发现是雨点落在肥大的嫩叶上，"扑嘟——扑嘟"地发响呢！我惊喜极了。原来在我不注意时，种植的瓜豆已经长大了，那瓜藤似向我表达欢欣，把淡绿色的须蔓轻轻伸到窗纱上摇荡。这时，乌云滚滚，凉风习习。而后多雨的季节便到来了。农民有一句生动的话，说：庄稼在迎风长着呢。那意思是说像一阵风吹着那样快长起来了。不久，我的窗上便为绿荫所遮满了。不过，从那以后，我再也没有看到那一双黑溜溜的孩子的眼睛，也许他在植物艰难生长时才最关心，现在可能已经把兴趣转移到湖边，去钓鱼了吧？

谁知从这小小的碧绿的浓荫的世界里，我却发现了一个新的奇异现象。问题出在那许多株向日葵身上。靠院落北边朝阳之处的几株，长得一人高便展开了金黄灿烂的花瓣，可是靠院落南边，我窗外的十几株却不开花，只是一味地向上长，向上长。特别是其中一株，似乎"得天独厚"，茎子长得竟有茶杯粗细，叶子也像蒲扇一般肥大，让你感到它身子里充溢了碧绿的生命汁液，但只是总不开花。于是，这又吸引我每天来注意了。尽管会议生活占去许多时间，但出去或回来时，总得瞥上一眼。也许这株向日葵自有它的凌云壮志吧！渐渐我的眼界为屋檐所限，看它时似乎在看一棵大树，只感到碧绿盈盈，而看不见树顶了。这时我忽然想到：它拼命钻天地长，是在竭力超出这南屋遮着的阴凉，超过屋檐去寻找太阳。于是，我打开窗门探身出去一看，果然在超出屋檐之后，这株向日葵的金黄花瓣怒放得简直像火焰一样，而花盘起码有一个面盆那样圆大。我欢喜极了。我知道它是在寻找阳光的过程中把自己生长得如此茁壮、如此高大。

而今我的窗上依然一片浓绿，但你细看时，这株有凌霄之志的向日葵的叶子有点发黑，而低垂的花盘已经结满了棕色的葵花籽，一切沉甸甸的，成熟了。而我多么想再坐在窗下重读一下达尔文的那部书呀！不过这一回我读的是关于"快乐，精神奋发……"的部分，这是多么开阔、爽朗的生活情趣呀！他说："一个人在街道遇到老朋友的时候，就好像他在感到任何微小的愉快（例如嗅闻到一种愉快的香气）时候一样，发生微笑；而微笑，正向我们后面可以知道的，就逐步进展到发声的笑了……"

冰凌花

从一个旧的记事本里，发现了一枝小小的花朵。花朵虽然枯干了、发黄了，但细细花瓣上还残留着一点光泽，像夕阳余晖，令人想到晴明之可爱。

我记得这是从小兴安岭森林中采撷来的。那是四月初，江南该已满山红杜鹃，而黑龙江还冰雪皑皑。有一天，在林中雪地上走着走着，突然发现了这一朵小花。一根土绿色嫩茎从雪中伸出，开着这么洁白的一朵。要不是从林隙透入的一柱阳光，照亮那冰凌一样的光泽，我简直不会注意到它。可这是冰雪中生长出来的花，也该是最富有生命力的花了。森林中的人告诉我：它叫冰凌花。

今天上午，庭院里的积雪，映着窗玻璃上的阳光这样灿烂，我看着这朵冰凌花，却无端地引起许多思绪；而这些思绪都与冬天、与花朵有关。

我想到锡兰的瓦特花。我去时正是一月，一树一树瓦特花，红得像一滴一滴鲜血凝成的。我曾经在一封书简中谈道："你简直无法想象，这儿的花，不是一朵一朵，一簇一簇，而一开就是密密层层一片。在市街上，从家屋顶上、墙垣上，倒垂下来，白的雪白，红的血红，黄的嫩黄，紫的艳紫，宛如一片明霞，灼人心目。"我还想到在厦门看的凤凰树，在广州看的木棉花，都是冬天，而又都是红艳艳的，确实像鲜血所凝成，而且还是活的血，有生命的血，才能红到那样发亮的程度。不过那都是在炎热的南方，那儿没有寒风，没有冻雪。我非常喜爱它们，但我知道大自然给它们创造了最优惠的条件，它们便像火焰一样奔放燃烧起来了。

在日本，从镰仓到箱根的路上，一位日本朋友问我爱什么花，我未加思索，说我喜爱水仙花。人们也许由此判断我是欢喜那种幽雅清淡的花吧！其实当我这样讲时，我是有一种联想的。那是一个冬日，在成都浣花溪，我看见一大片水仙花密丛丛地长在水边上，在冷清清的空气中，那洁白的花瓣、鹅黄的花蕊，令人觉得可爱。水仙花盛产于福建彰州，那是温暖所在。在北方，则只能靠窗上的阳光和炉火的温暖过活了。那么，在从镰仓到箱根路上，我说我爱的水仙花，是指那在大自然条件下蓬勃生长着的水仙花。

我希望发生奇迹，使南方血红的花能在北方的冰雪中生长，当然，这种好的愿望，现在还没有可能实现。这几天，我甚至为这个缘故有些悒郁呢！

我从广州带回来的水横枝，一直葱茏可爱，可是终于经受不住它生命中的第一个严冬的考验而枯萎了。

最早知道水横枝，是从《朝花夕拾》的小引中："广州的天气热得真早，夕阳从西窗射入，逼得人只能勉强穿一件单衣。书桌上的一盆'水横枝'，是我先前没有见过的：就是一段树，只要浸在水中，枝叶便青葱得可爱。"我想：一段横木，几簇绿叶，姿态横生，该多么意趣盎然呀！但后来，在长期战争中，战火硝烟、风霜雨雾，便早把这一件小事忘得干干净净了。前几年到了厦门，在一次聚餐会上，恰好与厦门大学一位朋友同席，由于想起鲁迅先生的《在钟楼上》，因而想到水横枝，顺便问问，但厦门人对水横枝茫无所知。这一来倒偏偏引起我想看到水横枝的愿望，想象随着愿望的增长也丰富起来。看一节似乎失去生命的枯木，重新苏醒了它的青春，这该多么有意思。去年春天到日本去，路过广州，华嘉同志约我们到他家阳台上看他培植的热带植物，我便向他打听水横枝。谁知从国外回来，他便送了我这么好的一株。据他说，这一株有几十年寿命了，而且枝粗叶壮，到了北方也许耐活。果然，它碧绿葱葱地经过了一个夏天。到初秋，我有点担心，谁知一直到深冬也还茂盛，并且不断抽出嫩芽，展成绿叶。我轻轻地舒了口气，我想它如熬过第一个冬天，自然也就容易度过以后的冬天了。但就在不知不觉的几天内，我发现有一簇叶子发枯了，而且用手指一捏，竟像烤焦了的烟叶一样粉碎了。这时我多么想挽救这生命呀！水分、阳光、温度、空气，可是不行，梢头的嫩叶，一层一层像给霜蘸了一般垂下头。我想如若是瓦特花呀，凤凰树呀，木棉花呀，移到这儿来更不行了。它们依靠的是那热地方的温暖，离开那温暖，它们就失去了生命。

在水横枝奄奄一息的时候，我转而想到世界上有另外一种花，那是在冰雪严寒中生长的花。在朝鲜战争中，冰雪载途，寒风透骨，战斗了一个冬天的人们，突然从雪地上发现一种小小淡紫色花朵，那眼睛一下变得多么明亮，脸颊上掠过的笑容变得多么甜蜜呀！我在轰炸下喷着浓烟烈火的平壤下，一个深深的地下室里，看到床头桌上有一只小玻璃瓶，里面就插着一枝淡淡的紫花。我忘记问这是不是早开的金达莱？但我知道它是在冰雪中开得最早的花。还有就是现在夹在记事本中的冰凌花。它们是世界上另一种花。它们不但经得住冰雪严寒，并且用自己的生命冲开冰雪，把春天带给人间。当我这样想着的时候，我轻轻地抚摸了一下这朵虽然枯干了，但还带有生命光泽的花，于是我从无端思绪之中得到了一种安慰，一种真正的安慰。

今日雨狂风骤

　　天阴沉沉的。上午。我在台灯光下，处理了几封函件。突然感到一阵闷热，摸摸暖气片，温度并未升高。那为什么这样热呢？不过，不久热潮也就过去了。近午时分，风声大作，冬日，楼高风烈，习以为常，我也没有注意。谁料当我一脚踏进会客室，忽然看到窗玻璃上大雨如注，这倒使我惊异起来，因为漫长的冬日似乎还未过去，怎么淋漓的夏雨就忽地降临呢？

　　我住过江南，也住过塞北，不论在哪里，春雨与夏雨之别是十分明显的：

　　　　春雨如丝，
　　　　夏雨如瀑。

　　不过，我望着几面窗玻璃上都是雨水，从心底里却浮起一丝震颤、一丝欣喜，我就觉得自己像是沉在海里。游过海的人都知道，当你把头扎入海水中，睁开两眼看时，四周都湛蓝湛蓝的，这时总使你心头掠过一阵快感，想起"一片冰心在玉壶"那句诗。想至此事，我淡然一笑，这大概还是童心未泯的缘故吧。不过，在潇潇雨声中，最宜于驰思漫想，于是我就沉浸于无边回忆之中了。

前人咏春雨之诗甚多，我从幼年起，最爱的是："小楼一夜听春雨，深巷明朝卖杏花。"——把浓郁的春色表现得那样妩媚。按照常情来说，春雨应该是如烟如雾，润物无声，而后带来一片鹅黄的春色，春的脚步似乎总是静静悄悄走来的。但是，今年却出现了异常现象，前几天还是满城飞雪，今天忽地大雨滂沱。不过，不论如何，温柔细腻也好，狂浪奔放也好，我的心头总之洋溢着一湖春碧了。

不知为什么，想到最早的春之记忆，总伴有一丝淡淡的哀愁。那是我二十岁那一年，我住在江南的一个小村镇上，有一天我到汽车站送两个朋友回来，当时春意正浓，很像小时唱过的一支歌里说的："春山如黛，春深如海，春水绿如苔。"我走到一株大树下，忽然听到从远方传来杜鹃的啼声，我停立在树荫下，杜鹃叫得那样悠扬动听，就在这时，一种莫名的怅惘，笼罩我的心头。也许是受了杜鹃泣血之说的影响吧！按说，这鸟叫的是"不如归去，不如归去"，于是远方游子撩起一片乡愁，我当时的心境正是如此。江南春早，江南春美，我不久终于回到风沙漠漠的北方了。

这段记忆在我心中埋藏了几十年。它受生命的熏陶、血汗的滋养、心灵的抚慰，一粒种子在我心中变成婆娑的大树，而后，大树经受了狂风的摇曳，暴雨的侵袭，闪电的照耀，雷霆的震撼，人海沧桑，世态炎凉，在多少痛苦与激愤的轮换中，最初一痕淡淡的绿色，也就模糊了、黯淡了、沉落了。

雨下得更大了。雨点叮叮地敲着窗玻璃，而且从窗棂的隙缝送进潮湿的、清凉的春的气息。

今年，北京的春天还未到来。其实，不久以前，我已在广州领略过春天，不过，那是乍暖还寒的春天，春寒料峭的春天。南国春天的性格竟如此暴烈，一下热到二十五度，一下冷到十四度，连广东人都埋怨今年气候不正常。当我迎着蒙蒙细雨沿着珠江奔驶，我看到公路两旁一望无际都是花农种的鲜花，而同行的广东朋友告诉我由于春节后这一阵春寒，使得许多欲绽的花蕾受到摧残。这倒叫我明白，春，并不都是那么温柔、多情，有时也暴躁、肆虐。可是人生面目本来不就如此吗？我们的多少个黎明是经过暴风雨才迎接来的。胎儿在母腹中的躁动，不正预示着一个新生命即将诞生，一轮晴日往往需要冲破浓雾，才能把光明降临人间。人们说五风十雨过清明，不正说明经过风雨的侵凌，必将滋润春的光华。

幸福如果来得太容易，幸福会这样燃烧吗？

春天如果来得太容易，春天会这样可爱吗？

狂风似乎平息了些，于是雨不再在长空中飞舞，而是静静地、静静地落着，不过这缠绵的雨，更适应于美的遐想。

我写下这篇文章的题目，是我凭着灵感，从这一场风雨中偶然得来的。不过，我觉得有些熟谙，经过一阵沉思我才想到一首词里有过"昨夜雨狂风骤"，其后是"知否、知否，应是绿肥红瘦"，我不知道这些话记得是否准确，而今天也没有什么绿肥红瘦，但是，它真正引起我更深的美的眷恋、美的追求。追求美本身就是人生中最美的境界。有一天，我到一位诗人那里去，我们坐在一起，回想我们喜爱过的诗人，不约而同，说到龚定庵，谈到纳兰容若，说到黄仲则。我默诵了纳兰容若的"山一程，水一程，身向榆关那畔行，夜深千帐灯。风一更，雪一更，聒碎乡心梦不成，故园无此声"。说也巧，过了一些天，我到一位画家那里去，他展开一幅画给我看，真是美得惊人，那上面写的就是上面那首词。这深刻地说明，美是人间共有，美是人间永存，问题是你有没有一颗美的心去求取。谁从心中去阐发，谁的灵魂就得到美，因此，我把在诗人、在画家那里的两天称为美的收获的两天，十分珍惜。

在广东，杜鹃花已因为阴霾冷雾而早谢了，但它毕竟唤来了火红的木棉花、浓丽的三角梅，不论大自然怎样变化，生命终究是顽强的。使我心神为之一震的是我看到那样一座青铜雕塑，一头勇猛的牛，拼着全身的强劲，你看，每一块肌肉，每一根线条，都是那样紧张、热烈，它正从深深荒地里拔出古老的树根，于是一股拓荒者的豪迈精神使我感到振奋。而今天，在这风声雨声中，深深地发掘，深深地品味，我才体会到拓荒者开拓出来的不正是我们亲手创造的这一个新世纪的春天吗？春之记忆真美啊，杜鹃鸟呼唤出春天，杜鹃花燃烧出春天，而从奋进中得来的春天是最美的春天。

前前后后漫想了几个不同的春天，我的漫想就此停住吧。

江南，杜鹃在鸣叫了吧？

那么，不久，我们这里也将听到杜鹃鸟的鸣叫了。

从窗口望出去，我看到白杨树给雨浇得湿漉漉的，高高的枝丫在风中轻轻摇摆，梢头已经长满即将吐蕊的花蕾。

我到医院中去看病人，我将把春的信息带给病人。雨还在下，我沿着园中小路走过时，看到路面上有黑乎乎的小水洼，经过漫长冬季萎萎缩缩的小松树第一次显得这样青翠，这样潇洒。我忽然想到这是我在人间的第六十九个春天。此时此际，我为我闻到从天空，从大地，漫然而来的清新的春的气息而高兴。

不，不会，用生命汁液浸润过的东西是不会泯灭的，就像心上一条绽裂的血痕，不论来自敌人、来自朋友、来自亲人、来自自己，它总有一天会呐喊、呼啸、闪光、升腾。蓦然间，那青春的记忆一下使我真的年轻起来，是这两年我所迎接的春天。

去年春天是在日本过的。三次到日本都是春天，不过，前两次去日本都是樱花时节。提起樱花，自然就想起一些老朋友的深情。不过，中岛健藏、龟井胜一郎都不在了，连头一年还寄我一张红底白鹤的贺年片的白石凡也遽尔与世长辞，还有我所熟悉和我所敬重的志贺直哉、谷崎润一郎、川端康成，也不在人间了。这样想时不能不有点寂然，何况这次去又是樱花已经凋谢的季节呢？！

谁知一到东京，我的心境就变了，我的眼睛一下亮了，我的心一下笑了。樱花虽谢，杜鹃盛开，那满街满巷，满山满野，红的、紫的、粉的、白的，就像从天空飞来一片彩霞，把整个岛国染得如此绚烂艳丽。如果前人以"红杏枝头春意闹"中一个"闹"字道出春的精髓，那么，我们可以用"杜鹃枝头春意浓"中的"浓"

字来表现这春的深情，于是我觉得我那种寂然的心情是不应该的了。杜鹃花与杜鹃鸟之间有着精神上的联系，因此在我心中一下把青年时的春之思恋和老年时的春之思恋交织起来。杜鹃花的世界，是洋溢生气、充满生机的世界。人生绝非逝水，不能老像孔夫子那样嗟叹"逝者如斯夫"！人生还是"长江后浪推前浪"，永无休止，永远前进，一个春潮过去，会推来一个更高的春潮。我在浓郁而热闹的春光中，不但和老朋友井上靖、水上勉、木下顺二，促膝叙谈，我还结识了新朋友，夏崛正元、尾崎秀树。前一位使我感受到"燕赵古多慷慨悲歌之士"的豪侠气质，从后一位身上我感到他的哥哥尾崎秀实那种为真理而从容就义的精神。我永远难忘，我们之间赤诚相见、披肝沥胆地倾说，于是友谊的长河又掀起新的波澜。

雨还在窗玻璃上流淌。这风声雨声，像是把我和人事忧烦一下隔开的帷幕，它使我得到闲暇，得到幽静。我不能停止心灵旅程上的跋涉，我的漫想就是我的追寻，如果说人的一生都在作美的追求，这春雨之中不正应该是获得美的时光吗？

是的，生活之路是崎岖的，思想之路也不会平坦。

后来，我离开东京，到了广岛，穿过濑户内海，到了四国的松山。

在松山，正冈子规一下带着惊人的魅力走进我的生活境界。松山是正冈子规的诞生地，在这个才华横溢而又多病短命的诗人这里，我找到了关于杜鹃的一条牵得遥远的线索：天之遥遥，地之遥遥，时之遥遥。杜鹃在我二十岁年华给我带来的惆怅，却在这个日本诗人这里得到共鸣。他深爱杜鹃，十三岁时就写了一首诗："一声孤月下，啼血不堪闻。半夜空倚枕，故乡万里云。"
他自己患病咯血，因而起了"子规"这个名字。他像杜鹃一样用血咯成诗，而在风华正茂时就溘然长逝了。生活中如果有欢乐怎么能够没有悲哀呢！不过生活在我们这个新时代里，对杜鹃泣血不应该有更深、更美的理解吗？于是我想起另一个春天，也是在江南，我到黄山去，看到杜鹃花如火如荼，我突然意识到，这濡染江山的杜鹃花，不就是杜鹃鸟啼号出的春天吗？

如果我们肯定这一观点，我们就可以得出相应的结论，用血、生命为人间取得灿烂的春天。这杜鹃也是一个令人钦佩的圣者了。

也是一位日本诗人石川啄木就写过这样的诗句：

啊！在这悲惨的永存的世界上，

在这春天的夜晚，泣血的杜鹃的声音，

回荡在多情勇士的胸间。

杜鹃啊！

你把那亲切的致问，

送进我沉思的心灵。

我的生命、我的诗篇将是不朽的标志。

我，正如我的友人——杜鹃，

永远要静静地歌唱那无限的生命的进程。

白蝴蝶之恋

春意甚浓了，但在北方还是五风十雨，春寒料峭，一阵暖人心意的春风刚刚吹过，又来了一片沁人心脾的冷雨。

我在草地上走着，忽然，在鲜嫩的春草上看到一只雪白的蝴蝶。蝴蝶给雨水打落在地面上，沾湿的翅膀轻微地簌簌颤动着，张不开来。它奄奄一息，即将逝去。但它白得像一片小雪花，轻柔纤细，楚楚动人，多么可怜呀！

它从哪儿来？要飞向哪儿去？我痴痴望着它。忽然像有一滴圣洁的水滴落在灵魂深处，我的心灵给一道白闪闪的柔软而又强烈的光照亮了。

我弯下身，小心翼翼地把白蝴蝶捏起来，放在手心里。

这已经冷僵了的小生灵发蔫了，它的细细的脚动弹了一下，就歪倒在我的手中。

我用口呵着气，送给它一丝丝温暖，蝴蝶渐渐苏醒过来。它是给刚才那强暴的风雨吓蒙了吧？不过，它确实太纤细了。你看，那白茸茸的像透明的薄纱的翅膀，两根黑色的须向前伸展着，两点黑漆似的眼睛，几乎像丝一样细的脚。可是，这纤细的小生灵，它飞翔出来是为了寻觅什么呢？在这阴晴不定的天气里，它表现出寻求者何等非凡的勇气。

它活过来了，我竟感到无限的喜悦。

这时，风过去了，雨也过去了。太阳用明亮的光辉照满人间，一切都那样晶莹，那样明媚，树叶由嫩绿变成深绿了，草地上开满小米粒那样黄的小花朵。我把蝴蝶放在盛满阳光的一片嫩叶上，我向草地上漫步而去了。但我的灵魂里在呐喊——开始像很遥远、很遥远……，我还以为天空中又来了风、来了雨，后来我才知道就在我的心灵深处：你为什么把一个生灵弃置不顾？……于是我折转身又走回去，又走到那株古老婆娑的大树那儿。谁知那只白蝴蝶缓缓地、缓缓地在树叶上蠕动呢！我不惊动它，只静静地看着。阳光闪发着一种淡红色，在那叶片上颤悸、燃烧，于是带来了火、热、光明、生命，雨珠给它晒干了，风沙给它扫净了，那树叶像一片绿玻璃片一样透明、明亮。

我那美丽的白蝴蝶呀！我那勇敢的白蝴蝶呀！它试了几次，终于一跃而起，展翅飞翔，活泼伶俐地在我周围翩翩飞舞了好一阵，又向清明如洗的空中冉冉飞去，像一片小小的雪花，愈飞愈远，消失不见了。

这时，一江春水在我心头轻轻地荡漾了一下。在白蝴蝶危难时我怜悯它，可是当它真的自由翱翔而去时我又感到如此失落、怅惘，"唉！人啊人……"我默默伫望了一阵，转身向青草地走去。

雪松上的泪珠

今天上午，到园中散步，清秋晴好，阳光和煦。我从一棵雪松下走过，偶一仰首，看到上面有一点点小珍珠一样的东西在闪闪发亮，此一发现，引起我心中一瞬间的喜悦。仔细看时，原来是一根轻细的松枝上挂着一串小小的水珠，于是使我想起昨天夜晚，红色的闪电突然一亮，响起一阵暴烈的雷声，窗玻璃上布满一片雨珠。雪松本来就是枝叶轻巧，婀娜婆娑，在它上面挂上的雨珠，使我感到那样精致，那样美妙、透明，洁净发光，每一小点像水晶一样。忽然间我想起托尔斯泰《战争与和平》里一个人物讲的一段话：

"'最高的智慧和真理好像最纯净的水，我们希望吸取它。'他说，'我能用不清洁的容器的水，并且指摘它不清洁吗？只有自身清洁了，我才能使这水保持一定程度的清洁。'"

我停下来仔细观看，我的神经灵敏地想到宇宙是最纯洁的，这是从宇宙深处流下的泪水。灵魂是最纯洁的，这是从灵魂深处流下的泪水。不，这是我一个失去亲人的孤苦的老人心灵中溢出的泪水。

我非常痛楚，我非常悲哀。忽然间一阵小小秋风吹来，这棵高大的雪松整个儿都在簌簌地动，于是千万颗水珠都在颤动，在摇晃。

于是我想到一次高烧昏热中偶然醒转，一刹那间看到输液的透明管里那生命之水。

于是我想到第一场春雨来时，在我窗玻璃上留下像一只只微微扇动着的小蜜蜂一样的带来春天的生气的水。

我放轻脚步，从那棵高大挺拔的雪松下走开了。但我又回过头来，我觉得我脸颊上也有一滴水，一滴滴大自然的泪珠，一滴滴人生的泪珠，它坚贞、纯净、无我无私。让它给阳光照得更明亮，更明亮吧！这雪松枝上圣灵的纯洁的水珠啊！

白 鸽

我每天早晨五点半起床，到楼顶平台上散步。

对于一个人一生的历程来讲，如果说每个一天都是一个新世界，那么，每天早晨五点半，就是我的新世界的开端，也是我的新世界最美好的时光。

夏天，曙光红透东方，天空那样庄严肃穆，一缕缕金光愈来愈明亮，清风习习，清气微微；而后，一轮红日尚未露出，但它的光明已经把城市海洋西方的一些高楼的玻璃照得熠熠闪光，像有无数把小火炬在跳荡。

冬天，这时刻却还是黑夜沉沉，万籁俱寂，满城灯火灿若银河，北风吹到脸上令人觉得既清冷又清醒，一颗颗星光像天使的微笑的眼睛，黑夜仿佛有一种魔力，使我与宇宙融合，油然而生一种孤独感、一种崇高感，待到街灯倏然一下熄灭，淡青的晨曦弥漫而来，是那样喜人。

因此，也许比起夏日的黎明，我更爱冬天的晨光。

不过，冬天也有不如人意之处，就是乌鸦成群。我的高楼旁有一片白杨树林，一入冬，树梢上就栖满乌鸦，尽管树林在凛冽的寒风中颤抖，乌鸦却睡得十分酣畅。而后，不知在时间和空间中有一种什么神秘的信号，乌鸦便咿呀——咿呀叫成一片，旋即从我头顶上空飞掠而过，乌鸦的聒噪倒不在于它打破黎明的岑寂，而在于它确实刺耳难听。乌鸦竟是那样多，一群群、一阵阵，就如同一团一团黑云，一下破坏了宇宙间的色调，而污染了晨曦。但它们却俨然以迎接黎明的使者自居。一边飞一边还排泄下一些秽物，在许多好看的屋顶廊垣上留上斑斑白迹，实在可恶。但是，有一个早晨，正当乌鸦群飞之时，我忽然发现，在我家楼顶平台的短墙上立着一只鸽子，它那洁白的羽毛，白得十分耀眼，我一看，心灵一动，放轻脚步。

　　白鸽啊，它是那样安详、幽静、自如。鲜红的短喙、金黄的眼圈、一身毛茸茸的羽毛，使得这只鸽子在头上飞旋的乌鸦衬映下，显得特别的美丽、异常的圣洁。

　　在它身上晨曦之光渐渐由青色变为淡红，白羽毛好像在发出一种柔和的光亮。说也奇怪，一刹那间，那些乌鸦的聒噪好像消失了，那些鬼怪的黑影不见了，似乎是那些乌鸦在白鸽面前也自惭形秽，从而销声匿迹了。

　　我的心境由喜悦变为尊敬。你想，就是这只白鸽，它振其健美之羽翼，凭其坚定之信念，认定一个明确的目标，不怕长途跋涉，向千里万里之外飞去，又从千里万里之外飞回，给人们带回珍贵的信息。可它从来不像乌鸦那样聒噪喧天，而只沉默不语，站在那里一动不动，偶尔侧转一下头，而后又凝然远视。

红色曙光上升，一片阳光照射而来。这时，白鸽飞起来了，像一小团白雪，像一小片白云，向那阳光灼亮的远方飞去，这时我的心好像也冉冉地随它飞去了。它向远方飞去，成为一个小白点，随即消失在洒遍人间的日晖之中了。由于观赏这只白鸽，我推迟了散步的时间，可是，我觉得这一个冬日的清晨，特别明亮。

雨花石

今天天气这样好，秋高气爽，冷暖宜人。昨天却是个阴雨绵绵的日子，下午，我的工作间里，光线朦胧、暗淡。我坐在躺椅上，客人坐在藤沙发上，我们之间的茶几上堆着她带给我的《盗火》等一堆书。她跟我说起雨花石的故事，她说她读到一篇文章讲周总理从来不喜欢玩弄摆设，认为玩物丧志，但在他的办公室里，桌上却摆着一盆晶莹美丽的雨花石，总理那样爱它们，还常常凝视着、沉思着。有一回他指着一枚血红的雨花石，说："你们知道雨花台枪杀了我们多少烈士，这雨花石上的红色，就是我们烈士的鲜血凝成的！……"这是多么浓郁的深情，这是多么深沉的诗意，我感到一颗巨大心灵的颤动。

我在那战火又重新燃遍中国的天空和大地的年月里，十月清秋的一天，来到梅园新村这间给葱茏花木遮映得有点绿茵茵的房间里，我看见周总理，他永远是那样爽朗、明朗的笑容，在浓浓的剑眉下闪耀着睿智与仁慈的目光。那目光总那样动人，有时像暖人心房的阳光，一下又像闪电倏然而起。他和我们短短交谈几句，随即在我们面前展现出一幅又一次迈进战争灾难的中国的图景。但，他的从容的神态，镇定的话声，却给我心中充满力量。是他送我走上战场，走上中华民族英勇搏斗的生命之途；是他给我以鼓舞，他用清亮、明确的声调，决定我到东北战场上去。当我凝视着他——这个革命巨人时，无边的风暴一下凝聚而来，上海起义失败血流成河，南昌的第一声枪响豪情冲天，汕头覆灭的悲痛刺心，雪山草地的惨淡经营。他的心灵里，充满多少回环的风雨，多少艰难险阻，多少战友的牺牲，又是多少沉痛悲哀，而今又面临着灾劫重来，危难关头。而在他这里有一盆雨花台啊！他来到这长江边上的城市，会有多少心意挑拨他的心弦。雨花台刑场，无边苦雨凄风的黑夜，一阵阵凄厉的枪声，而我们的同志壮烈地献出了自己的生命。他们和她们的满腔热血凝聚成火、热、希望、理想，而深深渗入土壤。当我凝视着雨花石时，我忽然发现总理的目光一亮，我仰视着他，倏然和他的目光相遇，他没说什么，但这默默的一瞬，给予我的是多少深沉的哲理、激烈的情怀。这天，在上午的明媚的阳光里，我至今还清楚地记得，他坐在办公桌后的椅子上，敏捷地拉开左侧最上头一抽斗，从里面取出一份电报，放在桌上，他说："刚好中央有电报来，一个大区派一个军事记者……"他使我想起在多少次战云密布、战情迷茫时，他炯炯有神的两眼像探照灯一样穿透一时之间的滚滚浓云而清晰地看到未来的光明——这是力量，是信心，是命令，是前进的号声。当他站起来，习惯地用手有力地跟我握手，摇撼着我的手时，我不知为什么忽然感到眼睛有点潮湿，而他那爽朗的笑声、潇洒的神态，使我心灵一震，我知道使我激动的是一个出发去火线的人才能感受到的那一刹那的庄严、幸福。

在出发前，我们到雨花台去了。我想到这土地下埋葬着多少先烈，我把脚步放轻，我唯恐惊醒土地下的亡灵。一个白发婆娑的老妇人，掀开覆盖在小篮上的布，跟我说："雨花石愈来愈难寻找了，要挖得很深很深……"是的，我们烈士的血，随着年长日久，深注地层，在黑沉沉的炼狱之中它们凝聚如闪闪火花——我买了几块晶莹火红的雨花石。后来，我揣在怀中就像揣着一团火种，穿过多少茫茫风雪，冲过多少莽莽硝烟，而不知在什么时候，我失去了它们。昨天那蒙蒙阴雨的下午，当客人跟我谈到雨花石时，我默默无言地听着，那一瞬间，那一颗颗鲜红透明的雨花石，灿若晨星，闪烁在我心灵的大千世界，浩瀚苍穹之中。算一算，梅园新村的记忆已经历过悠久漫长的三十八年，我的头发已经白了。今天，我经过默默沉思，写下这段文字时，我的手指有点簌簌地颤抖，但我的整个人却是那样庄严、肃穆、深沉、宁静，而今天，今天的太阳多么明亮啊！今天的太阳多么明亮啊！

松树的芳香

我住在一家旅馆高楼上，透过玻璃窗望下去，只见后园里一片碧绿浓荫。

我起得还是像往常一样早。因为我爱黎明，——晨曦像一首美的诗章，曙光像一支抒情的乐曲，我，愿做一个迎接黎明的使者，从楼上走向丛林。我的心灵舒畅得像一只鸥鸟在缓缓飞翔，我要摘一颗凝在碧叶上的露珠，吸一口甘泉般清冽的朝气。我知道这是多么珍贵的时间，当火红的太阳一下把炎天的热气熏满人间，这清新而柔美的黎明，即将逝去。

于是，我每天清晨到后园去走走，穿过葡萄藤架，看看池中的水浮莲，——不过，引我感情至深的还是这凝然一片苍碧……不过，有一天，这苍碧却像火一样燃烧起来了。那绿森林的海涛中，仿佛有星星点点的火焰在闪烁，在跳荡。我一下仿佛从宁静的梦中惊醒，原来，是密密丛林中，火红的石榴花盛开了，那像繁星一样茂盛的红花呀，如同万千颗红玛瑙在熠熠发亮。不仅如此，有一回当我走过一株大树，一枝树枝倾斜下来拂着行人。我忽然闻到一种浓郁的花香，抬头仔细观察，原来是马樱花像一片从天边飞来的红霞……

这花园一下热闹起来了。

石榴红似火，马缨飘浓香，不过，这些却使我怅然了，仿佛我心灵中失去了什么？！

失去的是什么？是那朴素无华的一片苍翠。

那是二十七年前的一个初春，我从北京奔到遥远的小兴安岭。那儿是碧绿的森林的世界，生命之树是常青的，那儿就是常青的世界。那威严而磅礴的连绵无际的山峦，给森林涂得碧绿盎然，那晶莹澄澈的潺潺河流呀，也染得那样浓绿。我住在原木砌的房屋里，透过明亮的大窗，月亮的淡淡的绿光，那样幽娴素雅，我走在大森林中的小径上，我觉得整个人连同我的心灵，都渗透一片水晶般清碧。我愿意一生一世在这大森林里，听林涛阵阵，听露水滴滴，做一个绿色的梦，写一首绿色的诗，随一片绿色的云飘然飞去。

从我的性格来说，我欢喜最浓郁的色彩。黄山四月那浓似胭脂的杜鹃，朝鲜战场上血滴一样的金黛莱，巴黎郊野像蝴蝶一样迎风招展的红罂粟，斯里兰卡街头像红彤彤浓云一样的三叶树，广州原野上那红色金盏一样的木棉花，都曾经留下我多少情思，无穷爱意。

可这两天，这马樱，这石榴，却使我感到苦恼，我觉得它们破坏了绿的境界，诗的整体。艺术美的完整是最高的要求，无论是雕塑、音乐、诗歌，都把美融合在一种单纯的完整的美的意境之内，难道大自然的美就这样庞杂陆离吗？

不，我失去的我终于获得了。今天我到花园去得特别早，晨曦乍上，晓露未干，当我走到一片密密松林里时，我又为这浓绿所笼罩。而且令我非常意外、非常欣喜的，是晓露浇出的一种香气，这香气是那样清幽，但又那样浓洌。我四处寻觅，这儿没有鲜艳的花，芬芳的蕊，一下，我恍然大悟了，这就是这松树的芳香。松树不怕严寒，当万木凋零、大雪纷飞，依旧巍然挺立。它只那样默默无闻，不与群芳争艳、奇葩斗丽，它却自有它的高风亮节。如果说这是松树的风格，那么，今天我闻到的沁人肺腑的芳香，正是这有着崇高风格的松树，从它心灵中发出的轻柔的絮语。

这一天的晨曦多么美呀！我望着松树，心头充满爱，我发现了大自然中最美的芬芳，它如此深湛，如此淳朴。是的，我不只是发现了大自然的奥秘，更重要的是，我发现的也是生活的奥秘，只有朴素无华的树才有朴素无华的香，才香得愈深愈远，愈充满诗意。晨曦渐渐变成朝霞，晨风吹拂，松树微语，我十分珍重地望着这碧绿浓荫，我希望露珠永远不干，芳香永远浓洌。

川端康成的不灭之美

一九九三年三月十四至十五日

读完《川端康成散文选》，仰头望着窗外几乎看不见的细细雨丝，我心中漾出一种说不清楚的惆怅之感。

这是怎么回事呢？

也许是北京初春的细细雨丝牵连着东京初春的细细雨水，从而又牵连到我和川端康成的最后一面吧！那是樱花季节的一个夜晚，在福田家的一次宴会上，我和川端斜对面坐着。整个宴会时间，只有我和他是沉默无言的。在我的印象中，他总是这样凝注着炯炯的双眼一声不响的。至于我，我的确为日本自然之美所陶醉了，我在我的名片上写了四句诗，其中两句是"忽惊楼头一片雪，华灯刚照最高枝"，是写窗外一树繁盛的樱花给灯光照得像一片白雪的情景，那真是太美了。宴罢纷纷握手告别，川端似乎也没什么话，事隔二十八年之后想来，谁知那竟是我们最后的一面呢！

我读过散文集译者叶渭渠写的《川端康成评传》，他将这个探索美的人写得非常完美，按道理说我在这里没有什么可以再说的了。可是，想到东京那一夜晚的细雨，又勾引起川端散文中写的伊豆的雨，我的心灵里又似乎还有些意绪扼止不住。

伊豆一组散文中，我觉得最幽美的是《温泉通信》，而它一开头写的就是雨：

"疑是白羽虫漫天飞舞，却原来是绵绵的春雨。"

写得多美啊，日本樱花季节常常落着如丝的细雨。海洋气候那样温暖、柔和。我常常想日本的自然之美形成日本文化之美，如文学、花道、茶道，却莫不含有日本美那近乎女性的幽静与柔媚。在《温泉通信》稍后一段，写道："凌晨二时光景，打开浴室的窗扉，本以为在下雨，谁知外面却是洒满月光。白色的雾腼腆地在溪流上空飘浮。"雨月呼应，美到极致，他不无感叹地说："我常常感到雨后月夜，格外地美。"在《日本美之展现》里就把日本的美说得更明白了："我询问一个前来日本学日本文学的意大利人：'你对日本最深刻的印象是什么？'他即时回答说：就是感到'绿意盎然'。他这么一说，我觉得比起意大利和西方国家来，日本的确是绿意盎然。日本的绿色，比西方和南亚各国那种青翠艳丽的色彩，显得深沉和湿润。但静下心来继续观察，或许会感到世界上再没有像日本的绿色那样丰富多彩、千差万别、纤细微妙的了。春天的嫩叶那样青翠欲滴，秋天的红叶那样鲜红似血。别的国家恐怕也没有像日本那样种类繁多的花草树木吧。不仅花草树木，山川海滨的景色、四季的气象也是如此。在这种风土、这种大自然中，也孕育着日本人的精神和生活、艺术和宗教。"叶渭渠的评传中多次谈到"绿韵"两个字。我觉得川端在《伊豆天城》中有一句话："伊豆的绿，绿得带上黑油油的光泽。"对于日本的绿韵我也深有体会。有一次，在箱根听了一夜风雨，早起却是日光明亮，我乘车下山，从密布高山大壑的森林上，看到一丛丛嫩绿，在深绿树叶衬托之下，这些刚长出来的新绿，像无穷无尽的嫩绿的小花，真是美极了。

几次跟川端康成见面，除了在镰仓他家里那一回，明窗净几，款款倾谈，我发现他其实是一个热情的人；另外几次相聚，他总是用纤细的手指夹着香烟，慢慢吸着，像在考虑什么，在他周围的人似乎都不存在一样。我后来不知怎么从报纸上看到川端康成死的消息。我头上像炸了一声惊雷，一时心情十分悲恸。可是那时我是没有写作自由的。但二十多年间，川端的形象总在我神灵中闪现。今天，在一九九三年第一场绵绵春雨中，我应该好好纪念纪念他了。他是一个单薄瘦弱的人，我每次看见他都是穿深色的和服，从照片上看，在斯德哥尔摩领受文学奖时他穿的也是和服。我不能说他是一个美男子，但他又真是一个美男子，当然，这不在他外形上，而在他的灵魂上。他的脸庞清癯中显出一种刚健，向上扬起眉毛，特别是那炯炯闪光的大眼睛，总是向前注视着，好像他要把整个宇宙看穿看透，把整个人生看穿看透，我想这就是我这位异国故人的独特神貌。一个人的外表不是独立存在的，它和这个人的内心世界分不开。读了叶渭渠的评传，我才理解，熔铸成川端康成之美的，有多少艰苦与悲哀，谬误与迷惑，突破与创新。当他从新感觉派回到日本传统，在东西文化结合点上寻找到他自己的道路，才创造了具有日本美、东方美的艺术。

当我回忆川端康成时，我觉得在这散文选里成为美的高峰的，还是《我在美丽的日本》和《美的存在与发现》。我又仔细地阅读了它们，我才发现川端心灵中蕴藏着的日本古文化之美有多么深、多么厚。他站在斯德哥尔摩讲坛上，他有意地向全世界传播日本之美。他先从道元禅师的和歌开始，还谈到日本的画和茶道。我很欣赏他说的：要使人觉得一朵花比一百朵花更美。茶道大师利休也曾说："盛开的花不能用作插花。所以现今的日本茶道，在茶室壁龛里，仍然只插一朵花，而且多半是含苞待放的……要在许多山茶花的种类中，挑选花小色洁，只有一个蓓蕾的。没有杂色的洁白，是最清高也最富有色彩的。"这最后一句话达到一种美学的崇高境。我访问龟井胜一郎家，在他客室里我一直注视着壁龛瓷瓶里那一朵白茶花——真是美极了！谁知那一次也是和龟井的诀别呢！但，无论从龟井到川端、到谷崎润一郎，他们都在美国文化冲击下，维护着日本的神圣之美。上面我讲到川端穿和服就不是偶然的，那是孕育着一个国家的美的自重与自尊。谷崎润一郎跟我谈到自己是真正的东京人，可是现在不想到东京去了，东京在战后变了，那里不像自己的家乡了。谷崎这话以及谷崎隐居热海，川端隐居镰仓和川端穿和服，我觉得这中间总有一点什么根源吧。

如果说《我在美丽的日本》说的是和服，川端在夏威夷的讲演《美的存在与发现》则更多谈到《源氏物语》，首先谈到他怎样发现美，而且他这个讲演就是从这里开头的："我在卡哈拉·

希尔顿饭店住了将近两个月。好几天的早晨，我在伸向海滨的阳台餐厅里，发现角落的一张长条桌上，整齐地排列着许多玻璃杯，晨光洒落在上面，晶莹而多彩，美极了。玻璃杯竟会如此熠熠生辉，以往我在别处是不曾见过的。卡哈拉·希尔顿饭店阳台餐厅里的玻璃杯闪烁的晨光，将作为由堪称常夏乐园的夏威夷和檀香山的日辉、天光、海色、绿林组成的鲜明的象征之一，终生铭刻在我的心中。"——多么敏锐地发现美的眼光呀！而川端有这样细致的敏感，是与受日本文学的陶冶分不开的。在上叙开端之后，主要是谈《源氏物语》，特别描画了浮舟。我在东京看过山本富士子演的《浮舟》，深为这一悲剧所感动。川端在国外旅行时也时刻将《源氏物语》带在身边。我读日本文学也不少，总括起来我感到日本文学中常有一股清淡、纯真而染有淡淡哀愁的美。我想这与紫式部这位女作家写《源氏物语》而开拓整个文学道路有关。继承这一脉络，川端恐怕是最突出的一个。在他的小说《雪国》《古都》中都有那么一种浓郁的抒情和哀情。要是说到壮美，也只是悲壮而不是雄壮，川端自己就说过："镰仓晚期的永福门院的这些和歌，是日本纤细的哀愁的象征，我觉得同我非常相近。"在我写的《东山魁夷的宇宙》那篇文章中我曾说过："我的确喜爱川端的作品，每读辄有一种清淡、纯真的美吸引了我。那像影子一样内含的魅力怎样也拂它不去，溶化在我心灵之中。我实在为川端之美所感动，它像一湾清溪在缓缓流着，没有色、没有影、没有声，只有一个清澈透骨的美。"从美学角度来看，这种哀愁之美，不但存在，而且渗透在广泛的文学领域之中。当然，日本有日本美的特色。在近代日本作家中，川端无疑是这种东方美的追求者，也是获得者。

不论怎样说，川端这种美的追求与探索是伟大的。

川端引用泰戈尔的话："一个民族，必须展示存在于自身之中的最上乘的东西。那就是这个民族的财富——高洁的灵魂。"川端自己也说过："提高美的民族，就是提高人类灵魂和生命的民族。"

写到这里本来可以停止了。但我还要谈一下这选集中一篇特殊的，而又关系着川端整个生命结局的散文《临终的眼睛》。前两年读了这篇东西，我曾经写了题名《人生的眼睛》的短文。可是，在《临终的眼睛》中公布："无论怎样厌世，自杀不是开悟的办法，不管德行多高，自杀的人想要达到的圣境也是遥远的。我不赞赏芥川，还有战后太宰治等人的自杀行为。"而声言不赞成自杀的人，自己却自杀了。

难道他是有意为了完成悲剧之美才自杀吗？我以为未必如此。但，总是与美有关的。作为一个美的探索者，他探索的美是无穷无尽的，但他再深入去探索，怕已经无能为力了。如果是这样，我们可以说川端是美的创造者，也是美的殉葬者。反正川端不能再活过来解答这个问题了。不过，不论怎样说，川端康成在这个世界已经留下了川端康成之美。

川端康成说过："美，一旦在这个世界上表现出来，就决不会泯灭。"因此，川端康成的美也就是不灭的美了。

海涅——人生的太阳
——国际海涅学术讨论会的书面发言

海涅这个名字就是我心中的诗。

在今天中国明亮的大地上，纪念海涅，回溯血泪斑斑的往昔中结识海涅的历程，感触是很深的。因为对于我来说：

海涅，曾经是漆黑暗夜中一个火热灼亮的光团；

海涅，曾经是蚀人毒雾下独占芬芳的花朵；

海涅，曾经是惊涛骇浪里昂扬前进的红色风帆。

他，在我全部生涯里，曾经向我的心灵敲出战鼓一样铿锵的音响，这音响至今还在震荡，带着美、带着爱、带着忠贞而炽烈的激情，鼓舞着我在鬓发如霜的年代，依然斗争，依然前进。

我是在衰亡的、崩溃的旧世界里诞生的。在那晦暗的日子里，我接触海涅最早的，是他那首被人誉为"德国工人阶级的马赛曲"的《西里西亚的纺织工人》。那些带着忧郁的眼光织呀织呀的西里西亚的纺织女工，使我想起我那在昏暗的煤油灯下缝呀缝呀的母亲。当然，我的母亲不可能有西里西亚工人的觉醒，可是我的同龄的一代姊妹却举起了西里西亚的仇恨的火炬。我那颗年轻的心，也曾陶醉于海涅歌唱的玫瑰与夜莺。但我们民族决然崩裂的日子到来了，在淌满大地的血的河流中跋涉行进时，我衣袋里装着一本小册子，那里面有我亲手抄录的《德国，一个冬天的童话》。它教我愈是爱得深切，愈是恨得强烈；正是沿着这个途径，它使我深入一层，理解到愈是恨得强烈，愈是爱得深切。海涅唱出："太阳，你控诉的火焰！"我于是从茫茫的黑夜与茫茫的血火中，去寻找这一颗明亮的太阳。我于是沿着咆哮的黄河，攀缘悬崖峭壁，跋涉荆榛草莽，投身于新世界的黎明。我带着海涅的《德国，一个冬天的童话》迈进新世界的大门，寻求"新的歌，更好的歌"。后来，当我从巍巍高山走向莽莽平原，我冲过枪林弹雨、狂风暴雪而战时，海涅的铿锵的声音为我敲出行进的鼓点。这鼓点里蕴含着一八三〇年法兰西七月革命时海涅的誓言："我是革命的儿子……我心里充满了欢乐与歌唱，我浑身变成了剑和火焰。"这鼓点里蕴含着一八三〇年的《颂歌》："我是剑，我是火焰。黑暗里我照耀着你们，战斗开始时，我奋勇当先走在队伍的最前列。我周围倒着我的战友的尸体，可是我们得到了胜利。……我是剑，我是火焰。"是的，在那火和剑的年月里，在那决定我们的民族生死存亡的时刻，在那决定我们的理想成为现实的时刻，我没有虚度光阴，海涅的诗深深铭刻在我的心间，我完成我作为剑与火焰的任务，我从遥远北方的松花江打过遥远南方的长江，我流着欢乐与悲哀的热泪，参加了建立新中国的那个第一天。马克思盼望过这一天，列宁盼望过这一天，就是黑暗的东方毅然爆破，太阳从殖民地的地牢中升起。早在一八五七年，恩格斯就预告过："过不了多少年，……我们也会看到整个亚洲新纪元的曙光。"而现在这个新纪元已经开始了。我永远不能忘记我看到过的一幅画，画的是马克思和海涅坐在一座壁炉前热烈倾谈，弥漫在画面上的形象与气氛是十分感人的。我无法猜测他们说些什么，但我知道他们有一个共同的心声，那就是社会主义的理想，那么，我们的社会主义理想实现也包含有海涅的珍贵的信念了。我们有权期望在黑暗东方的牢门砸碎的这一天，弹起六弦琴，歌唱玫瑰，歌唱夜莺，歌唱美丽，歌唱爱情。

但是，大海无涯，人海无涯，在我漫长的人生道路上，只有随着沧桑变幻、历尽坎坷，我才更深刻地理解海涅。因为如果说肌体的搏斗是残酷的，那么精神的搏斗则是严峻的。在一个人自我完善的全部过程中，人们还必须和各种各样腐朽空气、庸人习气进行斗争，谁以为决胜只在血与火格斗的战场上，而不知道决胜还必须在语言与思辨格斗的战场上，谁就大错特错了。终其一生，海涅之所以成为海涅，在于他从《诗歌集》走向《阿塔·特罗尔》，曾经必须迈过那样一道思想觉醒的门槛，走上和邪恶势力搏斗的战场。于是，无耻低能的市侩配合反动政府，把谩骂污蔑的脏水泼向诗人，海涅毅然挺身而起，拨响抒情的琴弦，以诗为武器进行战斗，从此他写出无数光彩逼人、烛照世界的政治诗。海涅在上世纪二十年代说过："这个时代太糟糕，谁要是有能力而且胸襟坦白，他也就有责任投身到抗击邪恶和平庸的斗争中去。

目前邪恶是如此恣意膨胀，平庸是如此四下蔓延，蔓延到了无法容忍的地步。"而正是他在充满污浊空气的欧洲，打开一扇窗口，放进清新空气，而自己贫病交加，奄奄一息。在这一点上，十九世纪的海涅和二十世纪的鲁迅何其相似。他们在不同的时代里做了相同的工作，一个以诗歌，一个以杂文，对污秽而又顽固的旧势力投出投枪和匕首。正如开头所讲，今天，我们站在明亮的中国大地上纪念海涅，但是共产主义的世界还在遥远的前方，为了达到那一个神圣的领域，我们还必须从我们赖以生存的国土上，以至包括我们自己心灵，涤荡那些阻碍历史前进的一切污浊的、邪恶的、愚昧的、落后的霉菌和脓疮。作为时代的巨人，海涅和高尔基、鲁迅一样都做过时代的"清洁工""清道工"。海涅这种革命家、思想家、战士的光彩与雄风，是永远值得我们纪念，是永远值得我们学习的。虽然，由于时代的局限、阶级的局限，使他不能成为一个真正的共产主义者，但他毕竟唱出背叛旧世界的战歌。要知道正是战斗的思想升华，把海涅推向了诗的顶峰。

暗夜中的光团，浓雾里的鲜花，怒海上的风帆，会合起来一句话就是海涅有着那样光明的灵魂。

我还在一九五〇年写的一篇题名《日出》的散文里，引过海涅在布罗肯高峰看日出的一段话："我们一言不语地观看，那绯红的小球在天边升起，一片冬意朦胧的光照扩展开了，群山像是浮在一片白浪的海中，只有山尖分明突出，使人以为是站在一座小山丘上。在洪水泛滥的平原中间，只是这里那里露出来一块块干的土壤。"是的，人生的波涛汪洋澎湃，但是给人以火、热、生命的太阳毕竟腾空而上。我说海涅就是人生的太阳，它那绯红的光辉早已超出德国、超出欧洲，而成为全人类的宝贵的精神财富，永远引导人类向崇高迈进。是的，海涅是人生的太阳。

第三辑

驰骋想象，向着光亮那方

火凤凰

一

　　我们骑着马前进。突然，听到一种声音，雷霆般震撼着天空和大地，使我感到十分惊奇。西北高原春寒恻恻，但仰望高空，蓝天万里，哪里来的雷声？人在出乎意料的时刻，往往一下子感到茫然不知所措，可是猛然寻思过来，啊！这是黄河的怒吼。惊喜之情冲激着我们，我们立刻快马加鞭，顷刻之间黄河展现在我们眼前。

　　这地方，正是黄河漫过平坦的河套，转过弯来，一下投入晋陕之间的峡谷。黄河上游的无数巨流一齐汇集在这关口上，狂澜像千万旋卷的巨龙浩浩荡荡，砰然而下。我一下为这大自然的威力震慑住了，跳下马来，立在岸边。我的胸襟顿时豁然开朗，我的心灵随着激流飞荡。想一想吧！那正是抗日烽火燃烧的年代，整个中国在奋起、在震颤，人们在呐喊，人们在流血，人们在死亡，人们在飞跃。我们从马兰花刚开放的陕北高原来，即将渡河投入激烈战斗之中去。这一刻，望着黄河，你怎能不想到正在受苦受难的祖国。可是，这黄河呀！发出迅雷般吼叫，显出雄伟的神姿。她使你感到我们的民族在生与死搏斗中，纵横驰骋、伟大坚强。她的喊叫真像亿万巨雷一下凝聚一起，赫然崩裂，连彼此说话的声音都听不见。我的心庄严地、默默地想着：黄河啊，是你，在叮咛你的儿子：前进吧！战斗吧！是你，在叮咛你的儿子：应无愧于这神圣的大时代。是你，亲爱的母亲擂响战鼓，催促着你的儿子冲锋向前。

人们想知道黄河的威力吗？人们想知道黄河的流速吗？当我们把战马牵上巨大的木船，我们刚刚在船舱里站稳，这巨舟竟像小树叶投入急流。我没来得及看，没来得及想，船像一支离弦之箭，已经投射到黄河彼岸。当我攀登悬崖陡壁，立在巍巍群山之巅，再来俯视黄河时，我觉得黄河在向我微笑，在向我发出爱的微笑。

二

我想你还记得，当战斗信号就要发出，即将冲锋前进那一刻的心境吧？

我们到了晋西北，从岢岚到岚县，隐蔽在同蒲路西侧一个山村里，等候着冲过封锁线。我现在想起来，我还深深爱恋着那个小小的山村，它那样深邃、那样幽静。在战前一刻，我觉得小山村平静的生活，是多么亲切、多么可爱呀！我看见一个年轻妇女横坐在驴背上策策而行，我听见牧羊娃赶着羊群放声歌唱……从抗日战争爆发后，我的心中就凝聚着国破家亡的仇恨，我的全身心就充满着拼搏的渴望，可是那一刻，当我站在一棵枣树下，我静静沉思：是的，血肉在横飞，土地在崩裂，但是我们的人民还在生活着，地球还在旋转，太阳还在发热、闪光。从这一切我得到一种启示：这平静的生活，正透露出坚强的韧性、不屈的信念。

黄昏之前，命令来了，我们跨上战马，告别了山村，沿着一川碎石大如斗的山沟前进。黄昏度过，黑夜降临。队伍停下来了，队伍静悄悄的一点声音也没有。谁也没有下马，马也站在那里屏息不动，等待着一次猛烈的冲击。夜色漆黑，伸手不见五指。说也怪，那一刹那真想吸几口烟。当然，我们不能发出一点亮光，从前边一个人一个人传下来，我们已经到了铁路边上了。正在这时，突然间，先是左前方闪出火光，然后听到枪响，紧接着右前方闪出火光，发出枪响。原来我们是在原平和忻县之间过路，我们一支部队向原平发起攻击，一支部队向忻县发起攻击，掩护我们冲过封锁线。时间是一切，速度是一切，一时间硝烟弥漫，炮声隆隆，气氛突然紧张起来。可是很奇怪，我的心境变得异常平静，我只凝神注视着前面，依稀看到前面那匹马的影子，那匹马一动，我两脚跟就向马肚上一磕，也跟着向前跑去。开始是小跑，当我们到了铁路上，我们就纵马急驰。马那样奔腾跳跃，两边的枪炮声愈来愈激烈，但我们周围的黑夜那样肃静，只听见急急的马蹄声，看见马蹄铁撞击出来的火星。我感到夜的寒冷，风的寒冷，可是脸发热，全身也在发热。

我们这个马队跑了很久，大概离开铁路线有一段路程了，敌人当然随时还有突袭可能，一切还在森严戒备之中，不过我们的马已经跑得缓慢下来了。这时，我忽然一下怔住了，因为我发现正前方高处，有一团火光，这是怎么回事？我的心一下缩紧。这火光开始是暗红色的，渐渐发亮起来，这一团红的火光向上升。一下我明白了，火是从山垭口升起的。当它跃出山口，我才恍然大悟，原来是一轮满月，这是我平生唯一一次看见的红色的月亮，这圆月，红得那样亮、那样美。

三

天亮了，我们从山谷中走出，禾稼碧绿，树木森然，青房瓦舍，格外整洁，与荒凉的晋西北迥然不同，我们已经到了五台。

五台山是抗日战争中在敌后建立的第一个抗日根据地。五台山巍然屹立在人们心里，它象征着战斗，象征着希望，而发射出万丈光芒。我们在五台山脚下住了几天。我们还上了一次五台山。我们是骑马上山的。山路崎岖蜿蜒，盘旋而上。山上有很多庙宇，每座都形状各异，色调不一，往往奇峰一转，山巅上现出一角殿堂，而路转峰回，那殿堂却又没有踪影了。整个五台山云烟缥缈、林木苍茫，你简直像进入了仙境。我们在五台山上住了一宿，尽管有些高处不胜寒之感，但那奇景却深深印在我的记忆之中了。

人们都知道河北西部是群山壁立、万仞摩天，上去是山西，下来是河北。这些天来，我们一直盘走在山峦峡谷之中。我亲身领略这高山的险峻陡峭，却是在我们离开五台山之后。我在山上走着走着，突然走到一个山口，山口很狭窄，天风飒飒，就像有一股大气流堵塞住山口，你一不小心，就会被吹到九霄云外去了。我们牵着马，侧着身，弯下腰，顶住狂风，挣扎着穿过山口，原来这就是出名的龙泉关。从山西壁陡的高峰到河北有几个关口，除龙泉关外，还有娘子关、马岭关、东阳关、虹梯关、天井关……说是关实在不假，关口上风真大，衣服猎猎作响，向后扑打，一只手还得捂着帽子，要不就给风刮跑了。

一过龙泉关，我就站了下来，高山之巅，眼界大开。一望河北平原，苍苍茫茫，渺无涯际，可是我却好像一直看到东面的大海了。我记起另外一次，从太行山下天井关，巉岩峭壁极险之处，只能踏着石岩上千百年来磨出的石凹，一步一步移下，一脚蹬差就会跌下万丈悬崖，粉身碎骨。也和这回一样，山峰一转，一下看见碧绿的平畴，平畴尽头，横抹着一条白带，就如同悬在天上，我一下为这奇妙幻景所吸引，人家指说那是黄河，我才领略了"黄河远上白云间"这句诗的妙意。那次下天井关到博爱，这次下龙泉关到阜平。不同的是这一次的心境，自从卢沟桥事变，我抛离了家乡，从海上逃出虎口，流浪、流浪，谁料现在我站在这高高的山上，又一眼看到我的家乡，我的脸上悄悄流下泪水，我轻轻说："我亲爱的家乡啊，我回来了！"

四

我五月离开延安，千里迢迢跋涉到平汉路边，我至今还记得过封锁线是七月一日，地点是望都、定县之间的清风店。

平汉路和同蒲路气魄不同，铁路两侧都挖了很深的封锁沟。我们必须在转瞬之间纵马飞过一条铁路、两条堑壕。我想过平汉路要比过同蒲路紧张，谁料除了飞马急奔那一刹那，我们却平平静静过了铁路线。因为河北人民像森林一样起来了，人民成了大地的主人。那是个月黑夜，露水浸润了土地，我闻到泥土的芳香，青纱帐里还吹来浓浓的青气，仰头看看夏夜平原上的满天星斗，虽然衣衫都给汗水浸湿，但我感到那样舒畅。亲爱的家乡啊！我多么想跪下来亲吻你的大地。可是我们已经驰入一个村庄，转过几道漆黑的街道，突然看见几间房子明灯瓦亮，几个农民装扮的人走上来热情地迎接我们，我们已进入冀中游击根据地。

我在这儿和冀中区党委领导人通了长途电话，这件事本身就说明我们在冀中已经打开了多么大好的局面。电话讲到最后，他叮嘱我沿途观察一下部队是不是换了符号，原来正在此时，冀中人民武装正式打出了八路军的旗号。

从西北黄土高原到了河北，是从荒寒地带一下进了富裕天堂。我们经蠡县到任丘，大片土地上就像没有经过战争一样，村庄和城镇的街道上，熙熙攘攘，热闹非常。大地经受了血与火的洗礼，虽然祖国遍体鳞伤，但是，做奴隶的时代一去不复返了，人民当家做主的日子实现了。

当时，冀中游击区的司令部设在白洋淀南面的一个村镇上。经过长途跋涉，我美美地睡了一场。后来给一阵甜蜜的浓香从梦中唤醒。一看，我床头摆着满满一盘水蜜桃。啊！深州蜜桃，皮嫩汁浓，嚼一口满屋芳香四溢。同伴们都醒了，大家吃着蜜桃，互相看看都笑了起来。从延安出发，历经两月，终于到达了河北，我们身上还披拂着高原的风沙，鞋上还沾染着黄河的水渍，但心中洋溢着说不尽的幸福之感。回想起来，七月流火，抛井离乡，从那以后流亡在京沪路上、长江沿线，我看见的是仓皇的溃退，可耻的逃亡，生灵涂炭，满目疮痍，多少人奔走呼号，报国无门，流离失所，悲苦呻吟。可是从延安到河北的广大国土上，听到了豪放的歌声，看到了希望的目光，到处生机勃勃，斗志昂扬，人民有如大海的浪涛，汹涌澎湃，奔向前方。同样是硝烟弥漫、战火冲天，但透过迷离的烟雾，我看到一个旧中国在崩溃，一个新中国在诞生。想到此处我非常激动，一时之间无法平静。晌午，我一个人走出村头，站在田野上，迎着微风，晒着太阳，我无法形容我的胸襟、我的怀抱，我多么想伸开双臂把我的家乡紧紧拥抱。我亲爱的家乡啊，你是烈火中永生的凤凰。

五

我的家乡是美的，但从来没有像今天这样美。

我们从白洋淀边向南方行进，坐在马背上四望，大地像碧绿的绒毯一直铺展到天边，玉米棒子吐着红艳艳的须穗，庄稼地里传来繁密的蝈蝈叫声，如果说这是一幅画，在这画的背景上突现出来的是人，人们头上扎着白羊肚手巾，腰间扎着宽宽的褡包，小白布坎肩儿敞开前襟，坚实的胸膛和肩膀像红铜一样闪光。就是这样的人，迎着敌人炮火前进，创造了人间天堂。

晌午头，太阳热辣辣的，马的脚步渐渐缓慢下来，原来唱歌的人停止了歌声，卷支烟吸又觉得嘴巴枯燥。就在这时，不知是谁发现的，吆喝了一声：

"河！"

我随声翘首瞭望，果然看见前方弯弯曲曲流着一条闪光的河。

"滹沱河！""滹沱河！"

有人呼哨一声，甩了一个响鞭。马好像透过酷热闻到水汽，也兴高采烈地放开马蹄小跑起来。跑了一阵，那河流却不见了，眼前是无边无际、郁郁葱葱的树林，一片绿森森阴凉，一下把你渗透。多么欣喜呀，多么欢畅呀，我们骑着马悠悠荡荡走进树林，在林中的弯曲的小路上信步而行。有些树枝垂得低低的，我们不得不俯下身子，才能过去。开始没注意，后来才发现原来是一簇一簇绿色大梨，把树干压得深深弯了腰。清凉的绿影，幽幽的梨香，真令人陶醉。

陪同我们的那位同志从马背上回过身来，打开话匣子：

"你们看这梨长得多好呀！可惜你们来晚了，要是春天，别提这儿有多美了，遍地都是雪白的梨花，梨花不是单个儿一朵一朵，是一嘟噜一嘟噜满枝满树，远远看去可好看呢！不过，你们来得也是时候，没看见梨花，这梨可又甜又脆，咬一口，那蜜汁儿就会流你一下巴！"

大家话多起来了。穿过树林，突然一下来到河边，那清汪汪的河水，给人无限清静凉爽之感。不过我默不作声，一任马带着我走，心中却有点儿怅惘，我多么想看到那浓浓密密的雪白的梨花啊。我喜欢梨花，因为梨花没有浓香，没有艳色，晶莹如雪，洁白如霜。谁料几十年后，一个春天，我又到了滹沱河流域，梨树不仅在滹沱河两岸密密丛丛，而且发展到献县、饶阳一带，到处都是。远远望着原野上，就像闪烁的白的霞光，河北的春天是多么喜人啊！

六

平原上并不平静，平原上风云变幻。

一九三八年夏天，是河北游击区大发展时期，冀中、冀南，辽阔沃野，连成一片，它如一把利刃直插敌人心脏。后来，日寇就在这里残酷围剿，反复扫荡，河北人民显示出惊人的英雄本色，展开地道战、地雷战，使敌人魂飞魄散、胆战心寒。

在我们去的时候，这里的大自然也向我们显示了雄伟的气魄。

有一天，是个响晴天，我们骑着马在骄阳下跑了一阵，然后缓缓行走起来。我看着我骑的那匹枣红马身上给汗水湿得像锦缎一样闪亮，我心疼起来，像抚慰小孩子一样，伸手轻轻拍了拍马的脸颊，马也回头，支棱着耳朵，轻轻嘶叫了一声。

在我们没注意的工夫，遥远的天际出现了小小一朵乌云，也就像野菊花那么大小，谁也没有去关心它。蝈蝈在高粱叶子里噪叫，云雀高高钻上蓝天。谁知不大会儿，那朵乌云却涨大了，缓缓展开来，漫上天空，我感到一股像灶火眼里喷出来的热气一样，热乎乎、闷沉沉的，我的额头上汗水涔涔而下。我忽然觉得周围有点异样，庄稼叶子翻了白，蝈蝈不响了，云雀也无踪无迹了，翠绿的大地之海上出现了大片的阴影。

雨来了……

这念头一闪，黄豆粒大的雨点，就猛抛下来，雨点打在土地上，土地冒出白烟。

紧跟着，狂风立刻卷盖了偌大的平原，刚才还是平静美丽的平原，一下充满凶恶的险象。云，像从天上泼下来的浓墨，散漫了整个天空和大地。

到哪里避避雨？可是一眼望到边，也没一处人家，我们在这大平原上，就像孤舟在大海上一样，没个着落。

大雨瓢泼般洒下来，我们扬鞭打马，马急驰起来。

庄稼在狂风暴雨中纷纷扬扬，发出一片潇潇雨响。

雨一股劲地猛扑在大地上，发出重鼓一般的声音。

我们迎着暴风雨急骤飞奔，我忽然感到一种快意，雨水洗去了大地上蒸腾的闷热，空气变得一片清凉，沁人肺腑。

在乌压压的天空中，倏然一亮，抬头看时，闪电有如龙蛇狂舞，闪闪灼人，随着一声霹雳，像谁把钢板猛砸个粉碎，紧跟着又是几声，然后向天涯隆隆滚去，渐渐变作沉闷的低声，随即隐隐逝去。

雨兜头盖脑，狂暴淋漓，人身马背上的雨水像瀑布一样流溅。

这茫茫大地之海，它是那样豪爽奔放，又那样安详温柔。暴风雨来得快，去得也快。跟着隐向天边的雷声，一道阳光像一条金晃晃的链条一下投了下来，再展眼四望，乌黑的海洋，又变成碧绿的海洋，而整个茫无边际的大海那样温柔地微微荡漾。庄稼感到格外清新，雨珠从叶尖上向下滴淌，而每一颗雨珠，都被阳光照得像珍珠一样发亮。一阵阵湿润的空气，像是纯净的蒸馏水一样透明、清凉。微风和阳光很快就把湿得精透的衣衫吹干了。可是，我还沉醉在那冲着狂风暴雨而飞驰的快意之中，我体会到这就是我们的生活，可爱的生活。

　　我们从暴风雨里诞生，

　　我们冲着暴风雨前进。

昆仑山的太阳

黄河之水天上来

细雨蒙蒙的秋天，我从北京乘飞机到兰州，机上即兴吟诗一首："十年未可乘长风，一羽凌霄上碧空。拂去云烟十万里，来看黄河落日红。"

不过，说实在话，兰州的黄河令我失望。黄河在我记忆中永远是奔腾呼啸的激流啊！第一次给我的印象特别深，那是四十年前了，我从风陵渡口眺望黄河，滚滚狂涛冲着巨大冰排，天崩地裂，万雷轰鸣，一泻而下，那是何等惊心动魄的气概呀！兰州的黄河未免太安逸平静了。

到兰州后，一连落了几日雨，一个下午，我静静地望着窗口，窗中间巍然耸立着碧森森的皋兰山，这整个窗口就像给烟雨淋得湿蒙蒙、绿茫茫的一幅画，一阵惊喜微颤过心头，这是一幅多么美妙的东山魁夷的画呀！的确，生活有如迂回曲折的画廊，一下是幽深的峡谷，一下是开阔的原野，谁知当我埋怨兰州的黄河平淡无奇的时候，就在兰州，黄河向我显示了雄伟壮观的景象，这就是刘家峡。

雾雨初晴，西北高原阳光格外灿烂。也许是延安生活在我心中的再现，我总觉得空中响着牧羊人的嘹亮歌声。汽车时而在碎石如斗的山谷之中，时而在辽阔的高原之上。远望刘家峡，层峦叠翠、静谧安详，谁料当汽车转折而下驶到刘家峡电站大坝下，突然冲入淋漓大雨之中，我非常惊讶，天上晴空万里，哪儿来的暴雨狂风呢？我下车转身一看，怔住了，我看到的是什么？！如乌云乱卷，如怒火，如狂飙。这些乌云先是从下面向上喷射，喷到半空，又跌落下来，化成茫茫银雾，这一卷卷云雾，给阳光照得闪亮，又飞上高空，乌云白雾，上下翻腾，再向上，如浓墨，如淡墨，直耸高空，像原子弹爆炸的蘑菇云，亭亭而上，岿然不动，这场景真有点惊人。原来接连落了几天雨，水位陡增，水电站提起溢洪道一扇闸门，刚才所见，就是黄河之水从溢洪道口喷射而出的情景。我再举首仰望，只见巉岩壁立，万仞摩天，峡谷之内，烟雾缭绕，浪花飞溅，发出千万惊雷翻滚沸腾的轰鸣。我到坝顶俯视，才看清黄河犹如无数巨龙扭在一起飞旋而下，在窄窄两山之间，它咆哮，它奔腾，冲起的雪白浪头竟比岸上的山头还高，是激流，是浓雾，旋卷在一起，浩浩荡荡，汹涌澎湃，远去，远去，再远去，整个黄河都为白烟银雾所笼罩。

我却没有料到，我真正一览黄河雄伟神姿，却是在从乌鲁木齐飞回北京的飞机上。地面一片飞云骤雨，升上高空，忽然一道灿烂阳光透过舷窗射在我脸上，急忙向下看，云雾里巍然耸立着雪峰，雪峰白得像冰霜塑出的，像是那里刚刚落过一阵大雪，雪峰高低不一，层次分明，这是何等雄伟的冰雪的海洋啊！

飞机继续上升，下面出现莽莽云流，向后飞速驶去，目之所及之处，有一道整整齐齐的白云线，云线上悬着一条蓝天。飞机再上升，下面完全是旋卷沸腾的云海怒涛了。

又过了一段时间，云海忽然逝去，下面展现出一望无际的深褐色大地，阳光从上面像千万道聚光灯照亮了大地。一种出乎意外的梦幻一般的奇景突然出现，实在惊人，我想一个人一生一世也许只有这样一次吧！我们所生存的地球向你一露神奇的风采。在这茫茫大地之上有一条蜿蜒盘旋的长带。这个长带有的段落是深黑色的，有的段落是银白闪光的。开始我茫然不知这是什么！仔细看时，才知道这是黄河。这苍莽无垠无际的母亲大地啊，是它的乳汁，从西北高原深深地层中喷涌出这一道哺育着千秋万代、子子孙孙的河流，它纵横奔驰，滂沱摇泻，呼啸苍天，排闼岩谷，这条莽荡的黄河，一下分散作无数条细流，如万千璎珞闪烁飘拂，一下又汇为巨流，如利剑插过深山，势如长风一拂、万弩齐发。多么辽阔无垠的西北高原啊！高原上空，无数美丽的发亮的银白色云团，飘忽闪烁，如白玫瑰花随风飘浮。我发现，云影遮罩着的地段，黄河是深黑色的，阳光直射的地段，黄河就闪着银光。这广大的高原的奇景，使我惊讶得无法形容，如科学发现了宇宙的无穷，如思想探索到人生的奥秘，如艺术施展出富有的、奔驰的幻想的巨大魅力。这时那一曲牧羊人的歌声又嘹亮地响起，不过，这一次它不是在空中，是从我心中飞出，飞下长天，飞下黄河，在随惊涛骇浪而飞扬，而回荡。

祁连雪

欧洲中部蜿蜒着阿尔卑斯山脉，它那终年积雪的白峰，给欧洲增添了多么动人的姿色呀。我曾隔着一个碧绿的小湖眺望阿尔卑斯山，真不能不为那迷离梦幻的景象所迷醉。可是，我看到比阿尔卑斯更美丽、更雄伟的雪山，却是在我国西北，从祁连山连接天山，雪岭冰峰、绵亘千里。

由兰州搭机西飞，有幸与关山月、黎雄才两位画家结伴。飞上空中，关山月一看舷窗外雨雾弥漫，大失所望，说：

"可惜，看不见祁连山了！"

人们说祁连山山顶上开放着雪莲，赋予这祁连山以无限诗意，就更引起我一览祁连山的渴望。

登嘉峪关，却只见一派黄沙漫漫，天是黄的，地是黄的，未能一识祁连山面目，倒使我想起范仲淹词句："塞下秋来风景异，衡阳雁去无留意……千嶂里，长烟落日孤城闭。"谁料第二天，倒是一派清明天气。当我乘车赴红柳沟，即昨日从嘉峪关头，遥望中所见的那片黑蒙蒙山峪中的一条峡谷。祁连山千峰万岭突然展现在我的左方，一层云雾被朝阳照成玫瑰红色，再往上，就是银白的雪峰。中午从红柳沟折回，此时云消雾逝，祁连山一座座山似雪、雪似银，闪闪发光像是明眸皓齿嫣然微笑。祁连山既已闪现，在酒泉这一日夜，我一直没离开祁连雪。

下午五时，我乘车来到数十里外的戈壁滩上，这儿一片辽阔，视线无阻，可见祁连山全景。黑色的戈壁滩衬托着白色的雪峰，格外分明。此时日光从西方射来，正好使我领略了祁连山的另一侧面。在这柔和光线下，雪却更加清晰，每一山峰上层层峦岭，道道峡谷，像雕刻出的缕缕冰纹，交相映错，而群山却是雪的峰、冰的剑，森然罗列，浩渺相连。

我立在千古苍莽、万籁无声的戈壁滩上，极目驰思，仿佛听到古代行旅的驼铃悠悠微响……

这天刚好是中秋节前夕，碧海青天，一轮明月。月光下祁连山会不会别有一番景色呢？我怕这个盼头也许落空，故而埋在心里没跟谁说。深夜二时披衣外出，夜是那样幽静，月是那样皎洁，我走到一片开阔之处，啊，祁连雪峰竟如此之美！山上冰雪褶皱十分清晰而又十分朦胧，夜色如同遮了一层细纱，祁连山静得像个睡美人。本来西北高原之夜就使人有伸手摩天之感，而这一片月夜冰峰，真令人联想到"琼楼玉宇，高处不胜寒"。我深为看到平生难得一见的景象而心满意足，回到床上便酣然入睡，准备一早登程离去。哪里料到生活中竟有这样异峰突起的事。清晨起来，我无意间向祁连山方向一瞥，祁连山显现的绝景实在是"叹观止矣"！太阳刚从东面地平线上射出第一线光明，莽莽平畴还沉在灰暗之中，而突露高空的祁连雪峰却照得一片鲜红，特别是峰巅，有如红玛瑙熠熠闪光，向下降是紫红色，再向下降则是深黑色的，这些色彩，缤纷交错，构成一幅艳丽的图画。我屏息静气，目不旁瞬。不久，东方天空浮出一片红霞，刚才所见的一切倏然消失，群山变得雪白，像是洁白晶莹的雪花石雕塑而成，从这白的峰岭上缓缓地、轻轻地飘浮过一种柔和的淡红色。

这时，我想起昨天人们指着祁连山告诉我的话：当年中国红军曾在这里鏖战，有一部分部队进入祁连山，忍饥受冻，流血牺牲，活下来的一批战斗者，由一位卓越的领导人带着，历尽艰辛，穿过峡谷，突围而出。这样一想，我记起昨天下午从戈壁滩上捡到的一块石片，它赤红如血，它，也许是那些先行者在这又荒凉又美丽之地洒下的鲜血所凝成的吧？

敦煌秋日

在大戈壁滩上行驶一日，迎着灼热的太阳、灼热的空气、灼热的风，遥望远处常常有一片晶光闪亮的湖泊，到跟前一看却依然是黄褐的沙砾。敦煌住所门前有一架葡萄碧绿森森，一下扫去身上和脸上的炎尘热气。

次日上午和关山月、黎雄才两位同游月牙泉。这儿四周全是沙山，每座沙山像一座埃及金字塔，阳光从山的尖顶起照出阴阳两面，黑白分明，风吹得山的棱线像刀裁的一样齐崭而又蜿蜒曲折，构成一幅沙漠图案。据说山上流沙，飒飒作响，入夜声达敦煌城内，有如丝弦鸣奏，故最高一山名鸣沙山。山那面就是敦煌洞窟，山这面群峰环抱着一个碧绿的小湖，形似一钩弯月，泉水不断向水面浮出泡沫，水清澈底，一群群小鱼在人影一晃时便飞速潜入墨蓝水藻。在像琉璃般湖面上，映着黄沙山的倒影，真是幽美。站在这里环顾一切，不能不惊叹造化的无穷魔力。我们一步一陷踏着流沙，爬上一个沙山岭角坐下来。

人们说此地古名渥洼池。人们还说汉武帝至此，见沙岭之巅有野马飞驰而去，乃有"天马行空"之说。《汉书》云："马生渥洼水中。"汉《天马之歌》云："天马来，从西极。"我不知这些典故传说是否属实，但它给这沙漠长空增添了缥缈神奇的色彩。

几十年没领略过西北高原秋日之美了，天高云淡，清气爽人，早晚阴凉，晌午却还笼罩着一股热流。我们下午访问，不，应该说是朝拜了敦煌莫高窟。我虽然是个无神论者，但是对这人类艺术宝库，实不能不令人浮起一种虔诚之感。当时我徘徊于彩绘斑斓、雕塑明丽的洞窟之中，就恍如进入神话天堂。在一个洞窟中，我环顾窟壁和穹顶，画满千千万万的小飞天，你愈看愈活，一个个千姿万态、凌空飞翔。一刹那间，你自己也仿佛两腋生风，随飞天而飘舞；在另一洞窟，我为一尊泥塑所吸引，那慈祥的眼神、智慧的微笑，特别是那圆润的臂和柔美的手，你感到有生命、有血脉，手指就像在微动，我应该说我的整个心灵为这艺术的奇妙所迷醉。这一夜，梦寐中仿佛听到飞天飘舞的微声，看到雕像温柔的微笑。第二天上午，我们又奔赴莫高窟，攀缘于回廊复道之中，流连于岩窟洞天之内。洞窟的每一角落都充满彩绘，真是珠玑满目、金碧辉煌，特别是以青绿山水糅合精致线条，构成繁复绚烂的画图。

在这雕塑林立的地方，有多少无名的米开朗基罗啊，如果说梅迭契墓上的"日"与"夜"表现了西方气质，那么，敦煌的雕塑则展示了东方的风度，但共同之处是创造者赋予艺术以生命。

古敦煌为丝绸之路上的繁华城市，被称为"华戎所支一都会""日市数合"，意思是这个中外驰名的热闹都市，贸易集市一天分晨、子、午三次。这里又是一个咽喉要道，从此出玉门入新疆，经于阗为丝绸南路，经楼兰为丝绸北路，漫漫长途直通伊朗，将丝绸输往欧洲。唐安史之乱，与长安隔绝。西藏小吏张议潮，团结汉人，以敦煌为中心，督河西走廊一带，成为一个富强独立的国家。一个洞窟内有巨幅画就是张议潮出行图，旗飘飘，马萧萧，甚为壮观。感谢画家常书鸿，他为了保护开拓这一祖国艺术宝藏，在荒芜祁连山下度过四十几个秋冬，到现在他每晚还是点着煤油灯工作，我说他是玄奘一样的大师，经他们发掘、修缮，敦煌现在修复一千多个洞窟，成为世界上最宏大的美术展览馆，据说把这些壁画接为一线长达二十五公里，它有如满天红霞照亮整个世界。还两天我从北魏、隋、唐、五代、宋、元相迭观赏下来，回到敦煌城中住所，站在庭中，仿佛遥遥听到古代市集喧哗和鸣沙山流沙的微响。我对敦煌实在有无限惜别之感！

离敦煌前夕，书鸿来旅处话别，我们一九五〇年同访印度，垂垂近三十年了！他赠我敦煌壁画摹本珍品，上面写了一段跋语：

"二十八年前与白羽同志同游天竺时曾约西出阳关共赏敦煌宝藏今如愿以偿欢喜赞叹用以敦煌第一百二十窟摹本相赠敬请指正一九七八年中秋后一日。"

阳关西去

我没准备走访阳关。傍晚，关山月、黎雄才两位归来，盛赞阳关之美，黎雄才还送我一块灰色瓦片，我想这也许是古陶残片吧？这一切吸引了我，第二天一清早就驱车直访阳关了。

幼年背诵王摩诘"劝君更尽一杯酒，西出阳关无故人"辄感苍凉，谁想今天我却得一睹阳关，千百年历史早已风吹云散了，又怎知今日阳关是何等面貌？我的心底波澜随着车的飞速而动荡。不料我却停车于森林之中。几天来戈壁滩荒漠，骄阳灼日，这碧云天、芳草地，就像一杯清凉饮料沁人心脾。我向路边黑板报一看，才知这是南湖公社。板报上写着一首诗，这无名诗人却像和王摩诘挑战："左手提起太行头，右手牵着王屋走。高山见我忙让路，河水跟我脚东流。昔日愚公能移山，今日愚公绣地球。"原来正是这种志气在这荒凉沙漠之上营造出这一道绿色长城。

公社一位同志知我们迷了路，便欣然跳上车来。随着他的指引，我们穿过森林，眼前豁然明亮，淡黄色沙漠一直拉向天边。这里没有路，当然，也到处是路。几辆车在广阔的沙地上，分头向一个高高沙丘驶去，这沙丘名叫墩墩山。山顶上有座残破古老的烽火墩，"白日登山望烽火，黄昏饮马傍交河"的诗句立刻浮上我的心头。

我立在烽火墩前，看到烽火墩从颓败的黄土断层中，露出古色斑斓的大段风化了的砖壁，我如同立在埃及的人面狮身像、印度的塔姬玛哈陵[1]、中国的长城之前，两鬓似乎吹拂着冷冷的天风。那些咏诗的人只留下一二诗句，而被吟咏的烽火台却经历了人海横流、沧桑千古，像历史老人一样，在他面前你不能不肃然起敬。

我在同伴的扶掖下奋力登上烽火墩，半路上就拾到一块古陶残片，器里是朱红色的，外皮是暗绿色的，有几条波状棱线。公社陪人随手又拾了一样东西对我说："汉砖"，这汉砖断块，色泽黑润，质坚而轻，与不久在古于阗遗址所见的砖饰相同。我登上烽火台，极目一望，真是美得惊人。此刻，明亮的阳光照在大漠之上，这里沙漠十分奇特，染出各种颜色：这边一片碧绿荧然，那边一片赤如鸡血，另外一边白得像洒了一层白霜。像有一位神奇的画手，作出非人想象所能及的描绘，使沙漠闪现出色彩、光焰与诗意。公社那位同志见我非常珍爱那两件古器，他向渺渺茫茫的沙漠前方一指说："那儿有一道川，人叫古董川，遍地都是古物……"仿佛走过一道山又是一道山，他的话，把我引向又一可望而不可即的去处。遥远遥远的沙漠天际，蒙蒙云雾之中，又看见闪着雪光的祁连山。面前一条山脉为当金山。当金山下一道灰茫茫大川，据说古阳关就在那个地方。我车转身眺望，只见一片苍茫绿海，这就是我们来时穿过的林带，林荫深处流水淙淙，有如瑟瑟秋风，唱出一折阳关新曲。

---

[1]　指泰姬陵，全称"泰姬·玛哈拉"。

这天晚上，我离开敦煌。大戈壁上车驶如飞，到柳园已近午夜，凌晨二时登上去乌鲁木齐的列车。阳关印象有如一支优美的小夜曲悠扬于我的思绪之中。醒来早已进入新疆，为时九月下旬，穿过吐鲁番"火焰"了，整个车厢还炙得火热熏人。出了吐鲁番盆地，近午反而一片清凉。窗玻璃上闪过雪白的影子走到窗前一望，又是雪山，不过已不是祁连山而是天山了，一股喜悦的激情涌上心头，吟诗一首：

　　晴沙昨日访阳关，一夜轻车出玉门。

　　才别祁连山上雪，又看天山雪似银。

天　池

古人云"人在画图中"，我到天池就有这种感觉，仿佛自己落入蓝色湖面倒映着雪白冰峰的清澈、明丽的幻影之中了。这一天之内，我觉得风是蓝的、阳光是蓝的，连我这个人也都为清冷的蓝色所渗透了。

早晨，从公路转入崎岖山谷，盘旋上山。山上林木变化，分为三段：山下开阔河床中，冲击着冰凌般潺潺急流，在这里，老榆成林，一株株形状古怪，如苏东坡所说："如猛兽奇鬼，森然欲搏人。"到山腰却是密密层层的杨、柳、枫、槐，秋霜微染，枝头万叶如红或黄的透明琉璃片，在阳光中闪烁摇曳，在这里，天山雪水汇为悬空而落的飞泉，在森然壁立的峡谷中一片涛声滚滚；到了山顶则是一望无际的墨绿色挺立的云杉，植物适应着温度高低而变化，可见其山势之陡峻了。

我走到山坡别墅，在洒满阳光的阳台上坐下来，我的面前这时展开整个天池，这不像自然景色，而是一幅油画。你看，这广阔的湖面，为满山云杉映成一片深蓝，这深蓝湖面之上，又印上雪白的群山倒影。这时我才恍然，我并未到山之极峰。你看，天池那面，还有层层叠叠更高的白峰，人们告诉我最高一山，名叫博格达峰。这天池，显然是更高更高的天山的雪水在这里汇集成湖。偶然一阵微风从空拂拂而来，吹皱一湖秋水，那粼粼波纹，催动蓝的、白的树影山影，都微微颤动起来。同游的人们都欢欢喜喜奔向天池边去了，我倒希望一个人留在这阳光明亮的阳台上，沉醉于湖光山色之中，让我静静地、细细地欣赏这幽美的风景。在我记忆里面，这天池景色，也许可与瑞士的湖山媲美，但当我沉静深思着，把我自己完全融合在这山与水之中，我觉得天池别有她自己的风度；湛蓝的湖水、雪白的群峰、密立的杉林，都显示着深沉、高雅、端庄、幽静。的确，天池是非常之美的。但，奇怪的是这里并不是没有游人欢乐的喧哗，也不是没有呼啸的树声和啁啾的鸟鸣，但这一切似乎都给这山和湖所吸没了，却使你静得连一点声音也听不见，如果让我用一个字来形容天池之美，那就是——静。

从第一眼瞥见天池到和她告别，我一直沉默不语，我不愿用一点声音，来弹破这宁静。但在宁静之中却似乎回旋着一支无声的乐曲，我不知它在哪儿？也许在天空，也许在湖面，也许在林中，也许在我心灵深处，"此时无声胜有声"。不过这乐曲不是莫扎特，不是舒曼，而是贝多芬，只有贝多芬的深沉和雄浑，才和天池的风度相称。是的，天池一日我的心情是宁静的，这是我最珍爱的心境。山光湖色随着日影的移动而变幻。午餐后，睡了一会儿，一阵冷气袭来，就像全身浴在冰山雪水之中。我悄悄起来，不愿惊醒别人，独自走到廊上，再次仔细观察天池：雪峰与杉木，白与黑相映，格外分明，雪山后涌起的白云给强烈阳光照得白银一样刺眼。在黑蓝色湖与山的衬托下，一片金黄色的杨树显得特别明丽灿烂。我再看看我的前后左右，原来我所在的红顶房屋就在云杉密林之中，我身旁就耸立着一株株高大的云杉，一株一株挨得很紧，而每棵树都笔直细长地冲向天空，向四周伸展着碧绒绒枝叶，绿色森然。太阳更向西转，忽然，静静的天空飞卷着大团灰雾，而收敛的阳光使湖面变成黑色，震颤出长长的涟漪。不知为何，我的心忽地紧皱起来，我不知道如果狂风吹来暴雨，如果大雪漫过长空，那时天池该会怎样呢！……幸好，日光很快又刺穿云雾而下，湖光山色又变得一片清明，只不过从杉林中从湖面上袭来的清气显得有些寒意了。我们就趁此时机，离开天池下山。

　　山路崎岖弯转，车滑甚速。一路之上，听着飒飒天风、潺潺冰泉，我默默冥想：天池风景，是那样宁静而又变幻多姿，是那样明朗而又飞扬缥缈，我觉得在天池这一天进入了一个梦的境界。待驰行到山下公路上回头再望，博格达峰在哪里呀？群峰掩映，暮霭迷茫，一切都沉入朦胧的紫色烟雾，天池也在"夕阳明灭乱山中"了。

昆仑山的太阳

在新疆，特别是到南疆的时候，有一种奇异的感觉，就是太阳显得特别大。因此，不论是空气、灰尘、大地、河流、岩石和生物，都被太阳的光和热涂上强烈色彩、酿出浓浓的甜蜜、发出郁郁芳香，我到南疆，确实到了一个五彩缤纷的世界。而这一切都来自太阳，我觉得我已站在茫茫地球之巅，我距离太阳太近了。

飞机从乌鲁木齐起飞翻越天山。天山雪峰云岭气象森然，就如同一望无际的大海，在奔腾叫啸之时，突然一下凝固，因而至今山山岭岭还像黄的波涛、银的浪花。我们横越天山之后，阳光一闪，一下现出亮晶晶一片绿叶，原来这就是被称作"沙漠之海"的博斯腾湖。跋涉沙漠的行人，遥望见这一片翡翠，该是多么高兴啊！从空中俯视这辽阔的绿洲，如同丝绒般的绿地毯，其中蜿蜒着一条闪闪发亮的孔雀河，真是漂亮。飞机掠过博斯腾湖的碧波折而向西。我的一位同行者是踏遍天山南北、对新疆怀有一颗炽烈热爱之心的人，他跟我讲了多少令人神往的故事呀！"你向西遥望，拜城那里的千佛洞，艺术珍宝，琳琅满目"；"这下面出盐，有盐河、盐湖、盐山。第一个国庆节，新疆人从这里发掘出一块一百多公斤的盐岩，它像水晶一样透明"……

飞机忽然震颤起来，我们已开始飞入著名的塔里木大戈壁，南疆雄伟壮观的景色从这儿才真正向我展开，大戈壁给太阳晒得黑油油的，当强烈的阳光从戈壁滩反射上来，一股热浪蒸腾而上，就是这炎炎的热流冲击得收音机颠簸颤抖。我却觉得这油黑油黑的戈壁滩下，会埋着滔滔油海或茫茫煤山以及其他珍奇的宝藏。太阳的光与热给万物以生命，我就不相信在这里只制造石砾和泥沙。我们在塔里木盆地上空飞行近一小时。黑褐色戈壁滩过去了，接着摊开浅黄色沙漠，风吹的沙窝匀称而齐整，如一幅图案画。

当我从飞机上翘首仰望，就在这一刹那，像有一道闪光一下震颤我的心灵。我看见的是何等雄伟、浩瀚、瑰丽、神奇、云浓雾密、莽莽苍苍、巍巍然横空出世的昆仑山了。拂御着飒飒天风，横扫着茫茫云海，我向下望去，从昆仑山上冲击下来两条光涌澎湃的巨流，东面一条是玉龙喀什河，又叫白玉河；西面一条是喀拉喀什河，又称墨玉河。它们势如奔马，宛若游龙。它们发源于帕米尔原始森林之中，直冲昆仑山而下，水流湍急，转眼飞逝，现在在灼热阳光照耀之下，迂回旋卷有如碧玉连环。对这绿得可爱的河流，流传着多少神奇的传说，《汉书》记载于阗出玉石，据说这河流中有玉，每当月明星稀就闪闪发光……

我们降落在玉田，这里就是"万方乐奏有于阗"的于阗故国，它是丝绸南路上一个经济繁荣、文化昌盛的重镇。第二天早晨，我们就驰车访问了于阗遗址买利克瓦特（维语为"繁荣的王城"），在一片原野上站下来眺望，远处一条浅白色山岭是西沙山，旁边缓缓流过玉龙喀什河。这时太阳已经灼热炙人，我们流着汗水，跋涉过一段段废墟残垒，向南北二十余里、东西十六里的遗址深处走去。忽然前面地面像落满红云，走近看时却是朱红色古陶残片，有些残片上刻有精美的花纹，还有满身绿锈的五铢钱和黄金的碎屑。我们中国真是遍地珍宝，闪耀着古代灿烂的艺术光辉。在这里，我想同时说说丝绸北路。当我由喀什飞返乌鲁木齐途中，曾在库车停留，其东就是轮台，岑参诗云："轮台东门送君去，去时雪满天山路。山回路转不见君，雪上空留马行处。"现在是广阔的绿洲。库车附近有十数洞窟，彩绘凋零、无人修整，且由于烟熏火燎已毁其一部。即使顽石铁铸亦将随着年月消残侵蚀，今天是到了该修复从敦煌开始的丝绸之路的南北两路，让这些瑰宝光明重现人间的时候了。叙一番于阗，记一笔库车，不仅是发思古之幽情，也为了纠正一种说法，人们只说新疆荒凉苍莽，我说新疆绚烂多彩。

从玉田飞喀什，由昆仑山面前横掠而过，我不想再记述那雄浑壮伟的声势了，但喀什的炎热的尘雾，火红的骄阳，却使我的心情从古代回到今天。在碧绿森森的林荫路上，闪现出妇女头上鲜红的头巾，简直是一束束火焰，装点着南疆生活之美。白髯的老人骑在小毛驴上策策而行，妇女身上飘动着白底花条的丝袍，英吉沙的银鞘宝刀，喀什精美织品，微风一样透明的纱巾，花朵一样彩绣的小帽，人们红褐色的皮肤，浓浓的黑眉，雪亮的大眼睛，都描绘出南疆一片迷人的色彩。但我觉得红铜一般灼亮的阳光，在以它的光和热酿成甜蜜的汗液洒向人间。小拳头一样大的无花果甜得那样浓，水晶珠一样的绿葡萄那样肥嫩芳香。你巍巍的昆仑山啊，在这儿又飞出一条叶尔羌河，浇灌、肥沃了这广阔的绿洲。但我认为昆仑山的宝藏还未苏醒，打开昆仑山的钥匙刚掌握到我们手里。有一天，黑色石油之流会汇成波涛滚滚的大河，稀有金属的矿石会长风一样旋出地面，原木将随溶解的冰河冲击而下，棉花会像雪花绒绒铺盖大地。我们在前进！我们在奋战！你，永远金光闪闪的昆仑山呀！你抚育过多少万代人民，你阅历过多少沧桑变幻，但你何曾见到像今天这样的人，这在灵魂里闪着共产主义光辉的人，是比金刚石还坚硬，比水晶还透明，比火焰还炽热，他们就要以无穷的智慧与威力，把今天的梦幻变为明天的现实。你，昆仑山啊！在过去你不得不为人间的愁苦而流泪，今天你不得不为人间的欢乐而畅笑了。

我离开喀什，但我的深情永远留在南疆，因此这篇文章也不需要什么结束。不过我必须作一个题解，我在这里歌唱的不是燃烧在昆仑山高空的太阳，我写的是昆仑山怀抱着的人间的太阳，这太阳就是新疆。我说新疆富饶美丽，它永远像太阳发热发光。

伊犁河谷

从南疆喀什到北疆伊犁，就像从炎炎流火之中到飒爽清风之下。

关山密密层层，不知怎么在这里却留下一条富饶美丽的伊犁河谷。当含着甜蜜芳香的微风拂面而过时，你会感到这收获季节是何等愉快、何等欢畅。伊宁市是个整洁幽美的花园。街头到处是碧绿浓荫的树，芳香鲜艳的花，特别每条路边都有潺潺的溪流在吟唱。南疆妇女穿着长大的丝袍，伊犁妇女则是西装革履，形成南北两疆各自特色。年轻的妇女像是爱美，也像是骄傲，头上都扎着红的、绿的、黄的各色细纱巾，特别那种绣金丝的最为人艳羡，这就更增加了花园城市的风貌。阳光虽不像南疆那样炎热，但伊犁河谷的土壤还是黑油油的。在这儿，我吃到一种黑紫色葡萄，大如龙眼，真是人间珍品。如果说伊宁市是个花园，整个伊犁河谷则是个大果园。每家屋前都有一架葡萄，碧绿浓荫，果实累累。我从霍尔果斯边防站归来访问过十月公社，从喀什河水电站归来访问了五一公社。好客的主人木特力甫，在葡萄架下，铺了地毯，正中折垫了一床锦缎棉被，按照维吾尔族风习把我让座在被垫上。大家围坐之后，主人剪下一串一串葡萄让我们品尝。汩汩畅流的伊犁河水经过灌渠流入每户人家，这可爱的潺潺小溪带来阵阵清凉。宽敞的院落里长满一丛丛艳丽的鲜花，后面有园，为住户自留地。买买提把我们让到他家，盘膝围坐在地炕上，满桌绿的葡萄、红的西瓜，嚼着香甜的馕，喝着浓酽的奶茶。在五一公社我们拜访三个社员家庭，都是那样整洁干净，室内宽敞明亮，白泥铺的地面擦拭得像明镜一般发亮，墙上挂着色泽艳丽、图案精美的壁毯，桌上摆满各种漂亮的装饰。当然，我不能告诉读者，新疆所有的农民都这样富裕，如果那样我就掩盖了生活中还存在的缺陷。像我在喀什访问过的依布拉音白合提老人就还在困苦之中。老人断一腿，拄着双拐坚持劳动，他家除了墙上挂着一张奖状，几乎什么也没有。老夫妇拉着我的手说："在旧社会，像我这样的残疾人，还哪里有活路，现在从北京来的同志还到家来看望我们……"两位老人激动地流下热泪。请问：为什么叶尔羌河奶汁，喂不肥这里的劳动者？原来这就是经济濒于破产边缘的缩影，当然这也说明我们还远没建设好社会主义社会经济。美丽的东西是美丽的，我们可不能拿它遮着我们双眼；我们的道路是宏伟的，但我们的目标还需要艰苦奋斗，才能实现。伊犁河谷水电站已使电灯照亮一些农家房舍。我看见一个年轻姑娘在一间小屋里操纵着配电盘。正在田地里翻地的拖拉机的吼叫，给这宁静的村庄增添了繁忙气氛。这里的农民是走在农业现代化前列的人。从天山上来的雪水快快奔流吧！天山的伊犁河，昆仑山的叶尔羌河，你们汹涌澎湃向前飞赶吧！

现在我要记述一下一九七八年的十月一日，这是我一生中有着特殊意义的一个十月一日。这个节日，我是在我们社会主义祖国最西边疆一个哨卡上，和我们保卫边防的英雄们度过的。意想不到的是伊宁市，在这国庆之夜，竟向我展示了那样色彩艳丽的场景。天黑的时候，忽然响起一阵阵冰雹骤落的咚咚——嗒嗒的手鼓声，走到街上一看，整个城市披上了华丽盛装，每一座建筑物上都亮着成串电灯，雪白的灯光有如千万颗明珠，整个城市照耀得如同白昼，街上人如潮涌。在广场一座楼顶上有人敲响着手鼓，咚咚、嗒嗒——咚咚、嗒嗒，忽急忽缓，或密或疏，于是广场上、街道上，人们翩翩起舞了。黑黑的发辫在飞旋、鲜艳的衣裙在飘舞，少女的明眸，小伙的笑脸，有一个白须老人也耸着双肩，展开两手，一下跳进人群旋转起来。你尽情地欢笑吧！你尽情地歌唱吧！你，美丽的伊犁河！

一个黄昏，我们漫步到伊犁河，河床广阔，河流湍急，河的两岸有草原，有树林。两面天山高峙，形成长三百公里的伊犁河谷，山上遮满密密的森林，天山的雪水分流为特克斯河、巩乃斯河、喀什河三条河，在野马渡汇合成浩浩荡荡的伊犁河。采伐的林木就顺着河水漂流到伊宁。两岸原木堆积如山。这时夕阳闪烁，雾霭迷蒙，我们走上大桥，扶着栏栅，极目瞭望。人们告诉我，那一群暮色苍茫的高峰是乌孙山，是古乌孙国所在地。我想那里该是"天苍苍，野茫茫，风吹草低见牛羊"一般苍凉景色。但人们告诉我那里非常美丽，春天草原上开满花朵，简直是个花城。一阵清风徐徐吹拂着我们，我感到伊犁河谷之秋是如何舒爽啊！让这清风永远永远地飘扬吧，让天山的冰雪永远不停地消融吧，让伊犁河水无休止地奔流吧。这碧绿的伊犁河水呀，到了阳春时节你也会飘浮着乌孙山的花瓣、荡漾着乌孙山的芳香吧？！……当我凝思时，我心中又响起咚嗒嗒——咚嗒嗒的手鼓声，这响亮清脆的鼓点，像催着这春日早早到来。……

巍巍太行山

一九三九年春天，我从延安到太行山。山中绿荫扑面，万花飘香。当时欧洲上空火药气味愈来愈浓；在我国华北战场，日寇的"扫荡"和我们的反"扫荡"频繁交替地进行，整个世界上，战争风暴一天紧似一天。没有多久，日本侵略军就向晋东南发动了一次大"扫荡"。我随同八路军总司令部，向峻峭的高峰和茂密的森林辗转行军。开始风和日暖，忽而大雨滂沱，山山岭岭都隐藏在黑灰色浓云密雾之中。漳河水猛烈暴涨，有如万马奔腾，挡住前进道路，后面逼上来的敌军隆隆炮声愈来愈近，形势万分紧急。一天下午，朱德总司令站在高高陡岸之上，漳河水在他面前像风雷怒吼。当时，从阴霾的西天上露出一线斜阳，正照在朱总司令的身上。他瞭望着，指点着，决定着作战行动，他那样从容镇定，给人一种泰山崩于前而面不变色之感。第二天，云散日出，水位下降了些。队伍强渡漳河，在这里同滔天的浊浪展开搏斗。当我们渡河登岸，就看见总司令笑容满面站在那里，向每个人招手，漳河突破了，敌人合击扑了空。我们在总司令的领导下，迂回于绿森森的悬崖陡壁之间，攀缘而上太行绝顶极峰。总司令有时走到山顶上，大家望着他的背影，受到莫大的鼓舞。就这样，我们到达太行山高峰上砖壁和烟里两个小村庄住下来。

在太行山顶上，朱总司令的住处是一间农民的小屋。在土炕上搭一块门板，床头摆一条炕桌，他借着窗口幽暗的光线，批文件、读书，马列主义的书总是摆在桌上。

朱总司令追求真理，孜孜不倦。从辛亥革命起，中国革命屡受挫折，总司令亲历了几十年的风风雨雨。当十月革命一声炮响，把马列主义送到东方，他就决然抛弃了过去的生涯，走向锲而不舍探索真理的途程。他远涉重洋到了德国，在柏林，由周恩来同志介绍加入中国共产党。从此，他为实现共产主义而奋斗终生，从未停止对真理的进一步追求。在太行山，总司令拿一只小板凳，和大家一道坐在一个梨园中，听讲辩证唯物主义和历史唯物主义的课程。他是一个优异的马克思主义宣传家，一位参加过井冈山斗争的同志说过："从前我们不懂什么辩证法，当时，总司令就到处讲；开个会呀，请他来讲，他就来。他一天经常出现在连队里，开党的小组会，他也来。会上向他提出许多问题，他就讲。"在太行山，总司令有一次说："对马列主义，初次接触就如同迷信一样，宣传起来，比现在还热烈；懂得不多，就同人争论。"另一次他又说："我们的工作人员一讲都是一堆，那些话印到他们脑海中，再去传播。这一套，直到现在都是好的。可是我感觉到现在人都不那样爱讲了，好像大家都懂得了，不知道是环境不同了，还是怎么一回事情！"我们总司令正是从思想上觉悟而献身革命，成为一个大无畏的伟大的无产阶级革命家的。

朱总司令在太行山写的一首诗中有这样两句："北华恢复赖群雄，猛士如云唱大风。"但这样的大好革命形势，是经过艰苦卓绝甚至危机万分的战斗得来的。这里摘录总司令讲过的开始创建工农红军的一次战斗：井冈山时期，有一次，毛主席和朱总司令各带一支工农红军在乌径会合。天快黑了，总司令到队伍里讲了话，又开了会，就在酣睡的战士身旁睡下。夜深了，只有高空的群星照着他们，四周一片寂静，但听见一片鼾声。谁知白匪的追击部队出现了，准备发动进攻。村里的地下党员赶紧送来报告。于是一个紧急命令，一个叫一个，一个拉一个，肃静无声地一下脱出险境。总司令谈起这事，微笑着说："这一次红军非常危险，如果那块儿没有地下党组织，那一下就被敌人消灭了，党是红军的血脉呀！"但白军还是紧紧尾随不放，红军每天一百里，甚至一百多里地奔走着。很多战士的两脚走肿、发乌，这样到了大柏地。毛主席、朱总司令考虑到必须给追击的敌军一个歼灭性打击，才能扭转战局，大柏地在两座大山中间，正是打仗的好地方。部队埋伏在两面山上树丛中，可是夜间敌人没来，拂晓时枪响了。那是一场激烈的生死搏斗。一个报告从火线上送来："子弹打光了，敌人又在增援！"这是决定胜败的关键时刻，朱总司令屹立不动、坚毅如钢，他命令："子弹光了，等敌人靠拢来，拿刺刀杀！"下完命令，总司令就亲身跑上火线，从这一端走到那一端，一路走一路讲，"同志们！一定打！没有子弹，拿枪托砸，用拳头打，谁也不准退，死也死在这里！"整个部队像一个人一样跳跃起来，用枪托砸败了敌人，把敌人消灭在大柏地，由危局变成胜局，大柏地遍地是枪支弹药。这时全部红军接受一项新命令：背枪！朱总司令两个肩膀上背了好几支，一路走一路磕碰着响。毛主席《菩萨蛮》一词写道："当年鏖战急，弹洞前村壁。装点此关山，今朝更好看。"就是第二次再到大柏地时回忆上述这场战斗而写的。朱总司令一九三九年在太行山讲述它是有深远意义的。因为毛主席在井冈山指出"星星之火，可以燎原"。而这时，八路军已经威武雄壮、声震遐迩。可是不论我们如何强大，一定不能忘记我们胜利来之不易，谁要忘记这艰苦的传统，那就意味着背叛。

就拿晋东南抗日根据地的开辟来说，也是经历了一番艰难险阻的。一九三八年，春节后不久，日寇进攻临汾。朱总司令率领部队向晋东南转移，在这里他遇到抗日战争中一次重大危险。在前进途中，突然与一股日寇遭遇，他们是从东面进入临汾的一路。这时，朱总司令身边只有两个警卫连。兵力悬殊，避而不战，可免危险；但如阻止敌人，可使临汾的军需品从容转移，可使背后的友军从容撤退。总司令以大局为重，不顾个人安危，决定以两个警卫连应战。二月二十五日上午八时，与敌人一个旅团进入战斗，狙击一天；次日，除了总司令部的守卫和通讯员，一律都投入火线参战。日寇侦察到只是朱总司令和仅有的警卫部队，于是派遣十几架飞机，想一举炸平总司令所在的古县镇。可是日军指挥官从地图上错找到另一个沁县以东叫作古县的地方，把那里炸成一片火海。总司令却在安泽县附近的古县镇坦然自若地指挥战斗，以极少兵力阻止强大敌军四五天之久。这期间，外界完全失去了朱总司令的消息，国内国外很多人焦急地向武汉八路军办事处和新华日报社探询：

"朱德将军有无危险？"

总司令稳如泰山，指挥若定，牵制敌人到第三天，才离开大路，继续从侧翼攻击敌人。这两连部队，又争取了一天时间，这时由后面上来两个新兵连，没有枪支弹药，每人只有两个手榴弹。但是总司令充分运用、充分发挥这两个新兵连的作用，取得决定性的胜利。敌人几十辆卡车冲到面前了，新兵连的手榴弹一齐投向卡车，轰然一声，火光冲天，在这最后一击下，炸死炸伤无数敌人，拿他们的枪支弹药武装了两个新兵连。估计临汾撤退已毕，总司令才脱离战斗，安然向太行山前进。这一场战斗充分说明总司令大无畏的精神，也说明他高度军事指挥的艺术。接着而来的是粉碎了日寇的九路围攻，从危局中创建了凭据高耸云霄的太行山的晋东南这一坚强的敌后抗日根据地。

抗日的烽火燃烧在太行山上，燃烧在整个中国大地上。总司令部紧张繁忙，有条不紊，日夜工作。电报从黄河两岸、大江南北，像雪片般纷至沓来。朱总司令每天吃过早饭就到作战科去，他坐下来，慢慢戴上老花眼镜，拿着一支钢笔，平心静气地批阅电报。作战科里非常肃静，总司令全神贯注，一动不动。有人来找，他也要把电报看完，再来谈话。总司令胸怀广阔，他的心时刻和整个中国辽阔无垠的战线上的每一个战士联结在一起。在太行山他写了一首诗，正说明他的伟大无产阶级革命胸襟：

仵马太行侧，十月雪飞白。

战士仍衣单，夜夜杀倭贼。

　　那些日子，我们吃的是黑豆野菜，喝的是老乡土窖里积蓄的雨水。总司令在艰苦之中更显现出乐观主义精神。一个跟随总司令长征的年轻同志说过："过草地最困难的一天，我实在支持不了，流了眼泪。总司令立刻跟我谈话，说，你有点悲观失望！一个人要克服困难，就要在困难中想办法，……哭就表示悲观失望。——革命的人只流血，不流泪，要克服困难，不要向困难低头！"这个同志说："总司令就这样用革命道理教育我们，这些话帮助我从困难中看到光明。"总司令乐于也善于接近群众，每天下午他总是到各部门、各单位走走、看看、谈谈。吃过晚饭，他走到篮球场边，如果场上人已经满了，他就等在旁边，等打倦了的人下来，他再补充上去。在球场上，他并不是随便活动活动，而是一个认真的运动员，打得激烈时，他也和一般球员一样，为了一个球的差误而争论着，他常常一直打到黄昏。他也常常和大家一道讨论问题。有一天，司令部人员坐在松林下草地上，开始讨论战斗条例中"迂回和歼灭"一节。朱总司令坐在人群中间。他可不是一开头就讲演的人，他一声不响，眼光从眼镜上注视着发言的人，仔细倾听着。他是和大家一道受教育。大家无拘无束，辩论得很热烈，意见也有分歧，有的讲话很漂亮，有的还相当调皮。朱总司令发言的语速是慢慢的，却是一针见血的，指出哪些方法不是辩证唯物主义的，哪些方法是辩证唯物主义的，于是混乱的讨论一下子就澄清了。

日寇大"扫荡"彻底崩溃了。秋天，总司令部迁移到王家峪一条幽静的山沟。这儿有密密的松林和参天的白杨，还有静静的溪流。在这个地方，总司令花了不少时间，跟我谈他自己的一生经历，也就是一部红军史。留给我最突出的印象，是谈话中流露着总司令对毛主席深厚的情谊、无比的崇敬。每当讲到毛主席时，他总是停一停，虔诚地沉思着。他那饱经战争风霜的脸上泛出那样动人的笑容。朱总司令和毛主席在井冈山会师，这是总司令革命生活中辉煌的一页。朱总司令曾经讲过：在和毛主席第一次会面的庄严时刻，他就感到毛主席精神的崇高和思想的伟大。是的，朱总司令是毛主席亲密的战友，他们共同的战斗，开辟了中国无产阶级革命艰巨而伟大的道路；通过这条道路，创立了红色的社会主义新中国。他确确实实以自己一生的战斗经历直至生命的最后一息，无限忠于党、忠于马克思列宁主义。

令人永远不能忘记的，是总司令的那间小屋。王家峪有不少明堂瓦舍，都让给机关人员办公，总司令找了一间小屋住下。屋里摆着老乡的腌菜的缸，盛粮的囤，装碗盏的柜橱。他不允许人们挪动它们。只在老乡贴着红红绿绿的年画旁，挂满军用地图，这就成为小屋的唯一的装饰品了。

一九三九年总司令诞辰时，在太行山上没有举行什么庆祝活动，却有无数同志、战友、干部、战士纷纷写信给他，表达对他的衷心的祝贺和敬爱。下面是总司令一位战友的信：

"我记得，在离开我家一百多里地的地方，第一次看见你，使我觉得你——红军总司令——是一个极平凡的人，平凡得像一般的农民一样，当时我很奇怪，其实那正是你伟大的特征。

"我记得，井冈山红军下山时，你同士兵一样地生活、行动、吃饭、宿营，人们常常说：'苦是苦，毛委员、朱军长和我们一样，还有什么话说！'军队一住下，你便和农民谈话，帮他们做些平常的事情，这更影响了全军都爱护老百姓。

"我和你相处多年，我觉得你无时不以国家、革命为重，凡事不顾自己的利害，人们不能忍受的事你能忍受，人们所不能干的事你去开辟。我又觉得在每次与敌人的作战中，事先你周密精细地计划，战斗开始以后，你却镇静地把握整个战局，争取最后胜利。就是战争暂时受挫折，你也和平日一样地告诉我们：同志们！要相信我们的前途是光明的。"

朱总司令写信回答致信的同志们，这是其中一段：

"你们不必庆祝我，我要庆祝你们。我的一生革命中，从封建、半封建、帝国主义压迫三层黑暗的社会里斗争到现在，才算摸到了一条道路。遇到推翻君主专制，有些人认为目的达到便心满意足了，但我认为革命方开始。以后又打倒一部分军阀，一些人又满足去做革命成功的官了，但我还得前进。愈革命愈觉得要革命。起初我们人数不多，团结不坚固，又没正确的革命理论做指导，只凭着满腔热血、正义。现在抗战建国，要做的事情不是单独几个人在摸索，而是成群成行的人，有领导，有组织，只要永远地把握着革命的方向前进，就可以成就伟大的事业。我要告诉你们的，就是无间断地、时时刻刻地和你自己脑子里非革命的自私的意识思想做斗争。"

从一九三九年到现在，已经过去三十八年了。朱总司令的忠诚和蔼、大公无私、胸襟开阔、意志坚强的伟大形象，总是历历如在目前。去年七月六日，一个噩耗震惊亿万人民心灵，我们敬爱的朱总司令遽然和我们永别了！"四人帮"这帮鬼魅，在朱总司令一生革命功勋的伟大丰碑面前吓得发抖。他们拼命封锁限制，使得多少人想最后向总司令遗体告别，洒一掬热泪，都不可能。但这一点也不能损害总司令的伟大，总司令是从中国劳苦人民深处生长起来的，他身上充满革命的浩然正气。"四人帮"妄想只手遮天，是绝对办不到的，任何势力也阻止不了广大人民无比的热爱与无限崇敬、万分的悲哀与巨大的沉痛。一个黎明，我抬起头来，向远方遥望。我想到朱总司令，立刻想到太行山。还是一九三九年在太行极巅那些日子里，有一次我站在一处悬崖之上，向下看去，夕阳将千山万岭照得一片通红。鹰飞得是很高的，往常看鹰总是仰看，这一次我却不得不俯视了，一只雄鹰在我脚下面矫健地盘旋。这是多么辽阔、雄壮、气象宏伟、万仞摩天的太行山啊！在这一刻，我深深觉得，我们敬爱的朱总司令正如太行山一样高大、深厚、刚强、稳重。万山逶迤驰奔马，高天坦荡走飞云。朱总司令永远永远像巍巍太行山耸立在我们面前！

生命之花

　　窗台上，阳光照亮的地方，摆了一盆万年青，它的绿叶上洒满像阳光一样金黄灿烂的斑点。

　　就是这一株普通的，但对我来说又是颇不普通的植物，引起我深沉的思索……

　　那是去冬的事了。我到广州，看到一盆茂盛的万年青，长叶丛生，绿得可爱，不过，引我注目的是叶片上那金黄色虎斑像火焰一般耀眼。我爱上了它，它不以花取悦于人，只凭那葱茏的叶子惹人喜爱。于是，我到花圃里买了一盆，带回北京。

　　虽然同样是冬天，南国气候滋润，北地气候干燥。但我担心它不适应新环境，因而特别精心地调养它。有一天，我发现有片叶子蔫了，可是看看茎根还是挺拔的，其他的叶子也长得怪娇嫩，也就放心了。万年青过了冬天，不料在乍暖还寒的时候，叶子却无可奈何地一片接一片，黄了、枯了、落了，万年青死掉了。我是多么忧伤呀！是我把它从南方移到此地来的，虽然环境对它那样不合适，但它求生的欲望很强，它挣扎，它生长，却终落得一个悲剧结局。我悄然把那陶钵儿搁在一边，我固然不无怅惘，渐渐倒也忘却了。

一件令人惊奇的事情发生了。就在今年夏天，突然发现那盆里长出针尖细的一个小绿芽儿。啊！太意外了。这给我带来多大喜悦、多少希望呀！我特地给它罩上一个玻璃罐，多给它一分阳光，多给它一点滋润。于是那个小芽儿长长了一点，又长长了一点，然后就展开一片小圆叶，当然叶面上有好看的黄色斑点。我索性把玻璃罐拿掉，一个小叶长出来了，又一个小叶长出来了。

就在这时，我到外地去了。这中间我还是很担心，它能熬过北方焦灼的酷暑、飒爽的秋寒吗？我还一直悬念着它，经过一死一生，我对它似乎有了一种特殊的深情，好像它是长在我心灵中了。秋天，我回到家来，第一件事就是走到阳台上去，一看，这株万年青已经支棱着几片带黄斑点的绿叶茁壮成长了。

昨天夜晚去看话剧，在字幕上看到这样一句话："一个共产党员就像种子一样，种到哪里，就在哪里生根、发芽、开花、结果。"这富有哲理的一句话，一下使我联想到那盆万年青的命运，它从广州到北京，它不适应这里的一切，它凋零了，它枯萎了，但它把生命存留在根里，它默默地适应它本不适应的一切，它默默寻求新的生长，于是它就萌芽、茁壮成长了。是的，生命是何等的坚韧、顽强、可贵呀！古往今来，多少诗人慨叹人生的短暂，说什么："譬如朝露，去日苦多。"但一个人只要把自己的生命与崇高理想相结合，理想的太阳愈燃愈亮，你的生命之花是会永远馥郁芬芳的。

我一直觉得万年青绿叶上那金黄斑纹，是太阳光洒在上面就永远留印在上面了，使这没有花的叶子像花一般好看。

　　今早阳光特别明亮。我从沉思中醒来，我看见那簇绿叶在微风中轻轻摇颤，我的心情是多么舒爽呀！

春到零丁洋

上

美，有时是偶然得来的，我这次到零丁洋就是偶然的偶然。连广东人都埋怨今年天气反常。我从北京飞广州本来是去访问海南岛的，谁料到了广州，突然潮湿闷热，突然降温阴冷，我的腰痛病一下发作，不能走路了。经过抢治，略有好转。但是医生说既不能吹海风，又不能受潮湿，建议我回京治疗。命运既然做了如此安排，个人是无法违抗的。广州的朋友见我悒郁不乐，便劝我：反正要等机票，何不一游特区。我欣然从命，就此上道。

迷蒙细雨，给珠江三角洲增添了朦胧的妩媚，甚是好看。珠海可真是一个漂亮所在。木棉花红得那样浓，就像拼着一腔热血濡染了南天，任凭你遐思浮想，你可以从她联想到悲壮的畴昔，不过，我觉得她正象征着繁荣的今天。经过长途跋涉，住进珠海宾馆，中午躺在床上却睡不着，也许是特区人的生活节奏影响了我，实在是这里紧凑的气氛令人兴奋。两个月前，我参观了厦门经济特区，得诗两句："开荒辟莽嵘千古，姹紫嫣红染地天。"这里比厦门走得更快，一座新兴城市已经初具规模。宽敞的大街两旁清一色全是新的楼房，而旁边更新的建筑又在崛起，方兴未艾，实在喜人。我所住的市中心，珠海宾馆、九洲城、石景山宾馆则已连成一片繁华地带。前不久，我在《瞭望》上发表了一篇《赞武夷风格》，是称道武夷山庄建筑之美的，现在我却不能不赞美珠海宾馆，两者全是民族风格，不过，前者是淡雅朴素之美，后者是雍容华贵之美，华不流俗，难能可贵。九曲回廊，一潭湖水，朱砂黄的爆竹花逗来春意，确实很惹人喜爱。主人怜我行路不便，没有敦促我到九洲城去逛商场街，拱北宾馆也只一掠而过，在石花山度假村兜绕一圈，但真正引我出神的是湾泽花地。啊，一眼望去，遍地都是黄澄澄、紫艳艳的菊花，还有剑兰花，红的、白的花朵，像一只只大蝴蝶在翩翩飞舞。我们访问一家花农，其实也可叫花工，他们是培植自然美的植物学家，是创造人间美的工匠。是他们的智慧、血汗、生命，凝成一片花魂花魄，从天空采来万里彩霞，把人间装点得如此娇娆。不禁吟诗一首：

海裹银妆雾裹纱，

木棉红绽几枝斜。

楼台处处飞春雨，

十里人家尽种花。

谁想到，珠海之美，却在晚间以惊人姿态出现。车驰到被人称作"情人堤"的海堤上。啊！大海，啊！明月，我忍不住从车中出来伫立海边。一轮圆月清凉透彻，把无边的碧海照得浩浩荡荡、迷迷茫茫。大海正在涨潮，海水发出絮语，不太远的水面上，粼粼波光像无数金蛇在飞舞。我爱海，但这是凝聚着南天之美的海，今夕何夕，月光如昼，能不留恋？特别是堤上巍然耸立着一块巨岩，借着月光细细分辨，这石岩上留有波痕浪痕，仿佛正在回环波荡，当我想到这三千万年前凝聚而成的大海斑痕，这月的神魄、海的神魄，不觉心神为之一震。我感谢珠海设计家的诗人气质，把这块岩石保留下来，使我们从它身上听到千古之前的澎湃，听到千古之前的浩歌，实在令人幽思顿起了。几个青年攀缘而上，坐在石岩顶上赏月，一切无声，一切沉静，海洋的吸力把人生的尘烦吸得干干净净。月光是清洁的，海风是清洁的，人的心灵是清洁的。人们还透过虚无缥缈的月光，指给我看海湾中一座渔女珍珠的雕塑，它的雪白、圣洁，正像这美丽的城市，永远带着海的清澄、海的温馨。近揖零丁，远眺虎门，这片海在中华民族艰苦跋涉的历程中，曾经怎样火光盈盈、血泪盈盈，而今又是怎样灯火荧荧、笑语盈盈。此时此刻站在这里，我的心灵深处如波涛起伏，一下涌起悲哀，一下涌起欢乐。月光下，石景山宾馆白色的西班牙式建筑玲珑剔透。我在咖啡座里吃了一只杧果，得来一阵热带浓郁芳香，令人陶然欲醉。可是，这一晚久久不能入寐，待得辗转睡去，那海水，那月光，还在梦中萦回飘逸呢。

清晨，海上遮着一层薄薄银雾，我们连人带车上了海船，横渡零丁洋。我坐在驾驶台上，柔软的春风吹拂着我，镜面般的海水上，白鸥在空中划个弧线，渔帆在海上摇着绿的倒影。零丁洋、零丁洋，你突然闯入我的胸怀，击痛我的胸膛。我从幼小就爱读文天祥咏零丁洋的诗，每次诵到"惶恐滩头说惶恐，零丁洋上叹零丁。人生自古谁无死，留取丹心照汗青"，辄击节称赏，涕泪滂沱，从而为这种高风亮节所熏陶、所感染，从而对零丁洋也生发出多少神思妙想。我原来是说看看特区，也没查阅地图，不期而然出现在零丁洋上，这一邂逅相晤，使我深深地珍贵着这里的每一瞬息。这是不同凡响的海，是凝聚着浩然正气的海，而现在展现在我面前的是一个波光潋滟、雾影空蒙的平静的海。船长说："你运气好，逢上好天气，风平浪静，海一旦发怒起来，奔腾的涌浪会把轮船送上天，因为零丁洋是南海的一部分，万山群岛过去就是波浪滔天的太平洋了。"我沉入深思，我不知文天祥当年过零丁洋是风雨如晦，还是天朗气清？想着想着，在波光雾影之中，仿佛看到这个气重千秋的人，正在驾飞云，御长风，悠然飘荡，漫漫行吟，也许是他的幽灵，也许是他的神魄，也许是他的一腔热血化为云，化为雾……当船长指给我看内零丁岛时，我才意识到，我朦胧中看到的是这岛上的高山。是的，这巍巍然、峨峨然的高峰不就是文天祥的化身吗？！内零丁岛在珠海到深圳的中途，由一群高山组成，烟雾笼罩，影影绰绰，十分幽美，使我一下想到去春游过的日本濑户内海的宫岛。内零丁岛上绿茵茵的全是荔枝树，四周遭都是细软的沙滩，我想如果开辟出来，长天大海，浩瀚无涯，北望虎门，南眺南海，东带深圳，西挈珠海，这里当是一片何等迷人的地方。

下

我从蛇口登陆，风掣电闪，疾奔深圳。深圳，不仅在全中国，在全世界，也是一个响亮的名字了。你管它叫新大陆也好，你管它叫新世界也好，都不过分。如果说哥伦布发现新大陆为人类做出新的贡献，今天，深圳正为创造具有中国特色的社会主义开辟新的途径。从这个意义上来说，它像穿透茫茫雾夜的探照灯，照射着我们的明天。这儿一切都是速度、速度、速度；汽车在唰唰地奔驰，大厦在唰唰地矗立。当我驰入市中心，那密集的高楼群拔地摩天，已经像雄鹰展翅、初露神姿了。放眼一望。粉红的、绿的、雪白的，各种颜色楼房，像春天原野上的百花争妍，像雪亮的眼睛在闪着眯眯笑容，市区里金碧辉煌，一片繁华，真是"车如流水马如龙，花月正春风"，在这里领悟到了这两句诗所含的新意。还必须看到，在从蛇口到深圳途中那大片空旷的土地上，插了牌子，搭了工棚，它预示着不久的将来，更新更美的建筑群会汹涌澎湃、奔腾叫啸而起。从蛇口到深圳几十里长街，日影灯影，人声车声将是怎样的气势、怎样的气魄。有人说现在是"深圳热"，我倒希望这股腾腾热气从这儿影响全国，推动全国。

一直到住处，走进雪亮的房间，坐在沙发上，窗帘是新的，地毯是新的，冰箱是新的，彩电是新的，我却有点迷惑不解，如入五里雾中，不知到了什么所在。经人指点，透过碧绿丛丛的芭蕉林、棕榈林，一树树火热的木棉花，一树树红艳的三角梅，在绿荫深处，我看到一座小桥，这时，我的记忆之门一下张开。那是新中国成立第二年出访印度，途经香港，不就是踏着这小桥去，踏着这小桥回的吗？这时我才恍然大悟，原来深圳特区就是当年我走过的荒凉渡口。当然，深圳也不是凭空一跃而起的，我访问的渔村，那儿还保留着两座不蔽风雨的残屋，而旁边就是一片新式楼房，它们像是历史发展的明证。一束像太阳的溶液染得鲜红发亮的花，把我引进姓王的司机家，这个青年人也像满身映着灿烂的朝霞。他的家庭全部电气化了，一尘不染，富丽堂皇，一只柜橱上，几根碧绿葱葱的富贵竹插在瓷花瓶里，昭示着春天，昭示着温暖。这个青年说："是三中全会精神使我们取得一个飞跃。"我说："好的政策要通过个人努力才能开花结果。"他腼腆地笑着说："我们已经落后了，深圳有些农村住宅超过了我们。"是的，我们的年代是创业的时代，万鼓齐鸣，万帆竞渡，你赶上我，我超过你。但不论后来如何居上，历史起点的脚印总是不可磨灭的。

我看了白日的深圳，又看了夜间的深圳，虽是初夜，却寂静无人。你不要以为这儿竟是灯红酒绿，享乐安闲。不，如果说杯中酒影照着一些游人的蒙眬醉眼，而居室的灯光却照着聚精会神的读书人，深圳的青年人，沉浸在一股学习热潮中。因为在这里谁不学得一技之长，谁就将在竞争中被淘汰。我喜爱这种气氛，这气氛里透露出一种志气。出人头地有什么不好？力争上游有什么不好？我认为竞争是永远值得称赞的。夜游回来，在记事本上

写下一首诗:

> 昔日过罗湖，荒沙点点愁。
>
> 小桥恋归梦，平野跃新楼。
>
> 万岭天摩峻，大潮风劲流。
>
> 拓荒明远志，擂鼓战春牛。

对这最后一句，我乐于做点解说，一不是牛年话牛，二不是犁田赞牛，而说的是我所最喜爱的一座青铜雕塑，一头抵首挺角、奋着全身强劲，将铁硬的树根从荒土中拔出的"开荒牛"。我不想从香蜜湖、西丽湖寻觅美景幽思，我觉得比一切美都美的是这座雕塑，它是深圳的象征、深圳的缩影，它体现着深圳人激流勇进、奋发图强，给人以清新、给人以向往的开拓者的精神。没有当年延安的开荒精神，就不会有新中国；没有今天荒地上铸造新城的开拓精神，就不会有二十一世纪中华的飞腾。

柔软得像丝绸一样的春风，吹绿零丁洋，吹绿深圳，吹绿珠海。如果说渔女明珠的雕塑象征着珠海的清雅秀丽之美，这垦荒春牛的雕塑象征着深圳的粗犷豪壮之美，而它们的共同之处就是劳动创造新世界的美。想到这里，我的思路活了。春天零丁洋，不是只说今春到了零丁洋，更深的含意是一个新世纪的春天到了零丁洋。这不正寄托着我们的理想、我们的希望、我们的未来吗？

说来也巧，在深圳、珠海两日，晴空万里，一望无垠。黄金的海洋，黄金的大地，黄金的远景，都纷繁涌向我的心头。在这短暂的时间里，我竟围珠江三角洲绕了一圈，从广州经顺德到珠海，横渡零丁洋，而后过东莞回广州，一下是西江岸鲜花盈野，一下是东江里唱晚渔舟。这也算是一种速度吧！当然这是自我解嘲。观察生活，不能只求速度，还要求深度。不过，就仅仅这几十个小时，乘车看花，也从我心灵深处唤起永远难忘的春之赞歌。还是用一首诗结束我这一行，记下我对未来的憧憬：

零丁洋已不零丁，梦断航笛三两声。

血泪孤臣千古壮，浩歌赤子万方惊。

花藏荆棘甘心折，风洒神州洗耳听。

预卜前程应似锦，茫茫大海一天星。

阿诗玛之魂

　　我是第二次访问石林了。不过，上次是从昆明来的，这次是从开远来的；当然，不只是接近的方向不同，主要是时代不同了，因而我觉得石林更富有清新的美感和浓郁的诗意了。

　　近午时分，汽车轻快地驶近石林，望眼所及，就有很多很多黑色石礁，突出地面，布满田畴，如果说石林是海，它们就像海边飞溅的浪花，这里那里，此处彼处，仿佛在飞旋、在回荡。我以为就整个石林整体美来说，外围的这些石笋极为珍贵，因为它们具有使人恍惚迷离、渐入佳境的作用，令你未入石林就已神驰于石林的梦幻之中了。

　　到了石林旅舍的停车场，我一时之间却若有所失，因为不似当年一眼便见石林，而为一排碧绿浓荫的大树遮住视野，但两株红艳艳的杜鹃，一片绿幽幽的湖水，到也涤尽冗繁，令人陶醉。午饭后，在清幽的寓舍里，酣然睡了一觉，起来一看，阳光灿烂，秋高气爽，我们沿着宽敞的马路一绕，就到了石林。铁青色的石岩，如千万柄利剑，拔天而起，密密匝匝，有如古林带的化石，其实是几万万年前海底的沉礁，经过地壳的变迁，突露地面，经过剧烈震荡，风雨侵蚀，许多巨崖峭壁，断裂抑倒，横叠斜倚，构成奇景。被人称为"千钧一发"的一处，就是一片巨大危岩倾斜森立，山根一线，欲断欲裂，似乎随时有崩然而坠之势，令人为之悚然。沿崎岖小径，左折右转，就像走入原始森林，浓荫遮日，山气寒森，忽地一转，豁然开朗，上面露下一片天光，照明下面一泓碧水；对岸一峰耸立，原来就是有名的剑峰，形如一把锋刃朝天的剑，奇绝之处在于是一把断剑。立刻使你仿佛回到宇宙洪荒、苍莽亘古之际，听到铿铿锵锵剑戈搏击的声响，这儿似乎发生过一场天神之战，而后年尘久远，雾灭烟沉，就留下这把断剑，给人以沧海桑田、万古不拔的凝重的美感。我们攀绝壁，穿洞窟，盘旋而上，到山巅一亭，顿时间，万籁俱寂，一阵天风飒飒拂然而至，面前罗列开石林全景，万山簌簌，凝成浓紫，真像大海波涛，在汹涌，在奔荡。当我凝目而视时，一道斜阳穿云而下，把石林、把大海，映在一派含情脉脉的柔光中，虚无缥缈朦胧。这时，我不能不为我获得了美、获得了诗，而心神飒爽了。

谁知生活有如一支飞扬的乐曲，跌宕迂回，异峰迭起，好像剧情有待深化，奥秘还需探索。使我心灵为之震悸的一幕出现在一线残阳明灭之际，我们又走访了小石林。"这就是阿诗玛！"阿诗玛这个名字就已足以使人唤起无边遐思凝想了，……我看到一座身材颀长、微微仰首的山峰，在苍茫暮霭的衬映下，真是一座世所罕见的美女的雕像。她端庄肃穆，充满活力，特别是面部的轮廓，既俊美又刚毅，这不正是阿诗玛为了保护人间而与恶魔施放的洪水，巍然搏斗，昂首挺胸的神姿吗？一刹那间，我看到霄汉之上刚刚出现第一颗星，这太白星的闪闪光亮，像是以其历经万古沧桑的神态，在证明着什么？我只觉得自己心神飞翔回荡，仿佛听到洪水的怒啸，仿佛听到飓风的惊号，有一种幽幽心曲在诉说，一时又不再诉说什么。而这时，星光越发稠密，夜幕骤然降临，掩没了天，掩没了地。当我来回来去绕着湖边漫步时，愈来愈觉得有一种神圣之感，使我自己在得到澄清、得到净化。蓦然间，我回到二十多年前那一个春天，我访问石林附近一处撒尼族的村庄，那绿茵茵的山岭，绿茵茵的草地，绿茵茵的河流，天上地下凝成一片浓碧。一位旅伴告诉我：贺龙同志到了这里，往草地上一坐，说："我再也不走了！"我想象得出，他的笑眯眯的眼睛、响朗朗的笑声。他一生驰骋疆场，豪情满怀，而他又有一颗多么可爱的童心，发出对大自然美的珍爱。而就在这童话般的世界里，我在碧绿得像翡翠、透明得像水晶溪流边，看到一群穿着艳丽服装的少女，她们唱着、笑着，像一阵清风从我身边吹过去。而今夜，我才想到，这不是一群活着的阿诗玛吗？而今夜，我却为我不能一睹活着的阿诗玛而怅惘了！——这时，我看到倒映在湖面上的数星灯火在轻轻地荡漾，而我的心灵却在沉浮、沉浮，……正在此刻，我忽然听到人们喊我，不久，我跟着人们走进这家宾馆楼上的大厅，一下明亮耀眼，换了人间。这里聚集了来自欧亚各国的朋友。从舞台上传来嘈嘈弦鸣、悠悠笛声，我的心突突跳，啊！看到了，我看到活的阿诗玛了。一个个撒尼姑娘，旋转着、飘浮着彩色缤纷的衣裙在翩翩起舞。当一个撒尼族少女站立在不停闪烁的照相机的闪光灯中，她那玉雕一样秀美的身姿，花朵一样鲜艳的面容，正如此宁静、如此凝重。她弹响月琴，唱起"阿诗玛的故乡"，——不知不觉我的两眼有些潮湿，……是的，什么是我们的过去？什么是我们的今天？又什么是温暖，什么是幸福？你，美丽的、英雄的阿诗玛的后代呀，你唱出多么甜蜜、多么动听的心声，……

　　曲终人散，灯火阑珊，我回到楼上我的住房，我久久沉思。人家说月光下的石林最美，而眼前却黑夜沉沉。我睡着了，我做了一个绿色的梦，——绿茵茵的山岭，绿茵茵的草地，绿茵茵的河流，绿茵茵的天堂，绿茵茵的歌声。谁想正是这轻轻地、轻轻地飘飘荡荡的歌声，把我引进石林的天堂。那是深夜了，我猛然醒转。我怀着揭开天上人间无穷奥妙的心情，我憧憬，我乞求，我希望，但我又深藏着失望的畏惧，我怕惊醒什么，又怕惊走什么。我没有开灯，我光着脚悄悄走到窗前，我轻轻拉开窗幔。啊，月亮出来了，月光虽然幽暗朦胧，但在我面前展现的是什么？石林浩浩荡荡、渺渺茫茫，在月光下，像云、像露、像风、像雾，在飘摇拂荡，在飘摇拂荡。我一下被一种最庄严、最肃穆之感所笼罩，啊，这是阿诗玛之魂呀！在这夜深人静的时候，阿诗玛和她周围的群山，都活了，都动了，都在守护着、爱抚着这美好得像露珠一般晶莹的今日的人间。我不禁为我终于寻到阿诗玛的神魄，而全心微微颤动了。

　　第二天清晨，当我们告别石林时，又去看了阿诗玛。鲜红的朝霞照亮了这座山岩，在她脸上，那闪烁的光芒，仿佛是朦胧而神秘的微笑。

阿诗玛！

你这个善之神，

你这个美之神，

你这个爱之神，

你这个战之神，

你将永远永远珍藏在我心灵深处，因为我看到了你，阿诗玛之魂！阿诗玛之魂！

武夷风采

大自然是伟大的创造者，他常常以惊人之笔，把人引入深邃的美的意境。我总算是游历过一些名山大川的人了，但我不能不说，武夷一下把我的神魄吸慑住了。

我是一九八四年十一月三十日到达武夷的。北国飞雪，南天清秋。一片红色余晖，映照出武夷山脉烟海苍茫，长天辽阔的神姿。忽见一巨峰迎面而来，雄浑奇伟，拔地擎天，状如袅娜升腾的蘑菇云，在朦胧暮色之中，倍觉苍劲，原来这就是进入武夷的第一峰大玉峰。这时，一阵清风从山顶上飒然而至，当我想到"此大玉之雄风也"，心中不觉升起一种庄严肃穆之感。

谁知神龙一现，夜幕骤临，武夷山水似乎并不急于使我一睹风采。夜气有些儿清凉，在寓舍饮上一杯醇香的乌龙茶，倒也取得一丝暖意，不过，午夜嫩寒寻梦处，飞来九曲玉玲珑，这一夕我是在悬念中度过的。拂晓急起，推开窗门，哪里知道白茫茫浓雾，遮天盖地，一无所见。武夷山在哪？九曲溪在哪里？可是，当我踏上游程时，我却深深品味到这大雾的美妙之处了，如甘霖滋润万物，如水墨濡染江山。当我缘着崎岖的小径走去，忽见一石门，为宋代遗物，久经风霜的浸蚀，使得门上浮雕形迹模糊。荒山野石，更觉古朴，一根藤须从上面垂下，微微拂动，仿佛在向来人招手。而后，来到云窝。这时，我特别领略到：一峭岩，一曲径，一树梢，一竹叶，无不凝结满晶莹的水珠。特别是当我攀登到一处山峡深谷时，从芭蕉叶上，雾珠竟雨水一般滴流而下，叮咚作响。雾，你武夷的雾啊！你在美化人间，诗化人间，你使一切朦胧、隐约、清幽，我才明白古人以雾里看山为一绝，确有精到之处。我攀上峰顶，极目远望，突然间看到茫茫云海之上，三个山峰，竟像从海里踊跃而出、腾空而起，阳光有如千万盏强烈的聚光灯把山峦照得红艳艳、亮闪闪，我一时之间浸沉在虚无缥缈的梦幻之中了，我觉得那山峦——迎接第一线阳光的使者，确像在低唱、在微笑。于是，漫漫浓雾就此渐渐隐退了。

人赞武夷曰丹山碧水，我就概括我两日之游，说说山，谈谈水。

我穿过迂回曲折的岩洞，听尽琴弦急语的泉声。久久伫立，为一座险峰镇住。峰壁上紧贴着一片森然直上的苍崖，像一支利剑，但，它的半腰却横裂三痕，令人望之悚然，好像只要一阵风一吹，就会崩裂而下，但，这正是武夷山奇绝的特色。当我走进茶洞，这片茶园四周耸立着七座巍巍大峰，有如一口深井。据说只有在太阳西下前的瞬间，一线阳光忽然凭空而下，其璀璨，其艳丽，无与伦比。当我方沉醉于遐想之中，忽然仰头一看，一座高峰耸立面前，这就是天游峰。我看上山的石梯，狭窄、曲折、壁陡，实在令人望而生畏。我不想上了，同行的人也不要我上了。但，徐霞客说："其不临溪而尽九曲之胜，此峰固应第一也。"这句话吸引了我、鼓舞了我，我还是奋力而上。我虽未能穷万仞之巅，而只登临其半，但眼前忽地豁然开朗，山卷狂涛，溪流万转，尽入胸襟。我在迎着灿烂的阳光，吹着飒爽的清风，一时之间，呼啸苍天，扶摇大地，真有游天之感了。

这儿的山有这儿山的风格，它既不像黄山那样万山萦回，也不像庐山那样一山飞峙，它像天上的造物者偶然抛洒下无数碧螺，万峰千岩，如剑如笏，朝天耸立。我一看到这儿的山就想起青铜雕塑。所以这样，一因其色，一因其形。红层地貌，人称丹霞，于青苍中露出赤红，确实叫人联想到万古风霜、铜色斑斓；岩体崩解，岩如断壁残垣，危绝奇峭，山如肌肤怒张，孔武有力。总之每峭岩，每峻岭，都像由一个巨大艺术家，凭他敏捷的才智，豪迈的心灵，挥动雕刀，铿锵劈刻，处处显得矫健、粗犷、苍劲、神奇，从而给人一种动态的美感。当我回过身来看时，但见天游峰顶，万丈悬崖，一片飞瀑，直泻而下，日光闪烁，微风摇曳，像碎玉，像飞雪，就更给这凝聚的峰峦，凭空增添了几分意气，几分生机。人们告诉我，如果夜宿天游峰顶，在晨曦到来的时刻，看白茫茫的云海，像大海波涛，旋卷翻腾，待朝阳聚临，霞光绚烂，像姹紫嫣红，万葩齐放，那才真是瑰丽壮观呢！

如果说丹山是武夷的铮铮神骨，碧水便是武夷的悠悠心灵。我们下午就乘竹筏一泛九曲溪了。好心的主人特别安排，逆流而上，这样可以按照序列，可从一曲游到九曲。溪名九曲，其实水随峰流，峰逐波转，何止百转千回。岩石凝紫，溪水湛绿，两岸山崩峰裂，铁熔铜铸，形成曲曲折折的幽涧深谷；溪上水清如镜，一眼望到底，河底的石卵清晰可数，日光云影，闪闪浮动，真像有千万片水晶在震颤、在闪烁。当我沉醉在一片浓绿之中的时候，突然从一泓深潭上看到倒垂着一片乳白色的山影，随着碧波荡漾，真是动人。我连忙翘首仰望，但见整个山体洁白如玉，在苍苍层峦叠嶂之间，越发显得像是一个亭亭玉立、脉脉含情的少女。啊！仙女峰！仙女峰！我曾仰望长江上的神女峰而惆怅，我曾凝眸石林中的阿诗玛而慨叹，但我以为武夷的玉女峰的确是美得惊人，它不但婀娜多姿，而且神情飘逸。当我们的竹筏已浮游而进，我还屡屡回顾，它使我想到我在巴黎卢浮宫中默默观赏维纳斯那时刻，我心中所升起的亲切、喜悦、完美的人和生命自由的庄严的向往。九曲溪一曲一折，有时清流浓碧，波光粼粼；有时乱石堆滩，急湍飞鸣。千山萦回，一流宛转。回头望，望不尽乱山丛立，有如长江三峡；向前看，看不完明山丽水，又是一曲新的画廊。竹筏浮至回曲，忽见一株红艳艳的杜鹃，从岸头垂下，凌风嫣然。武夷回天天怜我，小阳春里露深情。你，杜鹃，我一个月之前在云南边境亚热带丛林中，冒着浓雾，涉过激流，向扣林山奔驰时，曾为那满山遍野浓艳艳的红紫色而精神一振，谁料如此之快，又在这僻静幽谷中重逢，好像春之神真的回天有术，给我以深泽厚爱。但真个使我整个神魄为之震颤的是游到五曲。在岸上凌空飞来一座平坦的、浩荡的巨崖，它上凌青天，下临碧水，这就是仙掌峰。而奇特惊人的，是在这一半铁青一半赭红的崖壁上，冲击出数十道均匀齐崭的圆形棱柱，仿佛在天风飒爽之中，如见古希腊神庙的廊柱，我再细看，这峰崖倒映水中，那些圆柱就像千万条游龙在随波荡漾，真令人有虎跃龙腾天上人间之慨！上到八曲，乱滩纵横，万流迸裂，声如雷奔，浪花飞雪。过了芙蓉滩，山势迂回舒坦。到了九曲，已经是夕阳明灭乱山中，暮霭低垂，紫云缭绕了。

这一夜，我久久沉思，不能入睡，我与其说带回一身九曲清气，不如说带回一颗水晶的心，那些染满污泥浊气的人，怎能懂得一碧如染的清流，那样纯净，那样澄澈，那样柔和，而又那样百折不挠，勇往直前，是多么可珍贵的情趣！

由于诞生了上述这一种信念，因此，第二天清早我就奔驶向武夷深山的原始森林。不过，好心的主人，不言不语，却把车开到一处停了下来，我一看路边石碣上赫然大书"灵岩"二字。啊！仅仅念念这个名字，就给人多少神灵、多少圣灵、多少幽灵、多少山灵的憧憬呀！我们沿着崎岖小径进入山洞，抬头一望，洞顶就像是神话中的巨灵神用利剑劈开一条隙缝，一线天光从上泄漏而下。如若说这黑森森的洞窟使人想到炼狱，那么这一缕微芒就恰似神光了，中世纪诗人但丁如果到了这里，该给他的《神曲》增添多少奇思奥想啊！出来看看这座灵岩山，山崖边上长满像似吊兰的垂草，谁知原来这都是百合花，若是春天，雪白的百合开满崖边，阵阵芬芳，不正是你灵岩的心香一瓣吗？！上了车，车越开越快，进入一片绿的黄金世界。断涧残崖，千回万转，森森古木，染透碧空。深壑之中，乱石如云，溪水有时聚为深潭，水绿得那样浓，就像浓醇的薄荷酒，从石缝中喷出的激流像飞腾的冰雪。绿的阳光，绿的风和白的水，白的浪花，融织交汇成为一曲交响乐，萦回漫卷，悠然飘荡。我到这武夷深山之中，为了寻找九曲溪的源头，但更重要的是寻找我们今日中华民族神魄的源头，我怀着隆重心情，想一瞻武夷最高峰黄岗山。"风卷红旗如画"，遥想当年，中国工农红军从井冈山像一道铁流汹涌而下，就在这武夷山一带荒林野莽中展开游击战，排挞天地，叱咤风云，开创了英雄的土地革命战争一个大时代。当人们指着路边似乎还带着林木芳香的、新筑的木屋，告诉我这里就是从前的红区人家时，我的眼睛有些湿润了。想一想，今天的一朵白云，一盏鲜花，一座新兴的建筑，一个富裕的农村，一星灯火，一片青云，一个微笑，一番美梦，这每一幽幽心曲般的小径，哪一条不是从那血雨腥风未有涯的艰难岁月中开辟而来。我寻到九曲源头，这儿水清澈得就跟没有水一样，而粼粼日影又让你感到水在轻轻飘浮。这时，一个神奇的幻想，在我心灵上倏然一亮。我站起来，我听到一阵阵轻悠而婉转的鸟鸣，我看到色彩艳丽的蝴蝶在上下翻飞，这时，我的灵魂，已不仅在清泉之上徘徊，而随着九曲溪、下崇溪、奔建溪，直泻闽江，飞临东海。我站在这高山之巅，望长天浩荡，大地苍茫，刹那间心驰万里，神骛入荒。我想从南平而来的几百里，山凝浓碧，树摇新红，溪流像歌声飘过大地，一峰一壑都是绝佳景色。如果，以武夷山风景区为核心，以南平、建瓯、建阳为外围，以原始森林区为靠背，这将是一个多么辽阔而广大的绿的王国，这将是一个多么珍奇、奥秘、自然、美丽的大公园。当我这样想时我自己也笑了。我仿佛忘记了自己的年龄，怎么把信念延伸到下个世纪？不，不需要那么久远，如果谁只想把美据为己有，而不想为后人栽培，谁就没有美的品格，谁就不配说美。何况在我们飞腾的大时代，当然不会点石成金，但理想总可变为现实。我完全有理由相信这一点。因为，我在这儿接触的每个人，都对武夷充满爱，而爱是最伟大的动力。请你想一想，这些山，这些水，这些簌簌竹林，这些苍苍古木。这儿春暖时，不仅深谷里飞出兰花的幽香，流水也飘浮着兰花的香气。这儿冬寒，茫茫的大雪变成琉璃世界，而一片片白梅林洋溢出醉人的芳香。一个动物学家步行一里之遥，就听到上千种鸟的鸣声，这儿是鸟的天堂；一个植物学家说，而今流传遍世界的红茶，最早从这儿诞生，这是天然的植物园。一百多年前，这儿就成为外国生物学家的宝库，至今，巴黎、伦敦、夏威夷的博物馆里还珍藏着从这儿采去的稀有动植物标本。那么，今天，这莽莽苍苍的大自然，这诗，这美，一切都属于我们，我们为什么不开发这绿色黄金的矿藏呢？更重要的是，这儿不仅凝聚着中华民族神魄的过去，也凝聚着中华民族神魄的今天和未来。因为我们瑰丽的大自然，就显示出新时代山河的大千气象，舒展着新时代天地的蓬勃生机。

我一回到寓处就倒头入睡。醒来一看表，下午三时。但我一想到明晨即将告辞而去，我就不愿放松最后一点时间，再一探武夷绝境，便驱车北行。就这曼陀、天心、霞宾等山的名字已足以诱人。当我游罢水帘洞，啜一杯泉茶，淋两肩雨雾，转过山头，放眼一望，但见前面深黑色的深谷巨峡中照射过来一片斜阳，有如一片蒙蒙银雾在微微颤动，实在太美了！我们盘旋而下，深入壑中，只听涧水淙淙，且随山回路转，鹰嘴岩赫然出现在面前，使我心神不觉一震。三十六峰峰峰美，我爱鹰岩神魄奇。它像一只鹰仰天欲飞。你看，钩形的鹰嘴下，赭色胸脯，陡然壁立，使你感到它随着呼吸在微微起伏，全身黑苍苍的脉络向后倾斜，如丰满的羽翼翔翔欲动，山脊上一片小树棵恰像翎毛微耸、悚悚凌风。我在山根下坐了很久，我觉得正是在最后刹那间我看到了武夷的神魄。这一鹰岩，使得整个武夷千山万壑，都活了，都动了。雄鹰即将凌空而起，傲视人间，睥睨东海，悠然盘旋，漫然呼啸，于是整个武夷则如大海狂涛，汹涌澎湃，飘摇动荡，不可遏止。这时，落日金光，闪烁长空，我觉得山在微微地震颤，水在微微地震颤，而我的心灵也在微微地震颤了。

东山魁夷的宇宙

一九九〇年一月十九日至二十二日

这真是一个令人高兴的日子，睡醒午觉，一位青年朋友已等在客室里，他给我送来叶渭渠译的《川端康成散文选》，还有唐月梅译的东山魁夷散文集《探索日本的美》的译稿，实在高兴，我像把美的世界一下都拥抱在自己的怀中了。

刚好不久之前，在《世界文学》上读了东山的《巨星陨落》，读罢之后，仰望窗外暮雪纷飞，颇有沉寂之感。这一篇至情至性的文章是东山写川端的，不是不知不觉间也写了东山自己吗？川端之死是一九七二年的事，我当时不知在哪儿看到一行消息，我的确像受了雷轰　样震惊，不过仔细想来这似乎也是必然的吧！我是先认识川端本人（一九六一年樱花时节）后接受他的作品的。我的确喜爱川端的作品，每读辄有一种清淡、纯真的美吸引着我，那像影子一样内含的魅力怎样也拂它不去，融化在我心灵之中。我实在为川端之美所感动，它像一弯清流在缓缓流着，没有色，没有影，没有声，只有一个清澈透骨的美。这种文学在纷乱的文学世界里，透露出人生与自然的美的素质，这实在是难能可贵的。我说它展示了东方之美，其实也正因为这个，不已经进入世界之美的宝库了吗？东山我是见过面的，不过第一回见面是何时何地，我实在记不清楚了。不过，我手边珍藏着东山亲笔题赠的《东山魁夷的世界》两本画册，其中收有唐招提寺障壁画：《山云》《海涛》，那肯定是一九七七至一九七八年的事情。因为一九七八年我西访敦煌，小住兰州，写过这样一段话："落了几日雨，一个下午，我静静地望着窗口，窗中间巍然耸立着碧森森的皋兰山，这整个窗口就像给烟雨淋得湿蒙蒙、绿茫茫的一幅画，一阵惊喜微颤过心头，这是多么美妙的东山魁夷的画呀！"同对川端一样，我为东山的创造之美所沉醉了，不过一个在文学、一个在美术罢了。

如果是这样，我可以说东山这篇文章，以东山的心解释川端的心，就更加贴近了探索美的跋涉者深邃的心了。我永远记得在镰仓小巷深处川端家的会见，宽敞的院落里只有几株大树、一片草坪，这豁达、明净，也许正反映着川端的心境吧！川端留给我的印象是神情严谨、沉默寡言，不过从东山的文章看得出川端的心灵是炽热的、灵魂是发光的。也许正因为东山与川端都是美的探索者才能理解得这样深切吧！在川端家那次交谈中间，他站起身到里面取出两位日本画家的画帖给我们看，从而谈到中日两国文化的交融。我没有发现他的笑容，但他谈这些话时的语气是很温暖的。川端最突出的一个表情就是他凝着雪亮的双眼注视着，——不是一种美的向往在吸引他吗？……这两部画帖不知是不是东山文章中谈起的玉堂、大雅或芜村的珍品呢？……川端探索到美，体现了美。我觉得他的美近似晚唐诗人的美，一种清幽疏雅的美。而现在在《巨星陨落》中就把这位美的探索者的心灵邂逅写出来了。美是永无止境的，因此为了美而跋涉的人必然是苦心孤诣，从而产生一种空寂的意境，这是不奇怪的。也许正是在这一点上使东山与川端灵魂相通的。在这篇文章里，东山引用川端那句话，真使我惊叹不止。他说："有一件事却留在我心中，没能写到文章里，那就是东山风景画中那种内在的魅力，精神的苦恼和不安的寂福（佛语：寂灭为乐）和虔敬，在画面上没有表现出来而隐藏在深处。"没有孤高的探索精神，能有这样深刻的洞察力吗？在这里川端不也正像一面镜子一样照出东山吗？东山这位艺术大师给我的印象是纯朴敦厚、静谧安详的，用川端的话来说是"东山为人谦逊、严于律己"。东山说过："我所理解的作品的强烈，绝不是在色调、构图或者描绘方法，而是在画中蕴含着的作者的内心强烈的激情。"从画与文看来，东山内心正是充满强烈激情的。通过东山这篇文章，使我不但对川端，而且也对东山有了更多的理解，这的确是一个既意外也不意外的收获。

我是先接触东山的画，而后在一个偶然的机会里读到东山的几篇不长的散文。如果说他的画《路》《青响》《夕寂静》《冬华》《晚照》打动了我的心，那么我读过的那几篇散文，连同我现在在唐月梅这些译稿里读到的散文，同样打动了我的心。关于东山的文学，在一九八八年十一月二十五日《人民日报》发表的我的一封信里谈过这样的话："多年以来我有一种见解，而事实往往证明这见解是正确的，就是诗人与画家写的散文，常常如热带浓郁的芬芳，别有一种颤人的情致。前者我可以举出聂鲁达，后者我可以举出东山魁夷。"为此，我曾多方向出版社呼吁出版东山魁夷的散文集。唐月梅翻译过川端的《我在美丽的日本》，介绍了川端之美，现在她译出东山的《探索日本之美》，介绍了东山之美。对我这样一个眷恋的人来说，这真是太幸福了。当然美是不能据为己有的，我必须把这种美推荐给广大读者。

我常常想：一个文学家、艺术家终其一生都是在永远不停不停地探索着：

探索人生的无穷的奥秘，

探索自然的无穷的奥秘。

而两种奥秘的会合点是艺术家的心灵，只有通过心灵的净化，而后通过心灵的映现，就是人类的辉煌的创造。因此每一个真正的艺术家的作品，必然有着各自独特的心灵闪光。

比如川端和东山不但是密友而且是探索美的跋涉之途的旅伴。

不过，在我细心咀嚼之下，我觉得东山的美与川端的美是不同的，他们都探索到美但又有各自不同的美的风度，如果说川端的美是清淡纯真，那么东山的美则是深沉宁静。我想不能说这和东山亲密地、入神地接触大海与高山没有关系吧！东山在唐招提寺障壁画画《山云》《海涛》说是受了鉴真的人格的昭示，那么，又何尝不是东山的心灵的反响呢！我希望读者好好读一读这部散文集的文章，它们不但表述了美的共性，也表述了美的特性，东山这里的一些散文可说是打开美的窍门的钥匙。东山说道：

> ……我画的是作为人类心灵象征的风景，风景本身就阐明人的心灵，……
>
> ……我确信倘使没有人的感动为基础，就不可能看到风景是美的，……风景是心镜，……河川、大海也一样，可以说这个国家的风景象征着这个国家国民的心。……
>
> ……从此以后，在我所邂逅的风景中，我仿佛听见同我的心相连的大自然的气息、大自然的搏动。……

为什么从东山的画到东山的文都有一颗温暖的诗心，不就因为他的作品都有他的心籁的呼吸吗？

写到这里，我想我应该说明一下"东山的宇宙"这样一个问题了。我在这里说到宇宙，还不是从容量上说，东山的艺术与文学囊括了人生的灵魂和自然的灵魂，更重要的是从内涵上来考虑。我用这样一个题目，其实不过为了说明一个细致、深邃的问题，就是在这个宇宙里，既有主观与客观的融合，也就有爱与美的融合，从而具有巨大的创造力。请想一想，如果没有一颗挚爱的心，如何能发现美；那么，如果不是一个美的灵魂，怕也不能有这纯真的爱心吧？用作者主观的意蕴贯注给客观景象，的确，这是以自己的血液与生命来燃烧画色与文笔的。这颗心就是一个宇宙。它吸收了万象，包罗了万象，又给了万象以艺术的生命与光辉。

这里面有日月星辰，风霜雨露，高山大海，一条土路，一株小草，一片雪花……这不是用人生或世界这样的字眼所能形容的，这是茫茫然无涯无际的大宇宙，而值得注意的是这宇宙之所以能通向无穷无尽的人的心灵，我想是因为东山有宇宙一般的心胸，由这宇宙的内核发出的热、发出的光滋润了万物，因而也就滋润着读者们的心田，从而在文和画里凝聚了东山所特有的爱与美。

不能说这些散文是画的解说，那样就降低了东山文学的独立价值，尽管一者用画、一者用文来表现，我以为都是东山从自己攀达到的高峰之上谱写出的心灵自白。

在这个集子里有一个句子唤起我的醒悟。

　　……冬天到来之前，树林燃烧起全部的生命力，将群山尽染，一片红彤彤，……

从年龄上说，东山是长者，但我也已过古稀之年，我理解，我相信未来，我想就用东山的这种美意来结束这篇序言吧！

南海，紫蓝色的梦

强台风警报：

台风中心风力十二级，

经过南海海面。

西沙群岛在烈火与狂飙的暴虐中搏斗了。

——日记

夜　航

"远望"号朝大海远方航行，夜幕遮没了天空和海面，我最后看了一眼榆林港信号台上的灯火，向大陆告别。在舱房里一束凝聚的台灯光下，我注视着海面上由榆林到西沙的 182 海里航线，随着航船的轻微的颤悸，我的心正缓缓地驶向一个神奇而奥秘的世界。那儿等待着我的是什么我不知道，不过遥遥远远南海边陲这一群小岛，一片热土，多少年来一直对我都发出非凡的吸引力，

168

因而现在我平静的心湖中绽起一层亢奋的涟漪，使我无法入睡。夜静得更深，我从床位上起来，忽然斜斜歪歪，站立不住，整个船剧烈地摇晃倾斜起来。原来气象预报海上风力五级，中涌中浪，未来天气将逐渐好转，谁知宇宙突然发生了奥变，东北风愈吹愈强劲，风力转成七级，变为大涌大浪了。就像当年迎接战争风暴一样，突然而来的艰险，唤起我胸中的沉思。从舷窗上望出去茫茫一片漆黑。可是我仿佛看到惊涛骇浪，排空而起，听到汹涌的呼号，旋转沸腾，而正是这像从古老洪荒年代深处发出的强暴的轰鸣，使我一下想到我们的祖先，郑和的船队远航非洲，经过西沙群岛，他们当年"灵樯千艘"凭借着风帆木桨与狂风恶浪搏击前进，该是何等惊心动魄，巍巍壮观。就是他们，以永乐年号命名了西沙群岛中这一片礁群。而今，我们的人紧紧守卫着一个一个宝岛，长年累月，顶着火热的骄阳，迎着狂暴的风雨。在这夜航时刻，我好像听到西沙人的心的跃动，血的跃动，生命的跃动。航船乘风破浪，向西沙群岛驶近。

西沙魂（一）

热带的晨光如此明亮，一片雪白的浪花推出一层浓绿。啊，看到了，西沙群岛！白花花珊瑚礁围绕着一圈翡翠般的浅海，那样透明，那样晶莹。小小的海岛，像一团云、一片雾，从紫罗兰色的南海上向我们冉冉飘来。

"远望"号是艘万吨巨轮，无法拢岸，我们换乘小型护卫艇，直驶琛航岛。阳光那样强烈，雪白的珊瑚沙那样刺眼，野琵琶树、抗风桐却那样碧绿葱茏，就在这万绿丛中，为收复永乐群岛而壮烈牺牲的十八位烈士，英魂忠骨，永留天涯了。我们向纪念碑献上花圈，默哀致敬。这一刹那，我的心弦像巨浪一样翻腾，我感到我们南海的心灵的震动。椰子树翠绿的羽叶低垂，仙人掌上嫩黄的鲜花沉默，海浪无声，长风凝固。这时，有一个人悄悄走到墓碑背后，默默地站立，望着镌刻在墓石上面一个一个名字，他从怀中掏出从大陆上带来的一包热土，珍重地、轻轻地洒在地上，而后他热泪滂沱，哀哀痛哭了。

从琛航岛我们又驶向珊瑚岛。南海向我展现了迷人的热带风光，南海的波涛是紫蓝的，紫蓝得近乎墨色，在这深沉凝重色调映衬下，展翅飞翔的白色海鸥，一闪而去的银光飞鱼，近岛那绿琉璃一样明闪闪的海水，一切一切色彩都非常鲜明艳丽，仿佛燃烧的火焰，可是，所有这一切都不能使我忘记那墓碑后的哭声，这哭声深深渗透我的心灵。

夜间，我的舱房的沙发上坐着一位客人。他留着平头，瘦长脸上有一双充满智慧微笑的眼睛，短眉，光下巴颏，说话时两道眉峰之间颤动着一道皱纹，它似乎标志着风霜的磨砺，记载着心情的变幻，正是他向我显示了西沙群岛的风云浮沉。这位就是一九七四年收复永乐群岛海战的 281 猎潜艇编队航海业务长，现在是中国人民解放军海军司令部训练部长，叫张毓清。就是他在琛航岛烈士纪念碑，洒下一掬黄土，留下一掬热泪。他的话一下把我带回南海上那场惊天地泣鬼神的鏖战。

"当时，西贡阮文绍集团派出四艘美制军舰，在珊瑚岛、晋卿岛海域猖狂挑衅，连续冲撞我军两艘扫雷舰，夹击我军两艘猎潜艇，登陆广金岛、琛航岛。在这紧急万分时刻，周恩来总理发出了火急的命令：收复永乐群岛！……我们舰队夜间关闭了灯火，在海上飞驶。我是业务长，负责保证航海安全。"他用茶杯和烟缸在茶几上摆出个形势指点着说下去，"这里是永乐群岛北面的北礁，是个出名的鬼域，历史上不知道有多少船只在这儿触礁沉没；再说这里！经过七连屿也是一险，夜里航行，一搁浅就上不去了。

"我全副精力集中在航行方向上，可是一种求战的渴望像火一样燃烧着我。你想想！这郑和宝船锚舶的永乐群岛，是我们中华民族的光荣与骄傲，可是这么多年来，她横遭羞耻，备受凌辱！被法国、被日本，现在又被南越集团侵占。她在流血，在哀哭呀！我们中国国土，就是祖国心头一块肉，我们再也不能让我们美丽的岛屿蒙受苦难……"

我望着张毓清，张毓清的心像金子一样发亮。

"上午，我们从晋卿岛、琛航岛之间狭窄的航道穿过，一出口子就发现敌舰。一道命令火速传来：追击敌10号舰，打沉它！

"我们编队立即向前飞进。突然看到我们一艘扫雷舰中弹起火，熊熊燃烧。这火一下烧疼了每一个水兵的心，愤怒、仇恨，凝成一股火热力量升腾而起。这时，敌10号舰'怒涛'号护航炮舰出现在眼前，我们编队指挥员刘喜中怒吼道：'命令敌舰投降！

不投降立即歼灭！'

"我们发出灯光信号，对方没有回答，我们编队猛扑向前，直追敌舰。

"第二次发出警告，第三次发出警告。

"敌舰队以 270 度航向行进，我尾追，雷达不断报告，测定敌舰方位、速度——6.4 节、9.6 节，越来越快，像要逃跑。突然间，敌舰尾火炮向我发射，一颗炮弹嗖地一阵风一样从我和刘喜中两人头间飞掠而过。我发现我舰和敌舰舷角小了点，连忙喊：'得扩大舷角'，刘喜中立刻下命令：'左舵！'敌人以为我转从左舷攻击，立刻把炮口转向左舷。我们逼近敌舰二百米，马上来了一个右舵。刘喜中发出命令：'编队立即射击！'

"我们的八门炮连同机枪同时发射，一条条火线对准敌舰，从船头打到船尾，敌舰驾驶台上的五个人被打掉了，一片火海腾空而起。

"大海在咆哮，大海在欢呼。

"我们打完了第一个冲击，立刻掉转头，一阵炮火，又从船尾打到船头。

"这时，刘喜中突然面色煞白，满身流汗。可是他紧紧按住疼得要命的肚子，咬断钢牙，发出怒吼：'别管我，打！'这时每一发炮弹都带着怒火，带着仇恨，勇、猛、狠地飞蹿出去。刘喜中剧痛难忍，遽然扑倒，他发出微弱的声音：'看来，我不行了……同志们！一定要彻底歼灭敌人！……'这是怎样一个铁铮铮的男子汉呀，周围的人一听都忽地流下眼泪，指挥员的顽强意志立刻化为无穷的战斗威力。

"敌舰失去控制，正在海上打漂。指挥所来了火急的命令：坚决击沉！我舰像一条矫捷的游龙，立刻折转身，第三个冲击还没打完，只见'怒涛'号中间一声轰隆巨响，浓烟滚滚，火光冲天，敌舰下沉了。这时，整个大海上，一片沸腾、一片汹涌。南海啊！中国的南海！你展示了神魄，你发出了神威。

"我们舰艇上一片欢呼，但欢呼中饱含着沉痛。因为在琛航与羚羊之间，我们的一艘扫雷舰也在熊熊燃烧。甲板崩裂，海水涌入，大火烧得机舱里水温高达七八十度，上面是浓烟，下面是滚水，我们的水兵被烟呛死、被水烫死，没有哪一个离开岗位。在这关键时刻，有一个人猛然苏醒过来，他立刻想到舰首上那面五星红旗，——这是祖国的荣誉！祖国的生命！祖国的灵魂！舰艇没有沉没，必须抢救国旗。他忍着剧疼，爬上甲板。这时船上一片烈火熊熊，他光着两脚，踏过烧红的甲板，把国旗降下来，抱在怀中，纵身跳入大海……"

张毓清一时说不下去，舱房里一片沉寂，隔了半晌，他抬起头来：

"就是他们，扫雷舰上的十八个勇士，在琛航岛上，魂驻南天，永埋忠骨了。"

我和张毓清谈到下半夜。当剩下我一个人时，我缓缓踱到舷窗前，只见一派冷清的月光，照在混混沌沌、浩浩茫茫的大海上，我的心灵在和大海一起回荡，我的心灵在和大海一起震颤。

西沙魂（二）

　　西沙群岛从开天辟地，亿万斯年，像海上孤子一样，落在酷热、荒凉、沉寂之中，但它们是和整个华夏大地，潜流着同一的血脉，跳跃着同一的心脏啊！可是，当人们刚刚上岛时，迎接他们的是多少凶残、多少暴虐呀！白茫茫一片珊瑚砂，真是荒凉的西沙戈壁。最可怕的是漫长的夏季，从太平洋上升腾而起的台风一次跟着一次猛扑而来，从榆林港运淡水的航路断绝了，战士们被火一样的太阳炙烤着，被狂风暴雨冲击着，几个月吃不上新鲜蔬菜，牙龈腐烂了，口腔溃疡了，一个一个身上穿的海魂衫，由于汗水海潮的浸蚀破得像渔网一样。四顾茫茫，浊浪滔天，但他们坚韧地、默默地开辟着一座一座岛屿，创造出一寸又一寸能够孕育绿色的活土。

　　一个小分队驻守在西沙群岛最南端的中建岛。那是最艰苦的地方、生死的边界线呀！那算是什么岛，只是一片刚刚露出水面的珊瑚礁。大潮拥来，立刻淹没，台风吹处，航路中断。西沙海战后留下来担任西沙巡防区司令的刘喜中，对远戍中建岛的这七个勇士，悬心挂肚，日夜难眠。突然一封电报从大陆上飞来，是给中建岛一个战士的。刘喜中一看："母病重。"电报还没转达，紧接着又来了第二个电报："母病危。"刘喜中忽地冒出一身汗，紧接着又来了第三个电报："母病故。"刘喜中心如刀绞，万分沉痛。等台风过去，当他把这三份电报一起送到那个战士手上时，两个人一起落泪，仰望着遥遥远远的大陆，默默悼念。刘喜中流着眼泪深深谴责自己：西沙战士物质生活已经万分艰苦，我还不能减少他们一点感情的痛苦，我真是失职呀！但是大自然的狂暴并不谅解一位司令员的耿耿的忠心。日月无光，天昏地暗，台风中心又直向中建岛横冲而来，一刹那，混凝土方城冲毁大半，珊瑚砂被刮掉一层，全岛海拔一下降低八十厘米，一切一切，毁于一旦。

如果说大自然的威力强大，人的威力才是无穷。现在，当我来到永兴岛时，我看到原始野生的抗风桐、羊角树和人工种植的椰林已经融成一片碧绿浓荫。人的勇气，人的智慧，已经开出灿烂之花，用啤酒瓶镶砌的路边闪闪发光，营房楼栏上栽种了各种盆花，花团锦簇，五彩缤纷。在这儿我和几位战士促膝而谈，其中有一个叫梁坤莫的说的几句话，一下牵动了我的心肠：

我把青春献给西沙，因为我爱西沙。
我驾着一只小船扬着理想的风帆驶向彼岸，
就因为西沙迷人，
我才在这迷人的小岛上落下风帆。

他不仅有诗的语言，更重要的是他有一颗诗的心。
正因为这个，他被人称为"西沙种菜新愚公"。
在西沙群岛，人们在征服大自然中虽然取得初步成果，但大自然的奥秘并未向人们全部敞开。每当台风季节来临，从四月下旬到十月上旬，人们还不能不由于吃不上新鲜蔬菜而受着熬煎。梁坤奠是一个炊事兵，他深知缺乏维生素的灾难，于是他要在这个难点上打一场突破战。当我问到他的成果时，他腼腆地笑而不答。他身旁的战友抢着告诉我："他在浮水种空心菜的实验中取得成功，去年夏天他收了四千多斤菜。"珊瑚砂是没有生命的土壤，毒热的太阳烤焦了生机，台风更是无情地扼杀一切生长的因素，但是，梁坤奠他踏入了人类历史还没有踏进的领域，我不得不对这位可敬的探索者进行探索了。

他说："我从小崇拜英雄，向往军营。我觉得按照老祖宗安排的路走，那是独木桥，会被挤下来。命运恰恰就对我做了这样的安排。我在学校里考试从来都是名列前茅，谁知高考偏偏落榜，我的心灵一下变得脆弱起来了。我就是带着这个创伤，决心到部队来干一番事业。到了海口，分配西沙，有人暗暗流下眼泪，我高兴得得意忘形地跳起来。我是那样天真、那样狂妄，以为社会就是一条康庄大道。不想一上海船，装在底舱，海浪颠簸摇荡，多少人呕吐，又脏又臭，我的美好的幻想一下又破灭了，一上岛我就直挺挺地躺在地上……"

往事在梁坤奠心中一幕一幕涌现，他深沉思索了一下。

"现在回想起我走过来的道路。我这个人有弱点，弱点就是好强、好胜，不知天高地厚，狂，拼几天，一厌下来，又陷入莫名其妙的烦恼，这种烦恼经常沉重地袭击着我；可是，我也有优点，就是富于竞争心，讲效率，讲科学，有参与意识，国家大事、世界大事，我想知道，不管条件多困难，不能系统地了解，我就零碎地去知道，这样我就想得开阔，有进取心。"

他严肃而认真地倾倒出心里的话，战士心曲，悠悠动人。

"我认识这点，是经过一段严酷斗争的，那是我在岛上接受新兵训练那段时间，是我心灵受到挫折最严重的时间。由于幻想和现实的不一致，我对部队的看法就从一个极端走向另一个极端。部队，他妈的！一切都幻灭了！那实在是感情用事。这样一来，我在严格训练时表现得就很差劲，我又爱吹毛求疵，我嫌班长啰里啰唆，就顶撞他：'你说大半天，究竟说的什么？'站队列，我总站不齐，又触怒了班长，班长气不过打了我一拳。我们那一年训练成绩很突出，慢慢我也悔悟到：全班都争强取胜，就我一个拉后腿，我暗暗觉得很惭愧。唉！地狱生活，磨光棱角，我悄悄送了一包紫菜给班长……"

梁坤奠敞开战士坦率的胸怀，它是那样纯真、那样庄严。

"这是我一生很可耻的一件事。"

我想安慰他几句，他却打断了我的话头：

"我付出了代价，知道了我的弱点。我明白：克服了它可以胜利，克服不了它就毁掉自己。现在回想起来，我不是很敬佩连长、班长，他们那样热情、负责，虽然说打了我两次，可是我公允地评价：这样的干部愈多愈好。要是一些混日子的人，会腐蚀我的心就更坏事。新兵训练结束，取得优良成绩，我又高兴得蹦跳起来。我分配到招待所当炊事兵。从那以后，每年十一月二十三日、新兵训练结束的日子，我都到接受新兵训练的那个地点，我在那儿默默地站下来，我是用过去那段生活鞭策自己，给自己新的一年做一个总结。

"我当炊事兵没有种菜的任务，可是一年有六个月吃酸辣菜罐头，这已经成了人们生活中的一种痛苦。从各个小岛上来的同志一听说吃酸辣菜罐头脸色陡然就变了。我看在眼里，就产生了思想活动，西沙群岛三大苦：一是交通断绝；二是没有淡水；三是没有蔬菜。我要是能解决其中一个难题，我的生活就有了意义，也算为西沙做了贡献。可是这时一个喜讯传来，部队要送我去考院校。这一来，我又彷徨了。院校出来是铁饭碗，保证一辈子没问题，在西沙群岛上种菜可是个未知数。我就这样彷徨了一年，我烦恼，我沉闷，我发现我像面临着一个可怕的深渊，我想这样拖下去就什么都完了！我谢绝了报考院校的机会，下定决心埋头种菜。

"唉！不成功便成仁吧！

"一个青年人前程上，原来有多少彩色缤纷、迷离的幻想啊！在新兵连我在日记上写了'要不就当将军，要不就什么都不是'，现在我要走上的却是一条种菜的路，当将军是成为泡影了。我就一把火把这些日记统统都烧了。"梁坤莫羞涩地微微一笑，露出雪白的牙齿，"免得给后人看了笑掉牙！司令员又来支持我了，他说：'小愚公，你能不能搞点创新呀？'从此我有了奋斗目标，这时文化成了我腾飞的翅膀。可是这是一条充满艰险和危机的路啊！我就夜以继日，废寝忘食。害怕让人看见不好意思，趁大家午睡的时间，冒着火辣辣的太阳，到码头厕所去担肥料，有一次我在菜地里侍弄到夜里十二点。这时周围人言人语、议论纷纷，有些是怀着恶意嘲讽讥笑的，说我是傻瓜、是神经病；老乡们听了不安，也来劝我，我的回答是：'一切让时间来证明吧！你们现在不明白，时间会让你们明白，假如将来你们的子女能理解，我就要为我自己祝贺。'

"我明白，我是一个进攻型的人，自然就会引起别人的进攻。

"谁知在一块旱地上苦斗了一年，我失败了。

"我费尽心机、耗尽劳力，改良土壤效果不大，因为西沙的太阳太毒，把水分都蒸发掉了，海风海潮又冲来过多的碱性。

"我望着我收下的可怜的一点蔬菜，我沉思了：创业，创业，创业者的路是艰难的，我算得上是一个创业者吗？！

"我就整夜整夜埋头在种植学、植物学等科学书籍里。

"有一天，我就像发现了黄金。我从一个大水坑边走过。

"我想，你不是要喝水吗？把你放在水里让你喝个够，怎么样？

"我就把一把空心菜放在水坑里，我中午、夜晚，踏进水坑，清除污泥，又热又臭，蚊蝇嗡嗡，我把汗水流在水里，把心埋在水里。

"啊，长芽了！

"我的眼睛亮了，科学帮助了我，因为水坑里的水是地心里涌出的水，滤去了海水中氯化钠成分。"

一片欢腾的清风掠过了西沙群岛，梁坤奠的发明创造终于成功了。

"我收了四千多斤菜。公家要折成钱，我说我不是为了钱，我把全部蔬菜献给公家，还捎了一部分给最遥远、最艰苦的中建岛的战友们，让他们尝一口西沙群岛上开天辟地的第一代鲜嫩的青菜吧！"

这是多么开阔的胸襟、圣洁的心灵。

命运，命运，你要跟命运搏斗，你才能成为命运的主人。

就是这样一个青年，一头蘑菇形的短发，在晒得黑黝黝的脸膛上有一双充满坚强意志的眼睛。我望着他，我不由得想到：是宇宙大还是人心大？如果说宇宙大，而这颗小小的鲜红跳跃的心，却容纳着一个整个浩渺的宇宙啊！他跟我说：

"对西沙的爱战胜了我自己，牺牲是无价的，我要把我的青春奉献给西沙。"

我问他："下一步你怎样走呢？"

"我要充分发挥科学的威力，我还要同南海的火热的太阳做斗争，我要进一步试验立体种菜。活动棚种菜。这个岛上有很多蜗牛，褐云玛瑙蜗牛，还是最好的品种呢，我要饲养蜗牛；听说拉丁美洲人吃仙人掌，我们岛上适合种这种热带植物，如果成功，我要把全世界赤道附近能生长的菜都移植过来。人家管这里叫西沙戈壁，依我看，是一片未开垦的处女地。美国西部原来不也是一片荒凉吗？我们为什么不开拓我们的西沙？"

梁坤奠，你是一个进攻型的人，你使我想到跨栏飞跃的奥林匹克的健儿、疾驶的骏马、猛扑的雄鹰。进攻的年华，进攻的时代，进攻的未来，这是多有意义的前进呀！

"我们每个人都有自己的小天地，在那儿经营，在那儿创造。

把无数无数这样小天地联结在一起，我们的国家不就五彩缤纷、繁荣昌盛了吗？一个人可以毁灭自己，也可以完善自己，把一切贡献给人民就是最大地完善了自己。中国是大有希望的国家，可是我的路子愈走愈难，因为竞争会厉害起来，我必须不断地有新的突破，那就让我跳跃着前进吧！"

我默默听着，但，我听到的是整个无边无际的美丽的南海的心声在随风飘盈。

晨　航

黎明，震颤着，呼唤着到来了。

宇宙是多么浩瀚无涯。

大自然是多么苍茫奥秘。

晨曦是瑰丽的，晨曦是变幻的。

我望着，紫色的云上升与天上的白云融成一片，紫色渐渐变成灰色，托着鲜花一样的白色云朵。海在起伏荡漾，地球在旋转。太阳从看不见的地球的侧下方，把一条火红的金链突然抛向人间，太阳还未露出海平线，云空已经变得一片绛红、一片通明。"远望"号带着几许欢乐，几许昂扬，它完成了一个新的历程，向海南岛驶进。早晨，无比清新的早晨啊，这时一切都在酝酿、一切都在闪烁、一切都在诞生。而南海，南海那紫蓝色的海涛永远留在我的神驰心荡之中，在那白花花的珊瑚砂上，在那浓茵茵的琵琶树下，我看到的只是一个张毓清，一个梁坤莫吗？不，我看到整个西沙群岛的灵魂，整个南海的灵魂，正是这美好而崇高的灵魂凝成那样庄严、肃穆、深沉、壮丽的巍巍紫色。我觉得整个南海像苍穹，像大地，像太阳，像雷电，像风，像雨，像雾，像云，在飞扬，在激荡，在欢笑，在歌唱。

马鸣风萧萧

我非常爱马，马是最通人性的。

在野营篝火旁边，人们从闲谈中，述说着多少关于马的故事啊！

其中最使我感动的，是一个骑兵，他爱马如命，马也爱他如命，在一场激烈战斗中，他负了重伤，从马背跌到地下。马是那样温驯善良，一步不离这昏迷过去的人，它回环四顾，长声嘶鸣，希望有人来援助它的朋友。可是在战火燃烧纷飞之下，所有的坐骑都在猛烈狂奔，骑兵们挥着闪闪的马刀，像一阵风一样旋卷过去，战争到达了沸点，生死格斗到了决定时刻，哪一个顾得上来援救这血流如注、奄奄一息的战士呢？！可是他的马不肯离去，终于用嘴衔起这个伤员，把他从战场上抢救下来。这个战士从此更爱这匹马。谁料在另一次战斗中，这匹马被子弹射中，翻滚到地上，悲哀地长嘶一声，做了最后一次挣扎，终于扑然跌倒，溘然长逝。那个战士痛哭了一场，埋葬了他的马，为他的马筑了一座坟茔，最后珠泪涟涟，一步一回头，不忍遽然离去。

篝火的红火影跳荡着，火影在人们身上脸上晃动着。

我说：

"马救活了主人，主人没救活马。"

讲故事的人，猛然喷掉衔在嘴里的粗大的烟卷，愤愤地说：

"这里没有主人……是战友，是可靠的伙伴，而不是主人！"

他站起身，把马鞭在自己腿上甩了一下。

一匹白马应声进入篝火的光圈之内，两眼放射出温驯的眼光，它好像听懂了刚才讲的故事，随着马鞭声，来找它的战友来了。

有什么比迎着烈火、迎着狂风放马狂奔，更加令人内心为之振奋的吗！

我有过一匹菊花青马，马鬃很长，性情柔和，在东北解放战争中，三下江南，大踏步后退，大踏步前进时，我骑着它，走过冰冷的松花江，在马背上吟过一首诗：

长空一月压林低，

千里冰封走战骑。

遥望烟火弥漫处，

三军刚到正合围。

这匹马老了，虽然还竭尽忠心，努力报效，但终究气喘吁吁，不胜驱驰了，我不得不眼看着人家从我手里把它牵走了，我心里非常难过，抓把炒黄豆喂给它吃。它用柔软的嘴唇在我掌心里蠕动着咀嚼着，而后，又伸长脖颈在我身上厮磨着。我忽然发现它两只眼眶里濡濡流下了两行泪水，这真使我的心房为之深深战颤。

但，马绝不是柔弱的生灵，马有马的烈性，正是这种烈性使它在狂风暴雨、枪林弹雨中任意奔驰，而且这种烈性，也会传导给人，燃烧起人的求战热望。有一回，当我勒了马屏住气息，等候前面传来爆裂的枪声时，我发现马的两只耳朵在籁籁抖颤，两只前蹄不断踏动，全身肌肉和鬃毛都发出一种渴望临战的精神。而后，当号声响起时，我刚翻身上马，它就像离弦之箭一样勇猛冲飞而前，那真是在飞，全身拉成一条直线。我伏在马上，马的烈性传到我身上，我感到全身的血液都在沸腾，这是一种生命的强大的暖流啊！它把我和马融合在一起。风，那样锐利地劈面而来，呼啸而过，用不到我的鞭策，马自己就奔向火线。是的，那里有流血、有死亡，但这一切在这一刹那都不在话下，只有一种胜利的快感在大大鼓舞着我们，马不畏惧战争，而是渴望战争。还有一次，我骑马夜涉辽河，水涨流急，又是漆黑之夜，伸手不见五指，但，在这紧急关头，马仰起脖颈微微嘶鸣了一声，甩了甩尾巴就踏入河身。我只觉得水在周围旋转，几次卷入漩涡，我一提缰绳，马便跳跃而起，后来，在最深的河心，它竟展开四蹄，浮游起来，它不但那样勇敢，而且那样机敏。我在一首诗里曾写过这样诗句：

　　夜涉流急频跃马，
　　晨行霜冷苦吟诗。

马也曾给过我一次灾难。那是松辽平原上地冻得像铁一样坚硬的日子。我骑的马蹄铁损毁了，只好借别人一匹马骑。马是熟悉自己的骑手，而不甘心为生人驱使的。当我一跨上马背，它感到是个生人，它就暴怒得连尥带跳、乱嘶狂鸣，这匹马就像一匹红色的巨鸟在狂飙中旋腾一样，一下把我从它脊背上高高抛起，重重掷下，那一下，把我的腰骨跌伤，动弹不得，只好躺上担架，跟着部队转移了。

战争是残酷的，但也是雄伟的。人从战争中可以领略一种英雄的快感。古人描写战争，就含着这一层深意："……利镞穿骨，惊沙入面，主客相搏，山川震眩，声析江河，势崩雷电，……"这是何等的气势，何等的神魄？！而人和马共同投入火的炼狱，从熔岩中踏出一条胜利之路。在那个年代里，一个老司令跟我说："我有三件宝：一只德国蔡司望远镜、一支三号左轮手枪和一匹战马。"军人爱马如命，只有飞骑穿越过战场的人，才会懂得这是何等亲昵、何等密切的感情。我也正是在那军旅生涯之中爱起马来的。

我真喜爱真正的骏马呀！它长得那样英俊、那样飒爽，它的眼光充满智慧，它的肌腱饱含雄健，它眷恋自己人时何等挚爱，它冲向敌人时那样猛烈，它的四蹄在大地上敲出鼓声，它的长啸给人带来豪情，它既像一缕柔情，又像万里雷霆。而今，距离战争时间很遥远很遥远了。就在战争后期，也由于换了吉普，而与马作别，但现在，我想起来，还是那样恋恋于我的战马呀！……前面，谈到我和那匹菊花青马分手时马的动情之处，我还没有说养这匹马的饲养员呢！他夜里伴着马睡眠，为了夜半更深起来喂上饲料，他给它最清凉的水饮，每到宿营地，他看到马身上汗水淋漓，他就埋怨我不该骑得太狠。那天，人家牵了这匹老马走时，他竟坐在空落落的马槽旁边痛哭了一场。

我想不起人与畜之间，有什么比人与马之间更有深情的了，更生死与共、相依为命的了。

有人也举出猫，但猫是在热炕上打鼾的动物。

有人也许举出狗，但狗是喜欢向你谄媚的动物。

马，不是这样，自有它独立不羁的风格、英雄豪放的骨气。

我再讲一个关于马的悲剧的故事。那是一九三八年夏天，在河北大平原上，青纱帐一望无涯，赤日烘烤着大地，我们从冀中驰向冀南，我骑的是一匹枣红马。那可真是一匹骏马呀！它红得像火炭一样，大概就是古小说里所说的"赤兔马"吧！那身个，那长样，都是充满豪情、充满灵气的。我们一行人骑着马涉渡滹沱河，就赶上平原上时常突现的狂风暴雨。先是一朵乌云旋即倾盆大雨。我们放眼四顾，只有一片绿色大海的庄稼地，连个看瓜的窝棚也找不到，于是我们只有策马狂奔，人和马冲狂风迎暴雨，都淋得湿透。也许就因为一下赤日炙人，一下冷雨如冰，我们到了宿营地，那马竟然一夜不食不饮而死去了！我到现在还记得，那是怎样的一匹马呀！那是一只美丽的火鸟！但我爱它我却骑死了它……我记得当我们到达宿营地，我跳下马来，还爱抚着它那锦缎一样光滑的颈项，而它也把头伸向我，微微喷出鼻息，用柔软得像奶脂一样的嘴唇，灵巧而依恋地在我身上、手上、脸上摩擦着。是何等样的一出悲剧呀！我爱这匹红马，但我骑死了这匹红马。几十年时间流水一样过去了，可我的心灵里还存留着这匹马的影像，我的心灵里还充满对这匹马的疚仄之情……是的，这深沉的悲剧，使我更多地怀念起战争，只要一想到那峥嵘岁月，我还是不能不想起战马。现在我明白了，不正是由于我曾经乘马在战场上飞奔，我才最理解"落日照大旗，马鸣风萧萧"诗的意境，那是多么豪爽、多么旷达的美的意境。我老了，但在我的一生中，我还是不能不为我曾经获得那一种意境而自豪呢！不过，上面说的那种疚仄也就更深更深地渗透进我的灵魂了。

第四辑

远方，与异文明相恋

罗　马

一

罗马，我心灵上的罗马！年轻时我唱着"黑暗快要收了，光明已经射到古罗马的城头"的歌想念它，而今天，我要投身于它的怀抱。新奇、敬仰、爱慕，我的心情十分微妙。感谢主人做了精心的安排，到罗马，住的是达·芬奇饭店。文艺复兴三杰（达·芬奇、米开朗基罗、拉斐尔），仅仅这些名字，已经使我的心头荡漾着幸福之感了。走廊上，餐厅里，到处都悬挂着达·芬奇的素描画。我的房间里挂的是一幅少女的头像，灵活而洒脱的线条，勾画出青春的微笑，这是达·芬奇的微笑，文艺复兴的微笑，意大利的微笑，……

按照约定时间，刚吃罢饭，安娜就出现了。安娜是一位年轻的、有成就的汉学家，她翻译了鲁迅的书。她是一个热情而爽朗的人。当我们跟她走出门口，湿淋淋的地面说明黎明时洒过阵雨，而现在阳光特别明亮。登上游览车，安娜就说："这几天罗马都下雨，今天却晴了！"意大利语本来动听，安娜讲话又琅琅如清泉流水，语声中还夹杂着笑，又笑得那样天真，这使我那悠然故国之思的肃穆心境，一下变得活跃起来。

到处都是古城残堡的罗马，给太阳照得像披着一件灿烂的新装。我们先到了圣彼得教堂。司汤达写过："这座大教堂现在大门口倒可以当作一个戏院的入口。"这话对我来说，很合适，因为我不是把它作为一个圣殿，而是作为一个博物馆。我迈进大门，进入一个迷人的艺术之宫。但，我们还是先在教堂前的广场上流连一阵吧！教堂十分巍峨，特别惊人的是教堂两翼上半拱形的四排石柱，使教堂显得格外壮观。这柱廊是罗马城建筑师贝尔尼尼的杰作。广场中间，高耸着埃及方尖石碑，它本来装潢着太阳城赫力阿波里斯，古罗马皇帝把它搬了来，安放在广场中心，确实使圣彼得显得格外的庄严。当年凭着木架、绞索，把巨大的石碑竖立起来是艰巨的，这是隆重的宗教仪式。在这样的仪式中，谁说句话就是犯罪。可是一个人眼看绷得紧紧的绳索要断，就喊了一声。由于这声喊叫救了无数人的性命，这个人也就没受到惩罚。

听着嘹亮的钟声，走进圣彼得教堂，恍如面对着一座高山，觉得人是那样的渺小。据说这是世界上最宏伟的教堂，它的高度只比埃及金字塔少一米。里面像幽深的森林一样，到处都是精美的雕塑。安娜带我们到费勃莱圣女玛利亚小祭坛，找到了米开朗基罗的《母爱》。这是米开朗基罗二十五岁时的作品，但他已创造了一座艺术的高峰。圣母玛利亚横抱着从十字架上取下来的耶稣的尸体,她右手搂着耶稣上身,左手微微伸开,低首望着儿子,从整个神态流露出无限的慈爱与悲哀,那样含蓄,又那样动人。凭借着小祭坛朦胧的光线,那光洁圆润的雕塑显出活的生命。米开朗基罗这个作品在这里展出之后,立刻受到外国来访者赞扬,那时米开朗基罗尚未成名,有人说是米兰的戈波的作品。米开朗基罗觉得这太不公平了,夜里他拿着凿刀进入教堂,这就是我们现在看到圣母玛利亚胸前衣带上镌刻着米开朗基罗的名字。就这一件艺术品已经满足了我的美的享受的渴望了。

安娜又带我们看了教堂中心的大祭坛。祭坛是贝尔尼尼设计的,是拿从万神庙取来的黄铜铸成的,祭坛上的穹顶则是米开朗基罗的创作。从穹顶周遭的玻璃窗上投射下来的一束阳光,把祭坛照得黄灿灿的,那样辉煌。

我们穿过许多古罗马的建筑,下了车,走进一条小巷,到了那渥辛广场。这个广场不广,妙在场中心那座石碑四周有巨大石雕,流出四股喷泉,象征着尼罗河、多瑙河、恒河、巴拉那河四大河流。这也是贝尔尼尼设计的。广场静静的,只有一些鸽子在踱着、飞着。无数喷泉装点着罗马,水晶般透明的水花,几乎在每个街角都有,潺潺流水在阳光里变幻出霓虹般颜色,透给人清凉和幽静。

二

台伯河亘古不息地流经罗马,恺撒看过它,斯巴达克思也看过它,它那褐黄微绿的急流,现在还是滚滚向前,在阳光照耀下,

192

波光荡漾，有如无数细碎银片在水面上回荡。

我们追寻古罗马踪迹，来到莫尔西亚山谷中的大角斗场。

有人说："谁要不到大角斗场，谁就等于没到罗马。"这话是很有道理的。当我站在淡黄色巨石砌成的宏伟的圆形建筑面前，我仿佛一下回到古老的往昔，仿佛听到角斗士短剑相击铿锵作响，我的心头掠过一阵轻微的颤动。我静下来默默地站立了一会儿，那高耸的围墙，历尽风霜，残缺不全，不免令人肃然起敬。我觉得它好像是活着的正在沉思的巨人。我不愿惊断巨人的沉思，悄悄放轻脚步，从一个拱门进去，走上两层石阶，在我面前豁然展开古色斑斓的圆形广场。据司汤达记述，这广场可容纳十万零七千观众，周围有半公里之阔，是罗马第一个国王老泰尔克维尼乌斯为纪念耶路撒冷的毁灭而建筑的。圆场底层中心，是角斗士与猛兽搏斗场地，地面早已破坏，露出了关野兽和关角斗奴隶的地窖。四周一层层看台，一直排列到顶。强烈阳光把每块石头都照得发亮发热。我奋力又爬上两层，去看了石头雕塑的"包厢"，这就是当年古罗马最高执政官、元老们的座位。抚摸着那古老石墙，你可以想象当年贵族们身上红宝石、金纽扣的闪光。他们正是从这儿，凭视角斗士和猛兽在死亡线上搏斗厮杀、热血飞溅而纵情欢笑。我但愿从久远历史深处吹来的风，已吹逝了那吃人的年代，而让这森严的古建筑艺术长存。罗马人说："大角斗场存在世界就存在，大角斗场不存在世界就毁灭了。"

从大角斗场出来，站在门前高地上，正好一览古罗马广场中心。在森然罗列的残垣断柱之间，两座小山上还残存着两座圣殿，一座是方顶，一座是圆顶，都围绕着整齐的圆柱，这一切之上，仿佛还飘浮着古罗马的繁华梦。

我没有得到满足，因为我从遥远的亚洲来，怀着敬仰之心，想追寻到奴隶时代起义英雄斯巴达克思的痕迹。当人告诉我，这大角斗场不是斯巴达克思角斗之处，我是多么失望呀！可是当我沉默不语、无限怅惘地坐在缓缓行驶的车上，安娜突然指着窗外说：

"斯巴达克思在这里！"

急忙看时，那已是一片荒凉的空场，只在一角上残存着一座小小的危楼。这使我立刻想到意大利小说家乔万尼奥里在《斯巴达克思》一书中所写的斯巴达克思的一段话："我希望毁灭你们这个腐败的罗马世界，希望在它的废墟上看到各民族独立的花朵……我希望用压迫者的血来偿付被压迫者的呻吟，我希望粉碎系在罗马的胜利之车上的不幸的人的铁链。……我希望看到自由的太阳辉煌的照耀，可耻的奴隶制度在地面上消失！我一定获得自由，我渴望自由，我要争取自由……"

是的，这儿的一切已荡然无存，历史竟残酷地磨平一切，但是广场的萋萋芳草不正闪露出亘古不灭的斯巴达克思精神的火花吗？

罗马在一片起伏山峦之中，我们登上一座山顶，上面满是橘树。橘子开花时，这儿一片浓香，这是游罗马的人必到之处，因为从这里可纵览全城。我深深感谢罗马的太阳，它像火一般炽热，将罗马照得如此明亮。我屏住呼吸，想把罗马一下深深印在我的心里。整个罗马城有一个统一色调，是一座橘红与橙黄的城，使你感到庄严、宁静。在这彩色背景上，我看见高耸空中的加里波第的雕像，他率领红衫志愿军，经过胜利与失败、失败与胜利，终于实现了意大利的独立与统一。加里波第骑在马上，他说过："不得罗马，决不生还。"现在，这座雕像凝然遥视着远方。这一刻，我的头脑中突然出现一种奇异的幻想：在这个伟大爱国者背后的橘红与橙黄，都像火焰一样在微微拂荡——整个罗马像火焰一样在微微拂荡……

三

一位艺术家说过：米开朗基罗的出现，像飓风般把意大利的那种沉静和优美的艺术风格吹走了。带来的，则是豪壮的大罗马风格的艺术，它显示了古罗马的后裔——意大利人的英雄气魄。

我在达·芬奇饭店幽静的房间里，温习着米开朗基罗动人的经历。因为，不了解米开朗基罗的心灵，也就无法了解他的艺术的伟大，意大利的伟大。米开朗基罗的伟大悲壮之处，来源于他的现实生活。当西班牙王与教皇克雷门提六世联合进攻佛罗伦萨时，诞生于这个城市的米开朗基罗与人民一道进行了反侵略的战斗。他成为战斗的一个指挥官，他用雕塑人的灵魂的心，构筑了保卫人的灵魂的防御工事，可是，佛罗伦萨终于陷落了，米开朗基罗又被迫为他的仇敌克雷门提六世从事艺术工作。他怀着亡国的悲痛，受着屈辱与羞恨的袭击，这使他的杰出的艺术创作，发出了无声的呼啸，这种强烈的心灵的震撼，体现在西斯廷教堂的壁画《最后的审判》上。

我们到西斯廷教堂，先看了名震全球的穹顶画《创世纪》。这画一完成，整个罗马的人都蜂拥而来，到正式揭幕时，世界各地许多人都赶来观赏。米开朗基罗以伟大而崇高的精神，完成了不是神而是人的创造。我又挤过摩肩接踵的人群，立在高五丈阔三丈的《最后的审判》大壁画前，久久凝视不能离去。一种强大而猛烈的艺术力量紧紧抓住了我的心身。我除了目不旁瞬的凝视外，还能想什么呢？！画的中心是站在云端的耶稣高举有力的右手，在发出最后判决；右侧下面这一大群人像是被判为永远幸福者，他们络绎不绝向上飞翔，升入天堂；左下侧则是被判落入地狱去的犯罪者，纷纷下降。这充满了二百多个裸体的形象中，恐怖与希望交错，就像乌云与阳光的交错一样，处处在颤动，处处在闪烁——突然，像有一道强烈阳光照亮我的双眼：这是控诉；这是人与神、正义与邪恶、光明与黑暗的搏斗。米开朗基罗借教堂壁画，强烈地画出失去自由而狂乱的人的战斗。

下午，我们到新罗马城，在作家出版家协会的招待会上，我抑制不住内心的激情做了一个讲话：

"罗马，在人类文明史上是一颗闪闪发亮的明星。

"如若没有文艺复兴，我们不知道人类将处在一个什么境地。现代文明，追根溯源，我们应该向那些伟大先驱者致以崇高的敬意！

"今天，中国作家与意大利作家的会见，意味着两个古老文明古国的新的拥抱；我想这也意味着欧洲与亚洲的文明的拥抱。在古代，经过漫长的'丝绸之路'，中国文化传入意大利；而意大利文艺复兴的光辉也照耀到了中国。我觉得早有一种友谊之路，在精神上已经穿梭般地把我们的思想感情交织在一起了。历史与地理，不论怎样都不能把友谊之路隔离，而且与日俱增。当中国人民处在抗日战争的水深火热之中，意大利人民反法西斯的搏斗给了我们巨大的支援。友谊这树是常青的，这常青之树应该长出新的枝丫。

"我要说，我们是怀着敬仰与虔诚的心情到这里来的。我永远记得：但丁大气磅礴、如火如荼地抨击黑暗残暴的诗句；达·芬奇说过：'让劳作跑到思考之前的人，一定是个拙劣的画家。'他的神奇的绘画，表达着活生生人的思想；米开朗基罗充满英雄精神的艺术，宛如怒涛一样袭击着我们的心灵；是佛罗伦萨桂冠诗人彼德拉克，首先提出'人学'和'神学'相对立，他们都歌颂人，人的自由。正是这种哲学、文学、艺术的魅力，像阳光一般吸引着我们到这里来。他们开辟的道路是无限广阔的，我们应当更加紧密地携起手来，为了驱散乌云与暴雨，邪恶与罪孽，为了创造更加灿烂的新的文艺复兴而努力奋斗！"

我永远记得，意大利作家工会总书记雅科在这会上讲到发展意、中作家永恒友谊的美好的讲话。

当我们从招待会出来，驱车经过圣保罗门，我看到古罗马断墙上镶着一块石碑，在下面墙脚下，放着一个已经枯萎了的花圈。我问安娜能不能看一看，她立刻叫司机停车，我们走到跟前一看，大理石碑上镌刻着一行字：

纪念一九四三年九月十日抵抗运动中牺牲的烈士

安娜告诉我："九月十日，就在圣保罗门这里，开始了打击希特勒的第一战。打了两年，我们才取得胜利。我们的总统佩尔蒂尼，就是当年游击战争的组织者之一。"安娜平时快乐的声音变得庄严肃穆，她指着另外一面，说："你看，在那个小金字塔后面，埋葬着意大利共产党创始人葛兰西。……德国法西斯占领了罗马，蹂躏了罗马，也就践踏、刺破了意大利每一个人的心。我们在流血啊！德国法西斯在罗马进行的大屠杀，非常冷酷，非常残暴，有一次把几百人绑上炸药，一起推到一个大坑里炸死了……"

"这地方在哪里？"

"在郊外。"

这两天一直沉默而又勤劳地陪伴我们的司机从旁插话："不远，我们到那里去。"

我的心是激动的，无意之间，我看到人民的意大利，战斗的意大利，从斯巴达克思到这些战斗者，从米开朗基罗到这些战斗者，从加里波第到这些战斗者，中间贯穿着一座精神的桥梁。如同去访问我自己经历过的战场，当汽车在相当远的一段路程中行驶，我的血好像凝固了，我的心好像静止了。这时，天已黄昏，整个罗马沉浸在苍茫暮霭之中，只有一片夕阳把西天照得血一样鲜红。

我们来到郊外，远远看见有三个白色巨石雕像耸立前方。三个人被捆绑在一起，每个人都仰望着长空。一股英雄气息把我惊醒，我跳下车来。由于时间已过，铁栅门上挂了一把大铁锁。但我们总是到了这里——阿尔别地内街 174 号，这座英雄墓地。我看到门口石碑上镌刻着："纪念为祖国独立自由牺牲的烈士"——这是一句诗，一句最强音，发出千千万万意大利人心声的诗。雕塑是一九五〇年树立的，作者是菲利甫·利恰。我通过铁栅看到里面三百多个墓碑上面，覆盖着一整块平方的墓顶，它象征永恒的团结、永远的战斗。

当我们顺着公路向市区行驶时，忽然出现一个奇异景象，两边都是辽阔原野，左面一轮圆圆的明月从山顶上升起，在一条平行线上，右面悬挂着同样一轮圆圆的垂落的太阳。这是罗马最后留给我永不磨灭的印象，日月同辉，罗马永生。

米　兰

一

　　我们深夜上火车，睡一觉醒来，已到米兰。如果说在罗马、翡冷翠，我更多地认识了古代意大利，那么，米兰向我们展现了现代意大利。米兰是北方大工业城市，我们就住在一条繁华大街上一家现代化的饭店里。我站在住房里，听着窗外汽车的轰鸣，真是"百尺高楼临大道，隐隐雷声不问昏和晓"。

　　在饭店里用了早餐，我们乘汽车跑了很远一段路，访问了意大利最大的蒙达多里出版社。出版社大厦是一座很漂亮的建筑艺术品，像把地面提到空中一样，一块平板支撑在底下许多廊柱上，平板上筑起高大楼房，有无数从顶到底的穹形长窗，使建筑物既庄严又美丽。这是由巴西工程师奥斯卡·尼玛耶设计建筑，于一九七〇年开始，花五年工夫建成的。楼里面不再用墙壁隔成单间，因此特别宽敞明亮。我们参观了编辑部、资料室……整个一片静悄悄的，每个人都埋头在自己案头，紧张工作。工作间是由许多书架、书柜隔开的，办公桌上却有盆栽伸展着嫩绿的枝蔓。时间近午了，我们到楼下一间会客室里，这儿围着许多大沙发，主人让我们坐下喝一杯咖啡。这时，一个穿着简朴，身材瘦削，在清癯的面孔上却有着一双聪明、闪亮的眼睛的青年人，来到我跟前：

"乔治·洛第！"

"啊！是你……"

这真太意外了，就像电影里一个镜头突然闪现。我紧紧握住他的手，我真想拥抱他，他却有点拘谨，也许他不知道他这个名字在我们心中会引起多么大的波澜。洛第，就是他，拍摄了坐在沙发上的周恩来那张非常精美的彩色照片。总理左手伸直放在沙发扶手上，右臂弯曲在右扶手上，这张照片不但形似，而且神似，总理面容有些憔悴，但宁静、泰然，而又刚毅；眼光那样亲切，特别是画面上的右手露出筋络，使你感到总理为国家、为人民操劳的精神。这形象，由于摄影家大胆用了全黑的背景，因而完全像雕塑一样优美。我拉了洛第一道坐在沙发上，我跟他说：

"你的照片凝聚了中国人民深深的情感，我感谢你！"

乔治·洛第说："我是一九七三年跟随意大利外交部部长梅迪齐到北京的。在总理会见外长之前，我向总理提出：可不可以给你拍一张照，总理就同意我照了。回到意大利，这张照片就在《时代》周刊上发表了，……听说周总理喜欢这张照片，我通过中国大使馆给他送去三张。"

"是这样，你的照片，在那些年月，成了鼓舞人斗争的武器，它激发人们强烈的爱和恨，它使人流着热泪，去和强暴的黑暗势力搏斗，你的照片，现在还悬挂在很多人家里。"

洛第沉思了一下，说："你一生中遇到许多人，有的，人们说他如何如何伟大，可是你看见了，没留下什么印象就过去了，周总理才是我见到的真正伟大不平凡的人。"

他接着又说："这张照片，并不是我有多么高的技巧，我只是客观地，把总理坚毅而又泰然的神情很自然地反映出来了。"

"你讲得对，你照的就是我们这样的一位总理。"

"因为周总理是自然的形象，他握手、放手、伸手，都很自然，不像演员，我就这样自然地反映了现实。"

穿过一道走廊，在这大厦旁餐厅里，我们和许多位米兰的诗人、作家一道进午餐。巴西工程师，在这大厦四周建设了四个人工湖。午餐后，我晒着太阳在湖畔休息。在那碧绿的湖上游着一只白天鹅和一对鸳鸯，绿树成荫，鲜花似锦。

我们又乘电梯到大厦顶层，这里的大玻璃窗内竟是一片茂盛葱葱的花园，不但有花，还有热带棕榈，这绿的世界令人惊喜。走过大厅，在一间像是会议室的地方和米兰的作家出版家协会主席鲁拉基会面。他是一个身材魁梧、灰白银发、有着希腊型面孔的健壮的老人。当我们刚刚围着大桌子坐下，他就微笑着从一个封袋里拿一张照片给我看，原来是他和周恩来总理的合照。

鲁拉基主席跟我们谈论达·芬奇：

"达·芬奇不愿用别人用的颜色画画，他把各种颜料掺在一起画了《最后的晚餐》这个非凡的壁画，德国法西斯轰炸米兰，把圣玛利亚教堂四周围都炸毁了，米兰人用沙包堆成山，保护了这幅壁画。可惜现在在修缮，这一次你们不能看了。"

　　如果可以这样讲，翡冷翠属于米开朗基罗，米兰就属于达·芬奇。因为成为世界瑰宝的达·芬奇的《最后的晚餐》在米兰。我虽无幸看到《最后的晚餐》，但我在巴黎看到《蒙娜丽莎》，在翡冷翠看到惊人心魄的《安加利之战》。

　　"达·芬奇很有天才，他的一生很有趣味，他写了很多书，……不知为什么，他的手稿上的字都是反着写的，很神秘，当时没人能认得出，——所以，这些著作都是在他死了以后才发表的。"

　　达·芬奇的思想与智慧，深入人类文明各方面。恩格斯曾说他："不但是伟大的画家，并且是伟大的数学家、机械学家和工程师，科学上有多种多样的重大发明全归于他。"

　　达·芬奇的美术创造，深深影响了后来的现实主义美术的发展，他自己说过："画家只是凭着眼睛和技巧作画，而没有任何理想，就好像一面镜子，只是把放在面前的事物，原封不动地照进去，实际上并没有意识到这些事物的存在。"这是说要通过画家的心灵，才能不为事物的表面所蒙蔽，而反映事物本质的真实。达·芬奇手稿另一段话就更清楚说明这一点："一张人物画，或其他形式的人物的表现，应该做到使人一看，就很容易地从他们的动作和姿态中，觉察到他们的思想。"伟大的达·芬奇远在文艺复兴时，已在探索人的内心世界了。

鲁拉基从桂林山水谈到意大利，他说："意大利每个地方有每个地方的特色，米兰是平原，威尼斯是海城，威尼斯最美！"

他送我们每人一册蒙达多里出版的达·芬奇画册，我理解鲁拉基是送给我们最美的、米兰的灵魂。这里我还要提前讲一件更有意思的事，就是我们到维罗那时，蒙达多里出版社又送来一批包装好的画册，每人分了一本带上火车，同行一位拆开他那一册，啊！米开朗基罗，封面是"大卫"头像，真是精彩绝伦。而另一位同行者拆开，却是一本风景画册。这时，我真有点喘不出气，我一下子不敢拆我的画册的包装。我这时有着近于祈祷的心情，但愿我能如愿以偿。我轻轻地揭开包装的一角，果然是米开朗基罗，我望着那晶莹如玉的雕塑，我整个心房在微微颤悸，我紧紧地、紧紧地抱住了米开朗基罗。

二

回到饭店门前，安娜宣布或是休息，或是参观米兰。我很疲乏了，但对于米兰我有我的探求，如果不看一看就离开米兰，那将是我终生的遗憾。安娜和米兰作家工会的尼诺·马杰拉罗继续陪我游览。

先驱车到多摩广场，看了米兰大教堂，这淡黄色的大理石教堂，确是一座精雕细镂、玲珑剔透的艺术杰作，它那样高大，像森林一样朝天耸立着不计其数的尖顶，而每一尖顶上都是雕像，据说这座建筑物一共有七千个大理石像。非常有意思的是我们一下闯入鸽群，鸽子像乌云一样黑压压遮了一层，让你插不下脚，鸽子像娇纵惯了的小孩子，一下扑到你身上来，一下又呼啦飞跑了。

我们从大街上转入一巷，在这里访问了意大利十八至十九世纪，写过名作《约婚夫妇》的曼佐尼的故居。

从那儿，我们到了米兰市中心斯加拉广场。这个广场一面是出名的斯加拉剧院，和它遥遥相对是市政厅。广场中心，耸立着作为米兰旗帜的达·芬奇的塑像，达·芬奇戴着一顶扁圆形小帽，从帽下披散着长发，两臂拢在胸前，长袍垂拂到脚面。凡是看过达·芬奇自画像的人，都该熟知他那严峻而锋利的目光。而这塑像，除了凝然庄重之外，还流露着深沉思索。塑像周围是嫩绿的草地和鲜红的玫瑰。当达·芬奇的塑像把我引向古老往昔，可安娜却把我唤回现实。她领我走向市政厅，沿着墙壁寻找，终于在一块粗糙巨石块上找到一块石碑。安娜告诉我：

"米兰在抵抗运动中获得了荣誉金牌。"

正是这个墙上的石碑，记录着米兰，不只是米兰，是整个意大利的伟大的民族精神。这个石碑上镌刻着意大利英勇奋斗、顽强不息的英雄经历：

一八四八年三月十八日至二十二日，"米兰的五天"——经五日夜决战，驱逐出入侵的奥地利。

一八五三年二月六日，奥地利又一次入侵，米兰人民又一次把侵略者彻底击退出去。

一九四三年九月九日——在米兰开始了反法西斯的战斗。

一九四五年四月二十五日——在米兰胜利地结束了抵抗运动斗争。

啊！我仿佛揭去古罗马的帷幕，一下接触到现在的意大利的活的心灵。此刻，我的心情是激动的。我望了望安娜，安娜是平静的，可是她领着我寻觅的只是这垛沉默的石墙吗？！我觉得这石墙在诉说、在呼号，战争的往昔一下出现在眼前。我再望望安娜，安娜是肃穆的。我知道，安娜的父亲和母亲在法西斯奴役镇压下，双双被投入牢狱，受过酷刑；他们是不屈的人，他们是强者，当他们从狱中出来，父亲立刻带着遍体伤痕，上街游行，后来他参加了战斗，成为一支部队的副司令。安娜的家乡就在游击战蓬勃发展的意大利北方，难道战斗者的血不是在她身上流着吗？！……这一刻，斯巴达克思的巨大觉醒，但丁对神权无情的挑战，米开朗基罗痛苦的搏斗，达·芬奇对叛徒的严峻的谴责，都呼啸而来，一下聚集在我的心头。我跟安娜提出我对米兰的探求，我说：

“当我们在反法西斯战斗时，我听说墨索里尼的死尸吊在米兰，……”

尼诺立刻告诉我说：“我亲眼看到了……”

我们彼此心灵立刻融合在一起。

“我们到那里去看看！”

我们上了汽车，尼诺接着说：“当时，我们的游击队，一个城一个城打下来，游击队势力愈来愈强大，墨索里尼连连败北，无处藏身，妄想逃逾阿尔卑斯山，……”

在这儿，我插叙一段很富于戏剧性的墨索里尼的死亡。那是一九四四年四月二十六日，墨索里尼混在德国车队里，沿科摩向北逃窜，刚好在这关头，车队遇到了游击队的袭击，游击队战胜了，就检查德国车队。游击队员纳格里向游击队政委比尔报告：墨索里尼装扮成一个德国兵躲在一辆卡车里。比尔听了就不动声色地走向那辆卡车，拍了拍躺在那里的又肥又大的"德国兵"，喊声："伙计！"墨索里尼一动不动，比尔又拍了一下，大声喊道："英雄贝尼托·墨索里尼！"墨索里尼吓得浑身颤抖。比尔一把拉下墨索里尼的钢盔，摘下他的墨镜，大声宣布：

"你被捕了！"

墨索里尼迷迷糊糊地说："我什么也不干了。"

游击队把墨索里尼送到一条狭窄公路转弯处，宣读了处死战争罪犯墨索里尼的判决书：

"根据自由志愿军兵团总指挥部的命令，以意大利人民的名义，执行枪决！"

墨索里尼好像什么也没听清，只是瞪大两眼，死盯住对准他的自动步枪枪口，两片嘴唇不停地哆嗦，张口道："不过……上校先生……"

枪声响了。嗜血成性的法西斯头子像只大布袋一样倒在地下。

仇恨之火燃烧在意大利人的胸膛，欢声在阿尔卑斯山峰上回荡，人们奔走相告，都要亲眼看一下这个魔王的下场。游击队用汽车把墨索里尼的死尸运到米兰，四月二十九日早晨，墨索里尼的尸体头朝下倒挂在米兰的莱多广场上。

我们下了车，走到莱多广场上，尼诺说："墨索里尼在这里屠杀过游击队员，我们就把墨索里尼拉来吊在这里，——当时，全米兰的人都拥到这里来了，多少人要讨还血债，我亲眼看见，人们怎样把那丑恶的尸体摔在地下，——那时，这个广场没有这么大，那时，这里挤满了愤怒的人，激动的人群，欢乐的人群，流泪的人群……我们经过了残酷的斗争，终于粉碎了枷锁，看见了光明。"

我默默肃立在莱多广场上，这一刹那，战火硝烟，雨雪风霜，婴儿的嘶叫，母亲的哀号……这一切一下从我眼前掠过，我感到心的剧疼，……那时，血浸在中国的大地上，血浸在意大利的大地上，我们是一个战壕的兄弟，我们的子弹都射向共同的敌人。这时，我更理解在维亚莱焦那个游击队员写给我的那句话："我们都打过游击战争，应该团结"的深意了。我们不能忘记过去，忘记过去意味着背叛！

现在莱多广场既繁华又漂亮，尼诺领我向广场边一个小花园走去，他指给我看，在怒放的郁金香丛中，立着一座长方形的光洁的红褐大理石纪念碑，他告诉我这是纪念十六个游击战士的碑，我看见碑的正面雕刻着一个缚着手脚、身中三箭的英雄塑像，我见那塑像，那样年轻、英俊，充满了生之欲望，倏然间更使我感到他死之悲壮。碑的后面，镌刻着金色的牺牲者名字，我数了数只有十五个。

"第十六个呢？"

"第十六个是唯一的幸存者，他从血泊里逃出。"

天已黄昏，高空上闪耀着一片红霞，每一片晴朗天空，每一片红霞，都向人们宣告：它是鲜血染红的。

三

我们到维罗那去，维罗那是个出名的地方，请你打开莎士比亚的《罗密欧与朱丽叶》，你就会看到在这伟大悲剧的序诗的头一行上写着：

"我们的戏发生在维罗那，一个美丽的城。"

我们乘汽车从米兰向东方奔驰，我们的左侧是横亘在意大利与奥地利边界上的阿尔卑斯山脉，这里很多湖泊，是山峰上流下的冰泉汇成的。但是我们却没有望到一点雪峰的白影。极其晴朗的阳光把阿尔卑斯山笼罩起来，连绵不断，影影绰绰。大路不断穿过墨绿墨绿的森林，草地上盖满了厚茸茸的红花，偶然有一小湖像反光镜般明亮。

安娜从汽车前座上不断回身指给我们看：

"山顶上那个布莱刹城，是与奥、匈帝国奋战而出名的英雄城、狮子城！"

"那树林后面有个湖，墨索里尼就是在那里被打死的。"

我们驰过起伏的山峦，穿过密丛丛的葡萄园，进入维罗那城。这是和罗马、翡冷翠同样橘红颜色的城。从阿尔卑斯流来的阿迪杰河静静地流过城中。我们经过但丁广场，拐到一条幽僻的小巷里来，走进一座穹形门洞，是一个小小四方院落，右侧是泥灰大半剥蚀、露出红砖的古老楼房，楼上有一座石雕的阳台，就是罗密欧与朱丽叶幽会的地方。院落是石卵铺就的，正面立着朱丽叶的青铜像，头后松松地拢着一个发髻，细小的脖颈，一双弯眉下有一双含情脉脉的眼睛，腰身苗条，小口微敛，左手举起抚在胸前，使你觉得心在微微颤悸，好像有多少话要向人们倾诉，右手下垂撩着衣裙的右角，裙的垂纹给人波动之感，裙下露出一只赤脚，显出怯生生欲行又止。我不知道这是莎士比亚心中的朱丽叶，还是意大利人民心中的朱丽叶，但这青铜像毕竟美得惊人，她也就成为你心中的朱丽叶。青铜像后满墙古藤，藤枝盘上去，藤蔓垂下来，碧绿葱葱，生机勃勃，仿佛唱着一曲朱丽叶心灵之歌，藤蔓一直伸展到阳台边上，——我怅然望着这一切，只觉得这小小阳台，似乎载不了那么多恩与怨、爱与恨、生与死……因而，还须画龙点睛的一笔。这时，安娜带我到阳台右脚墙壁下，那里有一块石碑，上面刻着《罗密欧与朱丽叶》中两行诗句：

但是静静，是什么光从那边的窗户透出来？
那是东方，朱丽叶就是太阳。

我们来时，看到藤叶那样滋润，给阳光一照绿得那样清鲜，而且柔弱的细蔓在静静微风中摇曳，似乎在告诉我们"朱丽叶就是太阳"的深深含意……

威尼斯

夜歌与晨歌

我们傍晚来到威尼斯，登上游艇就离开了陆地，驰向亚得里亚海中，由一百一十八个岛组成的威尼斯。船在深深的海巷中弯来转去，海水绿茵茵的像浓酽的茵陈酒。从一座座小桥下穿过，从一片片树梢下浮进。我多么想立刻看到威尼斯啊！但黑夜已经降临。夜深时，我独倚桥栏，望着海巷里星星灯火，倒映在海水上闪出轻轻摇曳的微光。这时不知从何处飘来一阵夜歌，歌声那样柔美动听，虚无缥缈，引我进入梦幻，这仲夏之夜的威尼斯夜歌，在我心灵深处回环波荡。黎明前，我爬起来，为了不惊醒还在酣睡的巴乌尔饭店里的人们，我悄悄走到底层临海的凉台上。这儿朦胧地笼罩着海气、夜气，花上凝聚着不知是露珠还是海雾。我独自坐在一把藤椅上，面前是威尼斯主航道，我管它叫海街。

天空和海面都是葡萄灰色，宽阔海街对面，另一岛屿上，还亮着几点残灯，不久也消失了。就在这一刻，残夜逝去，黎明降临。海水那样平静，在刚刚出现的早霞照映下，闪出一片红影。一只、两只海鸥静静地飞过去，船儿也开始活动起来，而且，透过清冷的晨雾，从船上飘来一阵晨歌，是一个摇桨的人信口唱的，这歌声多么迷人呀！它像细细诉说着海上美女——威尼斯，迎着黎明、朝霞、晨光的脉脉情愫。从东方投下一片朝阳，像闪烁的银光在摇荡，把对面岛上一座白色大理石的教堂照得雪白，特别是那雪白的倒影在海面波荡。海醒了，好看极了，我的周围，都是花，海街、海巷人家窗口、阳台上，全是花，有些藤蔓，从屋顶垂下，像披散的长发，紫的，白的，红的，璎珞不绝，那样明丽。傍岸有系船木桩，漆着红白、黄红各色条纹，系了一只只叫"贡都拉"细长的小艇，一只船船头上还插着一束石竹花。在威尼斯，我时时感到一种轻盈的海的清凉之感。

沿着马可·波罗脚步前进

上午，登上游艇向海街驰去，波涛汹涌，一碧万顷，两面壁立着古香古色的楼房，楼的基石给海水浸出绿的苔藓，有如丝绒花边，每隔几栋楼房，就有一条海巷。威尼斯就由无数条海巷沟通起来。不少墙壁上描绘着金黄的彩饰，不少楼窗上塑着石雕。罗马和翡冷翠都有一个统一的橘红色调，威尼斯则鲜明艳丽得多了，许多屋顶花园上，花木葱茏，白色大理石铺砌的庭院里，有一树鲜红夹竹桃，碧绿藤蔓整个遮满一面墙，细蔓垂拂的凌霄花开满朱红花朵，这一切一切倒映在海上，把湛蓝的海变幻成彩色斑斓的海。我一直站在船头，任海风拂拂吹着，风，那样柔和，又那样清新。人们指着前面远处说：

"那是有名的里亚尔多桥！"

"莎士比亚的《威尼斯商人》写的就是那里！"

那是白石砌成的有店铺的石桥。

莎士比亚，《威尼斯商人》，这多吸引人？！……正说着，船已泊在市政府码头上。我们被引入市政府一个大厅，正面墙上有带翼的金色狮子的浮雕，这是威尼斯市徽。里果市长是一个年轻、漂亮，很有风度的人。他和我们围着一个黑色大理石圆桌坐下。人们告诉我，里果市长说过：

"我们不能与马可·波罗比，但我要沿着马可·波罗的脚步前进。"

威尼斯曾经是一个繁荣昌盛的古国，以航海著称。当时，有三千只威尼斯船，来往通向摩洛哥和中国的海道上。马可·波罗是威尼斯人，他作为一个伟大旅行家，远远深入到亚洲的心脏，最早把中国文化带到威尼斯来。里果要到罗马去，但在起飞前，还在一家饭馆里，请我们吃了一餐丰盛的午宴，饭馆里摆满海鲜，银色的鱼，红色的龙虾，青色的海螺。威尼斯的饭馆和咖啡馆，只要你问一下，往往有几百年历史，那美味无疑是精美绝伦的。飞机起飞的时间快到了，里果市长的夫人来接他，他就告别先走了。里果市长却把一种深深的友谊留给了我们。从马可·波罗时代起就结成了中国人民和意大利人民的深深的友谊，从罗马、翡冷翠、维亚莱焦、锡耶那、米兰到威尼斯，几乎每一餐饭都有一道"马可·波罗面条"；威尼斯档案馆里还有古时中国与威尼斯签订的合同；威尼斯传统的划船节，划船人穿的历史服装，也是从中国传来的。威尼斯，热情洋溢、心花怒放的威尼斯，我们应该在古老的友谊上加上青春的友谊。

和里果市长一道工作的人问他：

"你要做马可·波罗的继承人吗？"

他答道："从某种意义上可以这样说，我们都可以做马可·波罗的继承人。"

在会见与午宴之间，我们游了圣马哥广场。从我们住处拐几道小街就走到圣马哥广场了，这是威尼斯气魄最宏伟的一个广场，在阳光照耀下，石铺的地面闪闪发光。三面是高楼底层的圆柱长廊，正面是巍峨庄严的圣马哥教堂，教堂前耸立两座挺拔俊秀的钟楼，红玫瑰色大理石楼身上，顶了一间白色钟楼，上面是绿色的尖顶。你从海上一下走到这里，你不能不为这广场的美丽而惊叹。据说当年拿破仑走到这里时，曾脱帽鞠躬致意。

广场上有大片露天咖啡座，从那里传来一阵阵乐声、歌声。

鸽子，满是鸽了，你信步走去，鸽群都呼啦啦飞起来，遮出一层阴影。

我们绕到教堂左面去参观威尼斯故宫。这故宫本来是三面楼房，拿破仑补筑了一面，这样王宫中间就形成一个四方院落。正殿门前，有两座雕塑，一个是海神，一个是战神。进门踏上楼梯，金色楼梯上有许多白色美人鱼浮雕，它们就像敦煌的飞天一样缥缈动人。宫殿真是富丽堂皇，每座大厅都有金碧辉煌的穹顶画和壁画，一切珊瑚的镶嵌，碧玉的雕花，黄金的灯架，都是精雕细琢，色彩缤纷。古代威尼斯是个海上强国，曾多次与土耳其展开海上血战，战利品在这里堆积如山，有一只土耳其战舰上的灯，有一面土耳其的舰旗，威尼斯称霸一时，那时，在海上，各国都向飘扬圣马哥狮旗的舰船致敬。王宫的底层，一间间石窟组成阴森森地牢。从一个窗洞上望到一座桥，囚犯都要从那里经过，走进囚牢。因此，人们把它叫"叹息桥"。游人把它也当作一景，其实那里流淌下多少人的血泪与苦痛呢！

威尼斯岛屿之间有一百五十七条河道，三百七十八座桥，二百多个广场中，圣马哥广场是最大的一个。人们也许以为威尼斯是突露在海上的地壳吧？其实并不尽然，是从山林里运来的几百万硬木桩，一根根打进海底，前后花了四百年，才在木桩上建立了天堂，它是人民的劳动与智慧的创造，它是可以和中国的长城、埃及的金字塔并列的人间奇迹。当我们从潮湿闷气的地窖中走出，一眼看见王宫旁的海湾，是何等舒畅呀！海给阳光一照蓝得发翠，阳光在海面上笼罩着银雾，红的、白的、黄的船帆，像花朵一样轻盈飘荡。我觉得威尼斯画派色彩绚烂，实由于威尼斯色彩绚烂，人们说那充满美感的画，有如一杯浓郁的美酒。

雷雨掠过亚得里亚海上空

我们乘了船去游海，海在闪光，雾在闪光。我们的船先和海一道微微荡漾，后来在广阔海面上昂首飞驰，激起几丈高浪花，船摇簸得我东倒西歪，雪白的浪花，淋湿了我的头发和衣衫，惹得船上发出一阵欢笑。今天天气真是晴朗，大小游艇在海上到处悠然飘荡。

从第一天就陪我们的乔瓦尼，是个文雅谦逊的人，但他有一番不平凡的经历。他十八岁就参加了抵抗运动，后来当了游击队的营长，他有一个有趣的化名——"猪上帝"，他先在意奥边境上作战。现在，他从船上指着暗绿色大海远方，告诉我：

"一九四五年，我们在那个岛的后面，打了最后一次大战，解放了威尼斯。"

这时，我忽然听到隐隐雷声，可是望望天，天是响晴，阳光灿烂，连一丝云彩也没有。亚得里亚海在我的记忆中是性情柔顺的海，二十多年前访问南斯拉夫，到过杜布罗夫尼克，风平浪静，一碧如洗，当时望着海天之际，多想一睹意大利呀，谁料而今如愿以偿，我到了亚得里亚海的另一方。

我们到姆拉罗岛，从玻璃厂水晶宫般艺术展览厅出来，突然，雷声隆隆，大雨横扫海空而过。我们忙跑上船，船便在大雨倾盆、海天茫茫中航行起来。我虽然淋得精湿，倒高兴看见了威尼斯雨景。

此刻，威尼斯确向我展现了另一种海的魅力。窗玻璃上雨水如注，更显得云烟弥漫，雨雾迷茫，阴沉的天映得海水黑沉沉的。暴雨鞭挞着海水，海面千千万万白色水泡在蹦跳飞溅。遥远天边却飞着如火的红霞，乌云在那儿疾驰，茫茫天海的另一边，却露出一片蓝天，有如蓝色彩陶。这一切倒使我记起我的一首咏海的诗：

海天风雨信茫茫，电火雷云转过场。

我来极目青天半，片帆刚好对斜阳。

尽管一边有红霞，一边有蓝天，我们这儿却是狂风暴雨，千万根倾斜的银线急急抛落，把岛屿都遮在云雾之中。远处那块红霞在燃烧，身边的海却是铅灰色的，海鸥都躲到哪里去了呢？后来，我看见一根根木桩上栖息着一只只灰白的海鸥，海天就是它们的家，只要不给海风刮跑就行了。突然，一道阳光有如电炬穿云而下，岛上殿堂的蓝顶，像水墨画里的青山，青得欲滴。我又站出船头，雨后出蓝天，白云袅娜还，威尼斯在我心灵上留下浓浓的诗意。当我们穿过一条曲曲海巷，密藤蔓上还洒下点点雨滴，无限清凉，沁人肺腑。雨过天晴，白的云朵，金的阳光，拂荡在静静的海面。这时，威尼斯美得那样出奇，处处都闪闪发亮，都亮得那样清新、那样柔和。

回寓小憩，又登船到威尼斯作家出版社协会尼却塞主席家去。尼却塞和他的夫人尼娜，从我们来的那个傍晚，一直陪着我们。

尼却塞是个爽朗热情的人，他有一副红面孔，两只圆眼，从眼镜片后，总像闪着惊讶眼光。尼娜有一头银灰色头发，温文尔雅，待人亲切。雨洗过的斜阳那样明净，千家万户窗棂上奇葩的丽蕊，争姿斗艳，把偌大个威尼斯染得万紫千红。尼却塞在码头上迎接，引我们拐入巷头，上得楼来，才知道他家正面临大海湾。我们在这里和威尼斯作家会面，握手碰杯，亲切倾谈，一切笼罩在友谊而自由的气氛中。如果说这两天，我们都是从海上把美丽的建筑当画看，这回我们却可从屋中向外领略一下威尼斯了。宾主无拘无束的交谈进入高潮。夕阳将下，我搬了一把椅子，离开热闹人群，独坐槛前，静静凝视着荡漾的海，航海的船，天空中燃着最后一片余晖，而后第一批灯光亮了，在海面投下金色的流苏般的垂影。这威尼斯好像要说话，而又欲说还敛的美女，这意境使人神往。这几天，我一刻钟也不放过吸摄着威尼斯的心灵，夜的威尼斯，晨之威尼斯，阳光下的威尼斯，雷雨中的威尼斯，……现在，"海天刚过暮天时"，我心里，没有歌声，没有人声，没有桨声，我仿佛与威尼斯融合在浑然一体之中，安宁，幽静，好像这海水也柔和得没有一纹波动了。

辞别出来，尼却塞把我们送到码头，船漂开去时，我们仰望阳台上站满的人群向我们挥手，我们也站起来挥手。船迅速向海上驶去，那船家，好像有意让我们品一品威尼斯到底有多么美，他没径直回归寓处，却向海的远方驰去。有一阵，船在海上像骏马一般昂首飞奔，船头掀开白雪般浪花，船尾留下长长的浪波，那上面闪亮着暮光的奇异色彩，像霓虹一样美。西天上最后一片混沌的霞光，在海面映出一片淡淡黄晕。没多一会儿，就连这黄晕也没有了，海波像微微拂动的灰色丝绸一般轻柔。船转回海湾，放慢速度，马达声像橹声那样静悄，催人入梦，甜蜜的黑夜降临了。这时已分不清天和海，只见这里、那里，灯光摇曳着一束束丝带，不像灯，像是天上万千星斗，落在海面上微笑，……

夜晚，安娜领我们去欣赏威尼斯夜景。真是"花市灯如昼"，走到圣马哥广场，好像所有威尼斯的人都涌出来了，熙熙攘攘，笑语喧哗，给人群一下带到这里，一下带到那里。鸽子不知都到哪里睡觉去了。露天咖啡座坐满人。我们从人群中挤出一条路，由王宫门前，一直沿着海边走，绕了一圈。海上有一条发亮的线，那是远方灯火。黑夜看来，海湾显得辽阔无边，对面岛上灯光也觉得如此疏落。踏着威尼斯的灯光人影，回到寓处，夜已渐渐深了。

海的絮语

这个早晨，阳光愈加明亮，海的东方那样灿烂辉煌，阳光下，蓝的海荡漾着大的波澜，阳光照射在对面教堂壁上，大理石一片洁白。要是从高空往下望，此刻威尼斯该是多么漂亮得闪闪发光的海城啊？！

吃过早餐，安娜邀我们去看康达里尼家的圆形楼。

谁料，当我们将要踏上一座小桥，在桥头海巷旁，有一座小楼，上面有一块石碑吸引了我，上面刻着：

"歌德一七〇八年九月二十八日至十月十四日在此住过。"

这个小旅馆叫塞卡旅馆，啊！像亲昵的朋友对我说着知心的话，歌德，多么熟悉的歌德呀，就是这个对美有着高度鉴赏力的歌德，也不能不为威尼斯所陶醉、倾倒。

歌德在威尼斯看了波尔多尼的戏，说：

"这才是真正的戏剧。"

歌德在这小楼上，写了非常美的描述威尼斯的文章。

拜伦在威尼斯写了"唐璜"。

圣马哥广场一家咖啡馆里，一根红绳绕在椅背上，上面悬着一个小牌："福楼拜先生曾坐此椅。"

果戈理，密支凯维奇，契诃夫，格林曾来过这里。

杰出的俄罗斯画家列宾说过："在威尼斯，艺术就是本城的呼吸，它感动每个威尼斯人。的确，对于这一城市，还有什么话可说呢？它的最下等人家的烟囱，仿佛都是由某一个惊人的建筑天才修造的。"

我们在一小巷深处找到康达里尼家族的房子，是文艺复兴时期的建筑，那圆楼里面有旋转的楼梯上升到顶端，楼梯旁都有窗口，我想那是为看海而设的。

有一诗人这样写威尼斯：

这里什么也不生长，

所有一切都是大海赐予的。

我们顺路浏览了小街曲巷里的商店橱窗，琳琅满目，锃光瓦亮，玻璃艺术品像水晶一样透明，皮件上镶嵌着斑斓的、大理石雕塑，金黄的"贡都拉"……当我们走过一家店铺，我看见了一株栀子花，朵大肥嫩的雪白栀子花，发出甜蜜的令人心醉的香味儿……

我们乘船去参观"双年节展览会"，在一个很大的公园里，从一八九五年起，每两年开一次国际艺术展览会，从最初十一国已发展到三十二国。我们在巨木参天的绿荫里，欣赏一阵，休息一阵，然后才走出来。

谁知就在此时，一个奇迹跃然出现。

安娜想起什么，说："这儿有一个女游击队员的雕像。"

但不知这像在哪儿，一时却寻不着，我们沿海走了一段路，向前望望也没什么耸立的塑像，不料，这像却卧在海边上。

我一下肃然立着，就在面前，海边，许多石块零乱散置着，在这些石块之上，有一个缚住双手、弯了身躯、卧倒在地的女游击队员青铜像。这个塑像纷披着长发，怀着悲痛、勇敢、坚贞、信念，铜像给海的潮气湿得青翠青翠的，紧挨她的脚边，海涛一浪一浪拍得汩汩作响。

这一刹那，威尼斯的花影、海影，仿佛一下纷纷离去，而这个女游击队员的像，才深刻地展示了威尼斯的心灵。这铜像塑在海边，虽然，她永远永远在痛苦中挣扎，但她毕竟永远永远宁静地倒下了，可她又没有死，海朝夕不停地在那儿发出絮语，她的生命化为大海，海寄托了她的誓言，海不枯石不烂，海的永不停歇的絮语，便是这个女游击队员对人间的叮咛、嘱托与希望。总之，这卧在海边的女游击队员，像出现云端的女神，跃然于威尼斯一切纷杂、宁静之上，她使威尼斯更美，更美。

归航途中，阳光强烈极了，我受到阳光蒸晒，海风劲吹，回到寓处，就疲乏地倒在床上睡着了，但我一下从梦中惊醒，我好像看到女游击队员，她立着，她走着，她在亲爱的意大利大地上走着，她在阳光下走着，她在海上走着，她在踏着我们每个人的心灵走着，……

这时，我忽然想到明天上午就离开威尼斯了，我对威尼斯充满依恋与惜别之情。是的，我的心如果能分成两半，我愿把一半留在威尼斯，让它随着海的絮语，在微微地、微微地波荡，……

寄语欧洲

飞机上午十一点起飞，我们只等着起程了。八时余，中国派来威尼斯大学教授中文的阎德早在巴乌尔饭店大厅里出现了。前天，在尼却塞家见了一面，他说因为学生考试来迟了，现在，他看看表还有两小时，便热忱地挽我去逛一下那天只遥遥一望而没有一览的莎士比亚写过的里阿尔多桥。

我们两人沿海走了一段路，走上了白石砌的大桥，这桥的模样跟翡冷翠那桥相仿，只是比那一座宏伟、宽阔、整洁，两旁店铺确是繁华，莎士比亚写过两部意大利生活的名剧，一个是《罗密欧与朱丽叶》，一个是《威尼斯商人》。恩格斯认为欧洲文艺复兴时期是"一次人类从来没有经历过的最伟大的进步的变革，是一个需要巨人，而且产生了巨人——在思维能力、热情和性格方面，在多才多艺和学识方面的巨人的时代"。前面我历叙过意大利文艺复兴的巨人，这里要讲一下英国剧坛上这样一个巨人。莎士比亚并没有到过意大利，是吸取意大利民间传说，依据英国社会生活矛盾写的，因此作品并不脱离现实，因为当时这类悲剧在欧洲充满金钱的罪恶比比皆是，莎士比亚深刻地剖析了这一典型，创造出了轰动全球的名剧。其实正因为这两个剧，使维罗那小院和威尼斯老桥，蒙上了传奇色彩。涌来威尼斯的游人，都要到这儿来瞧一瞧，买点东西作纪念，尽管是早晨，桥上也够拥挤的了。这些威尼斯的商人真是感谢莎士比亚，据说仅仅一个旅游旺季的夏天，这些店铺挣的钱，一年也花不了。

过了桥，是个市场，阎德早领我到马里约烤饼店，他说：

"你吃过'马可·波罗面'，还没吃过'马可·波罗饼'呢！"

进了店，穿着白罩衫的店主人，立刻热情地打招呼。连忙切下意大利叫"比萨"的热腾腾馅饼，分给我们两人，他拒不收钱，他对阎德早说：

"你的朋友就是我的朋友，这是我的一点心意！我要每个来威尼斯的中国人尝尝我的烤饼。"

这人说过：他一生以未到中国一见周恩来为遗憾。听阎德早介绍我抗战时期在重庆曾在周恩来领导下工作，他隔着柜台伸出热乎乎的大手握住我的手说："非常荣幸！非常荣幸！"他那红扑扑的漂亮的脸孔上闪耀着亲切笑容，洋溢着对中国的深情厚谊。

我们出来，到圣保罗小广场喷泉旁坐了一阵。

接着，我们访问了意大利杰出戏剧家哥尔多尼故居，他的《一仆二主》在中国也是出名的。故居一条小街里，攀着楼梯上去，推开刻着浮雕的大门，走进一间大厅。

哥尔多尼就诞生在隔壁一个房间里。他的最大功绩在于把充满下流笑话的假面喜剧改革为现实主义的社会喜剧，他以幽默锋利的台词，深刻讽刺了上层社会的黑暗。正因为这个，当他在威尼斯从事戏剧创作和演出的十四年，使他取得了煊赫的声誉，但风暴也正从他脚下旋起，意大利人民热爱他，而反动舆论势力猛烈攻击他，哥尔多尼被迫忍痛离开了心爱的威尼斯，而出走法国。但哥尔多尼的影响远远超出威尼斯、意大利。伏尔泰在给哥尔多尼的信中曾说："我对自己说过：这是个正直的好人，他清洗了意大利的舞台，……啊，多么有意义的工作！我的天，多么纯洁！……我真想把您的喜剧加上个标题：'从哥特人手中解放出来的意大利'。"我参观了陈列室，有哥尔多尼穿过的绣花边的长袍，各种各样的画像，世界各国翻译的书籍，各色戏装，……我们从深巷里出来，转到清凉的海边，又从里阿尔多桥上下来，走过里阿尔多广场，广场中心立着哥尔多尼的青铜雕像：戴着一顶大帽檐的帽子，披散着头发，左手倒背，右手持杖，正在迈步前行。威尼斯人很崇敬这尊雕像，他们深情地说：

"哥尔多尼总是向我们微笑着。"

我非常珍惜对威尼斯最难忘、最深情的最后一瞥。

飞机起飞后，从舱口俯瞰，海上的威尼斯真是花团锦簇，但很快就给云雾掩没了。

一曲清清塞纳河

在巴黎，我最爱的是塞纳河。

我以为，如果没有塞纳河，巴黎只是精雕细琢的大理石的堆砌而已。我到巴黎，第一眼看到塞纳河碧绿的柔波，我就浮起这样一个思想，塞纳河给予巴黎以生命。事实证明了我的想法，巴黎圣母院在塞纳河中心的一个岛上，法国朋友告诉我这个岛是巴黎的摇篮，巴黎是从这个岛上开始的，是在塞纳河的浇灌下诞生的。

在巴黎的那些日子，走来走去总是看到塞纳河。有一次，我坐着汽车沿河边慢慢行驶，我看到一丛丛碧绿的枫树直垂到河面上，树荫遮盖下水波幽静得似乎一动不动；另一次，我从桥上经过，看见夕阳在河面上洒下万道金光，塞纳河水激流荡漾；不论是幽静还是荡漾，总之，我觉得塞纳河像一个久经风霜、阅历甚深的历史巨人：它不管在它两边，如何色彩缤纷，纷繁嘈杂，日夜不停，它永远那样超然物外地流着；血水不止一次地倾入它的河身，呼啸中不止一次激荡它的波澜，它永远那样深情而又宁静地流着；在它身边，驰名全球的法国香水和葡萄酒，像泉水一样抛洒，但它永远那样凝然无动于衷地流着。在这海一样的城市里，开过多么灿烂文明的花朵，出现过多少诗人、作家、画家、歌手，他们忽明忽灭，有的灿若晨星，有的黯然消失，而塞纳河永远滔滔不绝地流着。我每次经过塞纳河，都深情地凝视着塞纳河。

我非常感谢阿尔菲夫妇。我到巴黎的头一个上午，就是阿尔菲夫人亲自开车子，她的女儿安娜做翻译，陪同我们漫游巴黎。阿尔菲夫人跟我说，她的丈夫是外科医生，只有星期天才能陪我们。今天，阿尔菲果然牺牲他的假日来陪我们游塞纳河。阿尔菲说，法国抵抗法西斯运动时期，他才十几岁，在法国中部家乡种田，他的夫人是南方人，那时才七岁。在我同阿尔菲夫妇的接触中，我认识了朴质而又热诚的法国人。他们对我们的友谊是十分感人的。

游塞纳河是我向往已久的愿望，今天终于实现了。阿尔菲大夫把汽车开到游船码头上，我们开始了塞纳河的航行。游船前甲板上有一排排座椅，我们在那儿找了位置坐下。

到了塞纳河中，才觉得塞纳河很宽，波浪也相当汹涌。两岸河墙都是白石砌的，整洁、美观。河两旁的街道，是路易十四、十五时代建筑的；面向塞纳河的高楼，每一座和每一座样式都不同，但都有落地长窗，阳台有黑铁栏栅，栏栅上满是色彩纷繁的鲜花；沿岸有绿森森的树；这一切都在暗绿色、粼粼闪动的河面上留下朦胧的倒影。

船荡漾着。首先看见高耸云霄的埃菲尔铁塔。塞纳河上有三十六座桥，船从一座又一座的桥下穿过。

不知什么时候天阴起来了。六月巴黎的气候有如北京春天，我想这是受西面海洋气候的影响，常常一团浓云飞来，就洒一阵蒙蒙细雨，浇得一丛丛金黄的迎春花、一丛丛红玫瑰花那样娇艳。向开阔河面放眼望去，有灰色云在天空中飞奔，随着，蒙蒙雨雾就像轻纱一样拂到面孔上来，河水变成深蓝色，云影急流一闪一闪发出柔和的微光。

船一面航行，阿尔菲大夫一面讲：

"这里是阿尔玛广场。"

"现在我们过亚历山大大街了。"

"你看！那是埃及石碑，这是协和广场。"

我记得有一个深夜，我经过协和广场，一位热心的朋友指给我看，说这广场上的灯是世界出名的。我看时，原来广场四周围的路灯，还保存着方形的古老油灯的样子，星星点点，幽暗深邃，确是好看。

船激着浪花昂首前进，古老出名的建筑物迎面而来。

"左面是卢浮宫，十四世纪建成，十五世纪重建。"

这卢浮宫占了塞纳河左岸一大片。那天我去看了一趟，宫殿的面积确实很大，曲廊复道，豪华壮丽，绘画雕塑，琳琅满目，可以说是世界艺术珍品荟萃之地。我只一路急急奔走，抢着时间，欣赏了我久已仰慕的三件艺术品。一件是维纳斯石雕，穿过摆满古希腊、罗马、埃及各种巨大的和细小的雕塑、彩陶的长廊，在长廊尽头立着世界上最美的艺术品"维纳斯"，窗上透入的光线，正照着这晶莹洁白的美神。我借那光线的照射，感到：艺术家赋予艺术品以生命达到何等惊人的地步。不同的人们可以从维纳斯塑像得到各自的启发，但最重要的是，它已不使你感到它是冰冷的石块而是有血肉、有感情的美的形象，她的面部表情是那样典雅、微妙，她那微微含敛的嘴唇，正透露出她的心灵之美。我寻觅的第二件，是"蒙娜丽莎"，这是文艺复兴时期意大利最伟大画家达·芬奇最精美的一幅画。蒙娜丽莎的微笑，已是美术上最著名的典范。这幅画惟妙惟肖，不仅是这个美女的含笑的嘴唇和眼睛，那搭在胸前的双手，真是柔美极了，你会觉得有细细的血脉在柔美的手内流动。第三件，是我从一处墙壁上看到的、世人熟知的德拉克洛瓦的"自由神引导人民"。这取材于一八三〇年七月二十七日，巴黎人民武装革命斗争的画，画幅中心突出优美的自由女神，她一手高举三色旗，一手持枪，率领人民踏着尸体与鲜血前进。这个女神的面部神情并不是勇猛嘶喊，而是那样安详、美丽、圣洁，这给了人民斗争一种神圣庄严之感。这幅画是一支音调深沉、节拍明快的战斗进行曲，同时又是温柔勇敢的法兰西妇女的一首颂歌。当我沉思默想时，我从塞纳河面上漂浮的卢浮宫倒影感到，维纳斯、蒙娜丽莎、自由女神，都活动在塞纳河的波光回荡之中了，这河本身就是比这一切艺术更完美、更有生命力的艺术品。

天空中飞驶着大团大团紫葡萄色的云，雾变成细雨，而愈落愈大。

甲板上的人都退到玻璃船舱里去了，而我忘记了这雨，却觉得浇湿我的雨，正在我心灵深处唤起一种难以形容的塞纳河的诗意。雨雾蒙蒙中的塞纳河，就像一幅给水淋湿了的水彩画，正因为有着水渍，那波光、那倒影、那天空，一切的美，都在这一刹那在雨中出现了。因此，我忘记了雨。我和阿尔菲，和一位担任翻译的朋友，躲在一把雨伞下面，雨伞在掠过河面的风雨中颤抖着，大滴雨珠吹落在我们脸上。

阿尔菲大夫非常热情，在雨中陪伴着我，继续指给我看：

"这是法兰西文学院，是十七世纪的建筑。"

"现在我们穿过的是塞纳河上最古老的第一座桥，可是它的名字却叫新桥。"

过了桥，雨中矗立着一座骑马的青铜像。

"啊！看，巴黎圣母院！"

那耸立高空的巴黎圣母院的两座钟楼，出现了，慢慢又隐没在云雾中去了。

这时我才发现，阿尔菲大夫只穿着一件短袖衬衫，左臂半边已经淋得精湿，忽然，一种后悔心情，使我从幻觉回到现实。阿尔菲大夫是一位与癌症做斗争的外科专家，不知有多少危难患者等他治疗，如果因为我，而着凉感冒，那将是我莫大的罪过。原以为雨下一阵就会过去，谁知却愈下愈大了。我以为我们应当到船舱里去，可是，阿尔菲大夫充满热情，笑得那样纯真，安慰我说：

"我是法国北部人，我不怕风雨。"

这时，船已掉过头，从岛的另一面往回航行了，我们进入玻璃船舱，河岸上的菩提树、梧桐树，染成一片浓绿。中午了，一阵又一阵钟声在塞纳河面上震荡，我分辨不出是巴黎圣母院的还是其他哪一座教堂的钟声。

我们穿过阿尔玛桥，桥基挨近水面的地方立着一座雕像，由于水汽的侵袭，白色大理石已经染成了黑黄色，但那昂然危立的神姿是十分动人的。这是普法战争中一个英雄战士，阿尔玛是他的名字。船浮过岛边，河面变得更加广阔无垠，极目望处，天际方向出现了巴黎郊外的远山了。但我不知塞纳河是从哪个方向流来，又向哪个方向流去。因为，与其说我记述的是塞纳河，不如说我记述的是汨汨流过我心灵的友谊之流。我们已经绕着巴黎游了一周，不过，我不认为塞纳河之波已在我心中消逝。

又一个星期天，阿尔菲夫妇邀我们到他家做客。恰巧这一天，巴黎又落了一阵雨，雨后空气特别滋润清新。我怀着负疚心情对阿尔菲说："我们占用了你两个星期日，而且那天让你淋了雨……"阿尔菲笑得那样爽朗，他说："我很高兴地记住塞纳河上淋雨的一天。"阿尔菲爽朗的笑、阿尔菲夫人的诚挚的笑，到现在还浮在我的眼前，从他们身上，我认识了真正的法国人。这是一个和睦的家庭，大儿子蒂埃里也是学外科医学的，再过一年，就毕业了。安娜忙着备课，在晚餐桌上出现了。我们还看到她的十七岁的小妹妹玛丽。这个家庭充满对人真挚之爱的气氛，——我们亲切而自由地漫谈着，这是我在巴黎度过的非常愉快的一个夜晚。我觉得这是塞纳河友谊之波继续荡漾的一个夜晚。

最后，我还要记述一下塞纳河之夜。在蓬皮杜中心举行的一次中国文学朗诵会后，暮天已过，黑夜初临。我坐汽车沿着塞纳河岸漫长的街道行驶。开始，天空是黑蓝色的，西面天空还亮着一小片红霞，不久就慢慢消失了。许多照明灯把巴黎圣母院、卢浮宫、歌剧院等出名的建筑照得通明。这时塞纳河的夜景真动人，河面像繁星一般摇曳着闪烁不定的灯影，像梦幻一样美妙。这塞纳河的夜景，使我深深感到巴黎的惊人的美的魅力！

莫斯科河情愫

　　莫斯科河紧紧挨着克里姆林宫流过。她缓缓地、缓缓地流着，她载负着列宁墓里红色的灯光，她载负着克里姆林宫的钟声，我想列宁在克里姆林宫里工作的那些日夜，当他偶然伫立凝思时，也许会注视过莫斯科河吧！莫斯科河，圣洁的河，莫斯科河。

　　一九五〇年我第一次来莫斯科。六月二日那一天，我走过红场。那正是莫斯科最好的时光。夕阳将下，红霞满天。克里姆林宫的圆顶和尖塔全都闪闪发光。我沿着克里姆林宫深红色城墙走过，沿着城墙下的枞树走过。春光明媚，万物生长，墨蓝色的枞叶上吐出一层娇嫩娇嫩的淡绿，使你特别地心情畅亮。我走过克里姆林宫高耸钟楼尖顶的斯巴斯基大门，然后，走过一段倾斜的地面，第一次走到莫斯科河。我在莫斯科河边小立，回头一看，克里姆林宫塔顶那颗红星已在苍茫暮色中闪光。莫斯科河上吹来一阵潇洒的清风。我仔细看，才发现那颗红星在永不停歇地微微地、微微地转动。

当然，我爱大地，因为大地是坚实的胸膛，同时，我也爱河流，河流像血管流着生命的血浆。因此，在阔别二十九年之后，今天当我们的飞机飞临莫斯科上空，我贪恋地俯视，想看一看莫斯科河，我看见蓝色的河流在黑色大地上滂沱摇曳，但见刹那一现，我忽然丢失了她，我湮没在莫斯科人海之中。我随即乘车飞驶进莫斯科，也许正是记忆的召唤吧！我到莫斯科当天的下午，就上了列宁山，走到"列宁山悬崖"之前。凡是来莫斯科的人都要到这儿来，因为从这里凭墙远眺，莫斯科全景尽在眼前。特别是一弯莫斯科河从山脚下潺缓而过，生意盎然。山坡上绿草如茵，像从山上一直铺向河边的绿毯。年轻的母亲把孩子带到这儿来，看他们在草坡上奔走嬉戏、笑语轻盈，她们默默微笑，笑得那样香甜，那样温暖。但，就在这时一丝怅惘升上我的心间。我想起一个人，想起他和我之间的情谊完全由莫斯科紧密相连。他，这个快活而又纯朴的小伙子，在如此辽阔广大的俄罗斯大地上，我能到哪儿去把他寻觅呢？可正是这一个陌生的普通人，比一切一切都更能说明苏联人民和中国人民之间深深的情意是怎样像火焰一样炽烈，这永恒不灭之火，在风霜雨雪里，在雷鸣电闪中也会更加熊熊发亮。因此当陪伴的人向我指点着那无数金色圆顶时，我却一直默默无言，因为我的心又飞回那难忘的夏天，那是一九五八年……

一九五八年八月十七日。

这是来到莫斯科最晴朗的一天。从早晨起，窗上就照满阳光，我想悠闲地度过莫斯科这个星期天。出了饭店以后，我的同伴问我想到哪里去？我说我要看莫斯科河。可是我们两人都不知道路怎么走，于是就向身旁一个人问路。这是一个青年，一头漂亮的亚麻色头发，明朗的面孔，天真的眼睛，穿一件蓝布工装。棕布长裤，脚踏一双半旧的黑皮靴。他知道我们是中国人，他亲切笑了，他告诉我们：

"我是明斯克一家掘土机工厂的技师，到莫斯科来出差，今天是假期，哪里也不办公，我也就得到一天的休息，我送你们去莫斯科河的地铁车站。"

就这样，他不是问路答路，而是亲自伴送起来。

我们走着走着一直到了马雅可夫斯基广场。啊！马雅可夫斯基！这黑色的雕像，真像诗人在望着我们。他叉开两腿站在碑座之上，左手拉着衣襟，右手紧握成拳。他昂着头，面孔、头发、身姿都充满坚强、刚毅、热情。是的，诗人像要朗诵一句诗迎接我们这从亚细亚东方来的客人。后来我才知道，我和诗人雕像邂逅是何等非凡。原来这座雕像在反法西斯卫国战争之前就奠基了，可是雕塑家基巴里尼柯夫制出的这座铜像，在两个星期前才揭幕和人们见面。我不知道我是不是第一个看见他的中国人。也许是第十个、第一百个。但我想总不会是第一千个吧！所以，我从这儿绕过柴可夫斯基音乐厅走进地铁的大门。我们忘记跟明斯克的小伙子告别，小伙子也根本没有和我们告别，他和我们并肩而立，下了自动升降的阶梯。两道阶梯，一上一下，我看到从下面向上升的人们充满节假日的喜气洋洋，也许他们觉得我们这些向下降的人同样喜气洋洋。在这种气氛里，每个人都成了亲昵的朋友，彼此都漾出会心的微笑。深深的地下车站，像是白玉的殿堂，墙顶上闪烁的灯光照亮壁上的浮雕。我们于是搭上地下电车，风驰电掣般向莫斯科中心前进。当我们升上地面时，我们已经到了红场。斯巴斯基门上的钟声嘹亮、悦耳地鸣响起来，看看手表，十一点半。这时明斯克的小伙子已成为我们这个漫游莫斯科的小组中的一个成员。我们走过红场的斜坡来到莫斯科河前。

啊，到了！

河水给太阳照得油亮油亮闪着一种棕黄色，一艘乳白色游艇缓缓驶过，它冲击的波浪带着好听的声音轻轻拍岸。

我们顺着河边向大桥走去。到了桥上，回首一望，克里姆林宫在阳光之下简直是一幅色彩绚烂的油画，苏维埃宫的圆顶是金黄色的，墙壁是深绿色的。围绕着这座宫殿，一些蘑菇形的白色楼塔也晶晶闪光。多么神采飞扬啊！绿的，红的，白的，美丽相衬相映，何等辉煌。一个十四岁的男孩倚桥栏而立，由他妈妈给他拍照。他的背景是克里姆林宫，他的面孔向着太阳。我们循桥旁石阶下到堤岸，到了莫斯科最幽僻的角落。我看见人家楼窗上摆着盆花，细细的绿茎和绿叶被河上的清风吹得微微颤动，莫斯科河啊！你还是清新的早晨。

我们到码头上买了船票，那个明斯克的小伙子不见了，隔一会儿又从人丛中钻出，捧了四大包冰激凌来，莫斯科河已把我们的情谊交织一起，谁也没客气就大口吞吃起来。

船来了。我们上到游艇顶上，这里已经坐满人，一个小姑娘站起来走了，我才在长椅上坐了下来。我前面位子上是两个青年妇女，一个面部线条端庄明朗，一个背朝着我只见一束金黄色头发。她们望着莫斯科河发亮的水波悄语轻谈。我的左侧是老少一家，从老祖父到小孙孙都有。最小的姑娘长头发上戴着一顶乌兹别克绣花小帽，头上露出一绺栗色头发，鼻梁上洒着细细的雀斑。我的右侧是一对外地来的老夫妇。这位老太太戴着一顶古色古香的草帽，也许那是她年轻时漂亮的装饰，为了到莫斯科来特地寻出戴上。还有一群孩子坐在船头，那儿有一面绿底上绘着红锚的小旗在迎风招展。

船在河上轻轻地航行。

水波那样闪亮、那样轻柔。

你在莫斯科街上行走，就像人从室内看不清自己所在的房屋的外形，当你在这开阔的河面上，你才真正看到整个莫斯科的神态，你才知道什么是莫斯科。船缓缓地游过，莫斯科的倒影也跟着船在缓缓漂浮。我怎么说呢？就像由一位最神奇的艺术家从巨大无朋的花岗石中雕出这千姿万态、满目琳琅的一座精美杰出的艺术品，她就是莫斯科。太阳光好像是一种极稀薄的朦胧而发亮的烟雾，从我们身上、脸上慢慢拂过；同时灼亮的是阳光又在两岸楼窗上、在河水上，也在人们的眼睫毛上跳动。这时，我身边又来了一对中年夫妇，一看就知道是从农村里来的。男的有一张红扑扑的脸，女的有一张古铜色的脸，只有长期在野外劳作的人才会有这样健美的颜色，他们却长得很美。女人耳上的大金耳环在闪闪发光，她手里还拎着一件儿童的短衫。一会儿，一个孩子从人群中挤出，哭着揉着发红的眼睛，现在一下找到了母亲。他从人群中挤出，哭着揉得发红的眼睛，现在一下找到了母亲。船在码头上停泊，不少人下船去游高尔基文化公园，船上空阔多了，这对中年夫妇就坐在我的身旁。孩子抱在父亲怀中，他们都眯细了眼睛、静静地、静静地凝望着莫斯科。他们是带着西伯利亚的厚爱，带着乌克兰的眷恋，还是带着中亚西亚的深情？苏联人说："到莫斯科来一万次，每一次都能看出新的风采。"这正说明莫斯科奥妙无穷。

莫斯科河流到了郊外，河的两岸是一眼望不尽的山峦和茂密的森林。

河流飘摇荡漾，河浪拍击船舷，河流是绿的，山林是绿的，这绿色渗透我的心房，好像我晒着绿色的阳光。我真喜爱俄罗斯的森林，现在它们在河面投下一片绿幽幽的倒影。正因为这个，褐黄的莫斯科河变成绿茵茵的莫斯科河。六月的清风从森林那儿吹到河面上来。我从这绿色里闻到了俄罗斯大地的芳香，它像俄罗斯的美酒一样醉人。

我忽然看见前面耸起一座屏风似的高山，河身转了个弯就向这屏风流去，原来这就是列宁山。游船从一座尚未竣工的大桥下通过，停泊在列宁山脚下的码头。我们的畅游已经到达了终点，我们立即舍舟登山。山坡上被覆着绿草，鲜花开得火一样通红。一群人又一群人，拉着手风琴，唱着歌，从山上沿着台阶走了下来。人们突然停下，我也跟着停下。我们的眼光都集聚在一个迈着蹒跚学步子又白又胖的小男孩身上。他闪着两只水灵灵蓝眼珠向大家呵呵笑着。我走上山来，才看清莫斯科河从右面来，经过列宁山下，向左面流去，就像画家为了衬托莫斯科的洁白在这儿画出一条浓绿……

原来这就是出名的列宁山悬崖。

是我一九五八年来过的悬崖。

而今天，一九八七年八月二十四日我又重临的悬崖。

但当年的日记里还有重要的一段：

"我们叫了一辆出租汽车乘上去，不知什么时间太阳忽然消失，汽车窗上布满细细雨珠。莫斯科河流到哪去了？白色的游船到哪儿去了？我也不知道船上邂逅的伴侣到哪儿去了？但有个最忠实、最热诚的同伴一直和我们在一起，那就是这位明斯克来的技师。不知为什么我总觉得他是《青年近卫军》里写的苏维埃一代新人。我一问他果然才只二十六岁，看来他是比奥列格、万尼亚、邬丽雅、谢辽萨、刘巴，是更新的新人，因为战争中他还是一个不满十岁的小孩子。可是战争在他心灵里也已留下斑斑创痕。当我们在莫斯科河这幸福而陶醉的游荡之中，他告诉我：'明斯克是战争最激烈的地方，我们那儿一切都被摧毁了，可是现在明斯克比战前还新还美。'他的眼里一半是悲怆，一半是欢乐。他从马雅可夫斯基广场开始陪伴我们又回到马雅可夫斯基广场来，我们到了握手作别的时刻了。我问他的姓名，他告诉我他叫谢尼亚。他用最纯真、最朴素、最赤诚，像一阵最清的风，一抹最甜的笑，一颗最亮的心，在陪伴着我们。谢尼业！谢尼亚！我将永远记住你，这一代表着俄罗斯天空和大地、友爱与深情的名字。"

在离开苏联的前一天，我又沿着克里姆林宫前的斜坡走到莫斯科河边上来。

谢尼亚！我在想念着你，明斯克的谢尼亚！

你在你白俄罗斯的家乡吗？不过，你现在也该是五十七岁的人了。

莫斯科河啊！莫斯科河！

如果我在这儿用充满爱的心灵呼唤一声，你能把这声音带去给他吗？告诉他我又来了。如果他在森林里摘采红色的浆果，如果他在河边上静静垂着钓竿，如果他在挥动手臂给马匹钉着蹄铁，如果他躺在康拜因的阴影里仰望着蓝天，如果他对着一部新机械的设计凝目沉思，不过，你跟他谈到莫斯科河上的经历，我相信他一定会欣然而笑，跟你说上半天。

谢尼亚！也许今生我们不能再见了。不过，我将永远怀念着你，你在我心中像一块真金在闪亮。谢尼亚！

春到曼哈顿

如果说纽约是世界上最繁华的，而曼哈顿又是纽约最繁华的了。我们在纽约的时间就住在曼哈顿。我登上107层摩天大厦的顶层，我走访了联合国大厦。我还旁听了一下正在讨论制裁南非——制止南非政府对黑人的不人道的措施的安理会会议。当然我在那儿也感到一种庄严的气氛，特别是会场正面墙壁上挂有一个图徽，画的是"火凤凰"——我很佩服这精心的设计和设计者寄托的情思，但夜间在我们住的"五月花饭店"里看电视新闻时，我听到这一次安理会的结果；十国赞成，美英否决，我苦笑了。那只凤凰真似从火焰中诞生吗？真的能像联合国大厦窗外东河上空的海鸥那样自由飞翔吗？世界的仲裁者呀！你能给人的究竟是正义还是邪恶！！可是我还是到百老汇一家华贵的饭馆去吃午餐，我还兴致勃勃地登上了环游曼哈顿的游船。不过，在那一刹那间，我脑中忽然一闪一闪——那伸出一只帽子讨钱者的枯瘦的手，那令人眼花缭乱的火树银花的纽约之夜……这些惆怅的憧憬，一下闪现，一下熄灭……于是我的神思回到了前一天。我们从喧哗与骚动中摆脱出来，我们驱车驶过原野与森林，到康涅狄格州的麦迪逊城一片苍莽的密林中的一间小屋里，会见了一个老人，她就是海伦·斯诺。这个老人年轻时容貌格外美丽，年老时精神格外美丽，因为她过去在中国战斗过，今天在美国还在战斗着。当我在波特兰看见那横跨东西大铁路的一节时，我想到中国人曾经葬身雪崩，坠死悬崖，大铁路终于在奥格登会合，美国在用加利福尼亚月桂树制成的最后一根枕木上，为庆祝太平洋铁路竣工钉上一颗金色的道钉；而在狼烟四起、血肉横飞，中国最苦难的年月里，也有美国人在那大地上，冒着生命的危险艰苦跋涉，为公正、和平与正义而战斗，海伦就是其中的一个，她把她美丽的青春献给遥远的东方。当我听海伦滔滔不绝谈论往事时，我仿佛亲手揭开了历史的帷幕，我看到中、美人民血缘相通的凝聚力，因为我们都为自由而战，懂得什么叫奴隶、什么叫主人，因此懂得什么叫真正的自由。海伦满屋花木葱茏，小鸟儿常常从敞开的窗口飞进来扑棱着翅膀，因为它无法区分屋外的大自然和屋内大自然，而这位老人就与大自然融为一体，这不是绝大的自由吗？和海伦握别时，她说："我们也许不能再见了。"但她说这话时笑得那样明朗。为什么，在我登上环游曼哈顿的游船这一刻，我又想起了海伦·斯诺，因为我马上就要看到高耸在斯塔腾岛，面向大西洋的自由女神像了。轮船缓缓绕着曼哈顿行驶，这天天气晴爽，却海风狂浪，可是我终于看到了衬映在碧空之下的雪白的自由女神雕像。这时好像有一滴热泪倏然流向我的心中，不过这不是我的，而是历史巨人的。这个女神的雪白象征着人世间最大的纯洁。而这最大的纯洁又在何处？！我不敢说曼哈顿是罪恶之区，但也难说曼哈顿就是纯洁之地，不过历史是宽宏大量的，正在这一刹那间，历史向我推出一连串的形象，他们是富兰克林、斯陀、马克·吐温、马丁·路德·金、罗伯逊、海明威、福克纳、爱德加·斯诺，还有埃文斯·卡尔逊，他们是美国的精英，他们都曾为自由而奋战。啊！你雪白的自由女神啊！你是洁白的灵魂，你像白云一样飘扬浮荡，因为你是真正美国自由精神的凝聚。当游船缓缓驶过时，我看见自由女神像高举的火炬闪着金黄的火焰，永不熄灭。我忽然从阴沉的华尔街、嘈杂的百老汇脱颖而出，一刹那间，我看到温赛尔公园一树嫩绿的蓓蕾，我看到疾驶而过的汽车上有人捧着大把银柳，我看到橱窗里金黄的迎春花……是的，春天来到了曼哈顿了。我希望春天永远和自由女神同在，而自由女神永远和美国的自由精神同在。

冰岛的花

若是没有这些花，我的生活会怎样呢？

—— 拉克司奈斯：《原子站》

十二月十四日，有两位从北极圈来的客人，来到中国作家协会的会客室。这就是获得国际和平奖的冰岛作家拉克司奈斯和他的夫人。

冰岛，多么遥远的地方呀！关于它，讲老实话，我了解得非常非常之少。但这很少的一点，在我的头脑中却又那样神秘而凄凉。归根结底，这得归因于逻遴的那本《冰岛渔夫》，它，在我青年时代那样魔惑过我。只要我一闭上眼，好像就看见那阴郁的大西洋，寒冷的海风和狂暴的海啸，还有那连一点微风都没有的"白的宁静"的天气，还有那彻夜明亮的白夜。冰岛渔人二月初便动身驶往那样波涛汹涌的海面上去捕鱼了。然后是那样漫长的夜晚，那爱恋、那期待、那绝望、那沉船的碎片、那沉入海底永不归来的渔人。这一切形成我记忆中一支哀婉的歌。

今天，这一位真正的冰岛人来到我们面前了，他带着明朗与愉快。拉克司奈斯银白色的头发已经稀疏，面颊微红而有点松软，眼光是那样聪明的，还有一撮淡黄色的小胡髭。他一进屋，一下就被我们这房屋的雕镂的板壁和彩绘的天花板所吸引。他惊奇、快乐。他用爱昵的眼光看着，问着。这样，站在房屋中间地毯上，就作为我们会晤的开始。坐下来之后，我们的谈话从中国的建筑艺术、齐白石的画到中国文学特色，从京剧的脸谱到德国作家布莱希特的新型戏剧，然后才谈到冰岛文学。他简略地谈了一下"斯德龙时代"的冰岛文学的丰富遗产，他谈到冰岛的现代作家作品中还保留着传统的影响。最后，他又补充了一句："当然，还需要有今天的现实生活。"

我读过拉克司奈斯的小说《青鱼》《莉里亚》和《原子站》。从作品中感到的那一种优美的心灵和现在对于作家本人的印象结合起来，我们可以了解拉克司奈斯是怎样的一个人。

《青鱼》描写着十七年没有在冰岛一带出现的青鱼，这个夏天突然来了。冰岛人的命运，不由自己，而是仰仗着鱼来决定的。青鱼群的绝迹，使人们陷于极端悲惨的生活。现在青鱼一来，人们为了挣钱，便发疯一样地日夜不停地捕鱼。码头上，一群人忙着把青鱼剖开、洗净，装在桶里。"身强力壮的小伙子们，拼命地干活干到这种程度，他们会筋疲力尽地倒在青鱼堆上，说不出话来，而突然死去。"在这忙碌紧张到处是闪闪发光的青鱼的世界里，拉克司奈斯有力地刻画出一个已经九十岁的老妇人卡达。

她年轻时曾经是一天刮过四十桶鱼，得过奖金的能手，以至人们都把她编成歌子唱。但是，她悲惨地活到老态龙钟了。现在青鱼又突然来了，她还是跑去刮青鱼。可是她太衰老了，从早晨六点钟到码头上亮起一片灯光，她才刮了三桶。她筋疲力尽，她的腰弯得要折断了，还站在那里刮、洗。她的儿子从海上回来，劝她回家，她执意不肯。后来她儿子只有夺去她的刮鱼刀。这个老妇人恳求着："稍许等一等，希吉，……听我说，儿子，别拿走我的刀子，要知道今天一分钟也不能随便过呀：青鱼来了呀……"直到后来，儿子只好撵她回去，在凄凄的夜雨下，她迈着小步穿过市镇，突然放声大哭起来。

《莉里亚》则描写了一个烧锅炉的老头儿涅布卡德涅沙尔松孤苦的一生。拉克司奈斯在小说开头时，描写他已经那样老，只有一颗牙齿了，一面烧锅炉，唱着一种阴郁的歌。他是从南方来的，戴一顶有窟窿的破帽子，到这里就住在坟地里。但春天来了，他结识了一家也是从南方来的住户的一个八九岁的小女儿，她有一个美丽的名字叫莉里亚，他喜爱她，常常给她带一小包葡萄干来。有一次，他给她讲故事，讲到他从前捕鱼，和一个同年生的姑娘相识。后来，在另一个地方，这个老人死了，葬入墓地。那天刮着寒冷的西风，坟已填满，人们大部分都走了。这时发现一个老太婆在哭泣。人们问她，原来她就是那个和老人同年生的，她的名字叫莉里亚。

从这两个短篇故事，可看出拉克司奈斯的艺术力量。当然，这是他的早期作品，相当杰出的批判的现实主义作品，这是读起来令人心酸的诗，但他是那样善于在短短的篇幅中，不仅写出孤苦的悲惨的生活，还写出那孤苦的悲惨的灵魂。从这儿，拉克司奈斯一直向前走，他成为冰岛共产党的党员。他显示出创造路程上最大的跃进，应当是一九五二年的长篇小说《原子站》。

《原子站》是一本充满嘲讽、辛酸、善良和美好未来的书，是冰岛的毁灭的新生的书，是猛烈地反对美帝国主义把冰岛变为美国原子站的战斗的书。作者通过一个从乡下来到一个大企业家、国会议员家做女仆的乌格拉的纯洁的心、善良的眼睛，来看这一个被美国生活方式所毒害着的世界。酗酒、偷盗、淫乱，在残杀着这一家的孩子，这一家人中间充满欺骗、虚伪、空虚、歇斯底里。在这个家庭中几个神秘的夜晚，冰岛的上层社会人士做着买卖，把冰岛祖国出卖给美国人作原子站了。这是被蹂躏的冰岛的缩影。这是作者用痛苦的泪水来写下的。和这相对立的一条线，那是示威的"街上的冰岛"，"支部会议"上的冰岛。小铺里的女店员的生活是艰苦的但是充满未来的。"'咱们走。'姑娘说，随即领我出了后门走进一个不很大的堆房，这里又是储藏室又是洗脸室。门从那里通到院中。天空遮满乌云，下着倾盆大雨，狂风正在怒吼。门旁的水洼里放着一辆支起棚的儿童摇篮车，棚上蒙着一条挡雨的麻袋，这姑娘揭起麻袋，笑眯眯地向摇篮车里望了一眼。小孩没睡觉，睁着他那两只大眼睛。一看见母亲他就哭了起来，浑身乱动，使劲伸着自己的小手指头。'我的小宝宝！'母亲说道，只顾得逗弄儿子，一时把工作和阴雨都忘了。'他这两只眼睛够多聪明呀！'我说道。'这才是未来的真正的冰岛公民呢。'"

一个未来的冰岛在艰苦中诞生，这里闪着作者的信心与希望。这书是一个忠诚的热爱祖国文化、深通祖国文化的人，忍着痛站起来，描写这被摧残、被蹂躏的现实，而向人们控诉。因此全书也就处处闪烁着冰岛优秀文化的光芒。作者在这儿安插了第三条线，我以为这是这本书中的正义与善良的思想的化身——一个老风琴师，他说："人民是永远不死的。""花是永远不死的。"乌格拉是一个信上帝的农民的女儿，她不是直线地而是曲线地经历真正生活的道路而逐渐觉醒的。在这路上有太阳也有荆棘，有同情也有诱惑，有坚持也有寻找，甚至上当、失身，但她那纯洁的心地，是怎样也没有给美国生活方式染脏，这就是冰岛的力量。最后，她终于抱着风琴师所送的鲜花走向新的生活。拉克司奈斯的艺术描写是含蓄的，但他明确地告诉人：共产党的道路是冰岛人民和平、文化、善良、正义、美好的前途。这是一本描写当前最尖锐的现实斗争生活的书，但也是保持着冰岛古典文学传统优美风格的书。他含蓄、幽默，有诗人的抒情，有哲人的说理，它不一定正面地登堂入室去写强盗的脸谱，但它善于通过渲染、烘托、暗示、嘲讽、真理的独白来深入人心。也就是说它发展着《青鱼》《莉里亚》中那种揭露人的灵魂的本事。在我们和拉克司奈斯那次会谈中，他曾说过一句话："狄更斯写的人物，从一开头，好的就总是好的，坏的就总是坏的。"这可以看出他艺术创作上的信念是什么了。当然，主观总受着客观的决定。时代、生活的痕迹难免不影响着作家与艺术品。冰岛人民反美的火花亮了起来，但军事基地还扎在冰岛的地面上。如果说早期的《青鱼》《莉里亚》

曾经充溢着无望的哀伤，那么，现在的《原子站》就闪着战斗的火花。火花亮了，我们就有理由希望它变成火焰。火焰会更充实了生活，也就更充实了文学。

阳光照进我们作家协会会客室的一角。拉克司奈斯一直兴奋地、娓娓动人地谈着。但我从这人的作品联结起对这人的印象，我感到他是一个有一颗善良的心和艺术敏感的艺术家。我们不能期望每一个人心里都有电闪与雷鸣，但在斯堪的纳维亚那边北极圈海湾上，一种正直而善良的声音就是人民的无穷的希望。拉克司奈斯是从美国到印度去的。告别时，我们希望他带回中国作家对冰岛人民的友谊。社会主义的光芒如同早晨六点钟的太阳。《冰岛渔夫》那一支哀婉的歌是古老的歌了。但就是在古老的冰岛生活中，也还是充满着光明与智慧。最近读到冰岛诗人扬那斯·霍尔葛利姆逊的诗句，就说明这一点：

> 你知道这样一个华丽绚烂的地方，
>
> 青色的山峰，回荡着天鹅的长鸣，
>
> 游鱼来往如流水，开遍了可爱的鲜花的田野，
>
> 这里有万丈的飞瀑、透明的海洋和广阔的冰川，
>
> 愿上帝赐福与它，万世无疆。

是的，我们相信美国的"原子站"必然要毁灭，真正万世无疆的是冰岛人民，是冰岛的文学艺术，是冰岛的花。

地中海的风

从巴黎搭飞机到法国南端的尼斯去。飞机冲上乳白色云端，看到一个奇异的景象，下面激流回荡的茫茫云海中，映出一个太阳的倒影，中心是个赤红的圆光，圆光四周有如霓虹般绚烂的色彩，瞬间，这日影就隐没到云海深处去了。

我爱海，见过许多海，但，和地中海却是第一次会晤，因此心中充满期待感。我找了一个靠舷窗的好座位，目不转睛地注视着下面，一个多小时后，我一眼看到了海湾，看到了海，灰雾蒙蒙的海。这时，我的心情激动，不过，不能用"喜欢得几乎叫起来"来形容，我觉得"庄严的快乐"这五个字才是贴切的。飞机向下降落，然后，掠过海面上空。海呈深蓝色，而极远的远方，蓝色的海与白色的云混沌一片，像是无垠的沙漠。飞机低低掠过海面，海浪粼粼，如同亿万闪光的珍珠在跳荡。

我们离开机场，汽车沿着海岸奔驶。椰子树的长叶在风中摇摆，碧绿的龙舌兰、血红的玫瑰、开满白花的夹竹桃，相继入目。

海上飘荡着帆，我到了热带风光的南方，太阳那样灼眼，而海风却那样清凉。

我们穿过海湾，转入小路，去尼斯法中友协负责人阿尼达夫人的家。我们就住在她家隔壁的一座楼房里。周围柠檬树、葡萄园一片碧葱葱，鸟儿在唧啾鸣唱，空气像清凉泉水，一切都是那样清新。

去进午餐的路上，我看见了阿尔卑斯山的雪峰，白灿灿的，就像长空对你粲然一笑，而露出洁白的皓齿。而我四周色彩却是那样浓郁。透过餐厅窗口，凝视着对面从楼顶上披散到地面的紫花。花，开得那样密，紫得那样浓。我第一次看到这种花是在科伦坡，我说它"宛如明霞，灼人心目"；而这浓酽的色彩与那一片冰心的雪峰相映，是多么美呢！

下午起了风，海不像上午那样平静了，大海翻腾着雪白的浪花，海变成黑蓝色。我们到摩纳哥去。横在欧洲的阿尔卑斯山，一直伸展到地中海海角这儿入海。我们绕着盘山的公路上了阿尔卑斯山。从山上俯览尼斯，那伸入地中海的加的弗哈半岛，风景如画。尼斯是欧洲最古老城市之一，远在公元前七世纪至公元前六世纪希腊人就在这儿建立了城市，后来罗马人在这里留下了至今犹存的残迹。尼斯朋友指指车窗外："看！埃兹古堡！"那一片黄色的楼房，教堂尖顶，耸立在极陡峭的悬崖绝壁顶峰之上，好像天风随时可把它吹去。山上古松苍劲，经受着千年百岁地中海狂风暴雨的袭击，把它们锻炼得如钢似铁，老柯劲枝宛若游龙。路旁断崖像是天公巨斧劈砍出来的。这古代的驿路上，隐然如有邮车马铃微响。我们下午三点半到了摩纳哥王宫广场，这个闻名世界的小小公国的王宫广场实在不广，极峰上有一片平坦的地面，中间的宫殿却还庄严，像木偶一样站着木然不动的卫兵。广场旁有几条窄巷，两面楼窗开处，对面人家似可伸手相握。我们在广场旁露天咖啡座饮了一杯咖啡；吹拂着飒飒天风，仿佛回到古老世界。

维尼安娜·车夫人对我们亲如家人，她的丈夫是闻名的中国医生，不幸两年前逝世了。她的孩子陪我们游览，她又为我们准备了丰盛的晚餐。客人中有远从马赛赶行几百里路程来会面的，这是一个热情而亲切的令人难忘的聚会。夜深了，我们归居处去。我们乘汽车沿着黑沉沉的海岸奔驰，海风拂拂，遥想古昔那些三桅船在大海里与狂风暴雨搏斗，何等惊人。而今夜大海的絮语，却如此宁静，只有阿尔卑斯山上空一轮朦胧的圆月照着人间。

住室非常幽静，使我这次访欧得以一享田园之乐，在繁密的蛙鸣声中睡去，在婉转鸟鸣声中醒来。趁楼房里的人们尚在酣睡，我一个人悄悄坐到廊上，读我带在身边的唯一的一本赫尔岑的书，这里面有一段话："住惯了北国的人第一次和南方的自然界接触就充满庄严的快乐：他觉得自己变年轻了，他想唱歌，想跳舞，想哭，一切都是这么光辉、这么明亮、这么快乐、这么繁盛。过了阿尾牛，我们便得越过滨海的阿尔卑斯山。我们在月光里登了爱斯德勃；我们下山的时候，太阳正往上升，群山从朝雾里现出来，阳光染红了白得耀眼的积雪的山顶；四周有一片新绿，有花，有浓暗鲜明的阴影，有大树，有上面长了一些缺少生意的草木岩石；

空气使人感到愉快，非常澄清，非常新鲜，而且容易传声；我们的谈话和鸟的叫声比平常要响亮得多；忽然路略略转了一个弯，就看见一根灿烂的光带环绕着群山，在那里带着点点银光闪耀的，便是地中海了。"我觉得赫尔岑关于南方空气的描述好极了，尼斯的一切都富有生气。

早晨，我们来到瓦拉瑞斯市镇，在一个小广场边，有一座古老的小院，那里有毕加索的绘画。院落给一株巨大栗树遮得碧绿浓荫，有一座像小教堂一样穹顶长房。毕加索在尼斯有别墅，常来居住，尼斯人请毕加索在这里画了"战争与和平"的壁画。说实在话，在巴黎蓬皮杜中心画廊上，毕加索那些画，我是看不懂的；但这壁画却使我一下接触了毕加索的心灵。我觉得，这是他那翩翩飞舞在全世界人民心中的口衔橄榄枝的和平鸽的延伸与阐发。正面墙壁上，一片大地蓝天背景上，黑、黄、红、白，象征全世界人民的四个人捧着一颗淡黄色太阳，太阳里站着口衔橄榄枝的和平鸽。右壁上画的是"战争"，画上突出三匹黑色战马拉的黑色战车，车上双角的战神，手持鲜血淋淋的刀剑，马蹄践踏着书卷，说明对人类文明的摧残，战车背后是黑色的人群，举刀斧在砍杀，给我印象最深的是下面的给血浸得深红的大地，天空中旋卷着深褐色的滚滚的硝烟，而迎着战争狂流的是一个一手持着画有和平鸽盾牌，一手持着戈矛的捍卫和平的战士。含有深意的是这个战士的背景，是那样明快的蔚蓝天空。左壁上画的是"和平"，惹人注目的是淡绿天空中，一颗色彩斑斓的太阳，用麦穗画出太阳的光炬，一株树上结着鲜黄果实，树荫下绿草地上，母亲在哺乳婴儿，深蓝色大地上，农夫驾着带翅膀的马在犁田，两个妇女在舞蹈，别具匠心的是鱼装在鸟笼里，鸟飞翔在鱼缸中，刻画出生活的欢乐。留给尼斯以巨大财富的这壁画，是毕加索于一九五三年画的。毕加索说过："不，绘画并不是绘制出来用以装饰居室的。它是一种斗争的工具……"用以反抗"兽性的黑暗"。这壁画通俗易懂。他是以画来实践他的诺言的。我深深为毕加索这位大师的丰富的幻想与大胆运用的色彩所感动。

这一个上午，我完全沉醉在愉快的、澄清的、新鲜的空气中。整个尼斯，从阿尔卑斯山脚下，数百里之遥的海岸上，联结成一片美丽的城市，人们管这里叫蓝色海岸。我们乘车沿海岸驰去，大海似乎睡眼惺忪，尚未醒来，它是那样蓝，蓝色渗透我的心胸，使我的心神异常宁静。我们绕过有古罗马圆形古堡的一座山，经过巴尔扎克住过的故居，一直到了最遥远的奥地格海角，从这里瞭望地中海，心中升起一种庄严肃穆之感。阳光像笼罩着银丝编织的热雾，大海发亮的浪花在阳光下开始跳荡，遥远蓝空中卷卷乱云里涌出一簇玉兰花瓣般洁白的阿尔卑斯群峰。

从奥地格，我们向戛纳驶去。戛纳电影节是驰名全球的，这是一片繁华的海滨城市。从昨天就陪伴我们的革拉勒波，把我们引到一座高楼上他的寓所，革拉勒波夫人用杏仁酒招待我们。我坐在阳台的帆布躺椅上，吹着地中海清爽的微风，晒着地中海灼热的阳光，感到尼斯朋友们的热烈的心，就像地中海的风和阳光一样，令人永远难忘。

中午，阿尼达约了好多朋友，在楼下大厅里为我们举行了宴会。亲切地交谈，热情地欢乐。我们在尼斯时间虽短暂，但尼斯的情谊是深长的，像骤然相见一往情深的朋友，一下又骤然告别。当最后握别时，一位尼斯朋友眼圈红了。如果分别是难忘的分别，那就让泪水流下来吧！当我们乘车沿着大海最后奔驰时，我又一次看见蓝天上的雪白的阿尔卑斯山，我又一次吹着地中海的清风，这时，我心中只有一句话：

尼斯，多么醉人的尼斯啊！

海外日记二则

我的散文多来自我的日记，因为写日记不是给人看的，只是个人的心灵自白，也就写得无拘无束了。而我认为这是写散文所最需要的，因此，正如画家的速写本上积存了奇妙的风光，作家的日记本里也有浪漫的遐想。现在我从日记上抄下两则，拿来发表，其实这也就是我自己的散文。

——刘白羽

新 绿

一九八四年五月二十五日，记于日本东京新大谷饭店 361 房间

……春天究竟是什么最惹人情思？

这个问题，很久以来只是朦朦胧胧地存在于我的头脑里，老实说我没有认真思考过。昨天和今天我第三次访问箱根时，大自

然似乎给我做了回答。

我三次访问箱根都是春天。不过，前两回是樱花时节，而这次樱花早已随风飘散了。当汽车沿着盘旋的道路，进入浓绿的深山时，我不知等待我的将是什么景色，心中不免有些戚寂。谁料想到，当我们在小涌园安顿下来然后出游时，从古木森森的德川幕府时代的古道漫步而过，小雨零星，忽来助兴；我们在古关卡旁一家草屋顶的甘酒茶屋饮啜暖热的甜米酒，一片潇潇雨声却已扣人心扉了。

我们泛舟芦湖，看到云从天上落下来，雾从湖面升上去，两者在空中旋卷在一起，云缠雾绕，十分壮观。再看苍翠的山上的云雾，像淡墨泼出的烟，而云雾中透露出来的绿显得幽暗朦胧。雾在湖上走，船在雾中行。云雾的浓淡、明暗也是有层次的。一刹那间，阴云的后面露出发亮的白云，像要穿破而出；不过灰色的雾一下又湮没溶解了那亮的云。我想：我看雾觉得美，别人看我们这雾中行船何尝不美，因此，我十分感谢这一天云雨，使得箱根别有一番风致，令我领略到前两次游箱根没有领略的美。

雨下大了，我们踏上归途，我已心满意足，谁料别开生面，日本朋友没有径直领我们回小涌园，却向山谷深处信步行走，就像黑白电影一下变成彩色电影，原来山谷中有数万株杜鹃花开得如同一团浓烈的火，花团锦簇，目不暇视，浅紫的、深紫的、朱红的、血红的……如潮似海，夺我神魄。我最喜爱的是那种雪白的，晶莹净洁，有如透明的冰霜，花瓣上有细碎的红点。我对着这花久久不能移步，心中倏然震了一下，两天前，我过濑户内海访松山，追踪正冈子规遗迹，正冈不就写了很多吟杜鹃泣血的诗，而自己也终归泣血而死了吗？这雪白花瓣上的红点，莫不就是正冈的泣血吗？！

晚宴前，小涌园主人在案上展出我第一次、第二次来访的题字，要求我再写几个字留念。这时，那云雾，那细雨，那森林，那杜鹃，一下都涌上我的心头，凝成一种浓郁而深沉的情怀，我蘸笔濡墨写了一首小诗：

　　樱花谢后杜鹃开，小涌园中我再来。

　　难却嫩寒一片雨，且同云雾共徘徊。

回到寓室，我拥被沉思，我在寻觅着我一日的游心，我才发现深深渗入我心灵之中的，既不是杜鹃，也不是云雾，而是满山的新绿。随着春日的到来，在老树叶深绿上那一层嫩叶绿得像从那苍林上拂过的绿雨。如说箱根覆天盖地的浓绿已足以使人陶醉，而这鲜灵灵的一片新绿就更使人从心里珍爱，它是萌芽，它是新生，它是茫茫大自然的一线颤颤的晨光，它将带来大千世界的无穷明媚。这样一想，尽管风雨深山，夜阑人静，我的心头也充满欣悦之感。不过，寻觅新绿，发现新绿，也不是那么容易的，我想在箱根，要不是赶上这个季节，赶上这场云雨把整个山林都浇湿，那新绿也不会绿得这样娇嫩了吧……

你，血珠一样的卡琳娜果

一九八八年二月二十二日，记于美国波特兰查理·格罗斯曼家楼上

……我头一回看到卡琳娜果，是去年夏天在乌克兰。千千万万颗小而圆的红果结满一树，红得那样明亮、那样鲜艳。安娜见我爱得心醉，就折了一枝给我。从此，我小心翼翼地带到列宁格勒[1]、莫斯科，而后又飞逾茫茫的西伯利亚，带回我亲爱的小屋，这一穗一穗小果子还是那样鲜红。但是随着严寒冬季的到来，她的生命的光泽，渐渐地、渐渐地像燃尽的火焰一样黯淡了，熄灭了，她死了！我非常之伤心。

我为什么那样伤心？是因为她是太阳生命的照耀，是大地生命的燃烧，是河流生命的滋润，使得她一颗一颗那样红，似乎是无数无数赤红的心，难道只是这个缘故吗？乌克兰人用卡琳娜果形容少女之美，我伤心我失去少女之美，难道只是因为这个吗？

整个冬天，我落在悒郁的沉思之中，——我望着那空了的花瓶——从一种内疚发展到自我谴责。因为我想到，如果一个人对大自然美的挚爱是一种善的表现，那么，对大自然美的戕伤，则不能不是恶的作为。我的灵魂的确很痛苦，你，像血珠一样的卡

---

[1] 圣彼得堡的前称，俄罗斯城市。

琳娜果呀！由于我把大自然的恩赐据为己有，我犯了一种罪过。

谁知人生的际遇真是奥妙无穷。冬末春初，我飞掠太平洋，从地球的这个极端到地球的另一个极端，从中国来到美国。在波特兰上空，我看见无涯无尽的雪山像银色海洋一样动人心魄。这儿的雪山洁白、雪亮，我黎明就起来等候，看一轮红日从雪山上升起。那血一样漫漫的红色阳光啊！你是大自然的骄子，你不属于这个国家、那个民族，你属于整个宇宙，整个地球，整个人间。今天我们到那一座砂糖一样白的浩德山去了，去看蓓姬，她就住在这雪山山麓。我走进她那圆木修筑的房屋，从窗玻璃上射进阳光，忽然像有无数猩红的小火炬耀亮我的眼、照明我的心，我一下看到了卡琳娜果。当然，这不一定是乌克兰的卡琳娜果，在美国也许是另一品种、另一名称，不过，在我心灵里我还是叫她卡琳娜果。在那冰冻雪山的衬映下，她红得特别鲜灵、特别娇艳。我怀着无限忏悔的心情望着她，我忽然感到有一颗滚烫的泪珠滑向我的心底。

我发现不但在蓓姬的屋里，而且在她家的户外也长着卡琳娜果。这一次我只用珍惜的眼光看着她，默默地看着她，我不但没有采一枝，连一颗红果也没摘取，我只站在蓓姬家门口那鲜红鲜红的卡琳娜果丛旁边照了一张照片。刚到蓓姬家那会儿，站在她家草场旁一段木栅栏边就谈起来。她说："圣诞节我刚过了七十五岁生日。"我说："你的精神可真好啊！"她幽默地一笑回答我："是的，随着年岁的增长，精神也在增长。"可惜，我没有问蓓姬，美国人管这种红果叫什么？不过，不论叫卡琳娜，还是叫玛丽娅，这都没有什么关系，问题是她是大自然同样的女儿。

我想回国以后，当我看着这有红色卡琳娜果的照片时，我会幸福地微笑。你，血珠一样的卡琳娜果，让你把大自然的血珠永远在人们的生命中灌注青春和美丽吧！……